Office 2007
中文信息办公实用教程

赵素华　王金祥　主编

清华大学出版社

北京

内 容 简 介

本书以大量的图示和实例介绍最新办公软件——Microsoft Office Professional 2007,主要介绍三项组件的各项功能,包括 Office Word 2007、Office Excel 2007 以及 Office PowerPoint 2007 三个单元。内容主要包括 Word 2007、Excel 2007 和 PowerPoint 2007 的基本知识、基本操作、常用功能和特殊功能的应用方法以及 Word\Excel\PowerPoint 的综合应用等。本书简明易懂、内容丰富、重点突出、操作简练,理论介绍与实战演练并重,图文并茂,每一课都提供了丰富的实例并附有适量的课后练习题。

本书定位于 Office 初级用户,可作为广大来华留学生或 Office 2007 初学者自学用书及培训班的教材,同时也可供不熟悉 Office 2007 的办公室人员和爱好者学习参考。

本书配套的电子课件、素材可在清华大学出版社网站(http://www.tup.com.cn)下载。

图书在版编目(CIP)数据

Office 2007 中文信息办公实用教程/赵素华,王金祥主编.--北京:清华大学出版社,2011.5
(21 世纪高等学校规划教材·计算机应用)
ISBN 978-7-302-24800-2

Ⅰ.①O… Ⅱ.①赵… ②王… Ⅲ.①办公室-自动化-应用软件,Office 2007-高等学校-教材 Ⅳ.①TP317.1

中国版本图书馆 CIP 数据核字(2011)第 031796 号

责任编辑:索　梅　赵晓宁
责任校对:徐俊伟
责任印制:王秀菊

出版发行:清华大学出版社	地　　　址:北京清华大学学研大厦 A 座	
http://www.tup.com.cn	邮　　　编:100084	
社　总　机:010-62770175	邮　　　购:010-62786544	
投稿与读者服务:010-62795954,jsjjc@tup.tsinghua.edu.cn		
质　量　反　馈:010-62772015,zhiliang@tup.tsinghua.edu.cn		

印　刷　者:北京市人民文学印刷厂
装　订　者:三河市金元印装有限公司
经　　销:全国新华书店
开　　本:185×260　印　张:25.25　字　数:634 千字
版　　次:2011 年 5 月第 1 版　　印　次:2011 年 5 月第 1 次印刷
印　　数:1~3000
定　　价:36.00 元

产品编号:040035-01

编审委员会成员

浙江大学	吴朝晖	教授
	李善平	教授
扬州大学	李　云	教授
南京大学	骆　斌	教授
	黄　强	副教授
南京航空航天大学	黄志球	教授
	秦小麟	教授
南京理工大学	张功萱	教授
南京邮电学院	朱秀昌	教授
苏州大学	王宜怀	教授
	陈建明	副教授
江苏大学	鲍可进	教授
中国矿业大学	张　艳	教授
武汉大学	何炎祥	教授
华中科技大学	刘乐善	教授
中南财经政法大学	刘腾红	教授
华中师范大学	叶俊民	教授
	郑世珏	教授
	陈　利	教授
江汉大学	颜　彬	教授
国防科技大学	赵克佳	教授
	邹北骥	教授
中南大学	刘卫国	教授
湖南大学	林亚平	教授
西安交通大学	沈钧毅	教授
	齐　勇	教授
长安大学	巨永锋	教授
哈尔滨工业大学	郭茂祖	教授
吉林大学	徐一平	教授
	毕　强	教授
山东大学	孟祥旭	教授
	郝兴伟	教授
中山大学	潘小轰	教授
厦门大学	冯少荣	教授
仰恩大学	张思民	教授
云南大学	刘惟一	教授
电子科技大学	刘乃琦	教授
	罗　蕾	教授
成都理工大学	蔡　淮	教授
	于　春	讲师
西南交通大学	曾华燊	教授

出 版 说 明

随着我国改革开放的进一步深化,高等教育也得到了快速发展,各地高校紧密结合地方经济建设发展需要,科学运用市场调节机制,加大了使用信息科学等现代科学技术提升、改造传统学科专业的投入力度,通过教育改革合理调整和配置了教育资源,优化了传统学科专业,积极为地方经济建设输送人才,为我国经济社会的快速、健康和可持续发展以及高等教育自身的改革发展做出了巨大贡献。但是,高等教育质量还需要进一步提高以适应经济社会发展的需要,不少高校的专业设置和结构不尽合理,教师队伍整体素质亟待提高,人才培养模式、教学内容和方法需要进一步转变,学生的实践能力和创新精神亟待加强。

教育部一直十分重视高等教育质量工作。2007 年 1 月,教育部下发了《关于实施高等学校本科教学质量与教学改革工程的意见》,计划实施"高等学校本科教学质量与教学改革工程"(简称"质量工程"),通过专业结构调整、课程教材建设、实践教学改革、教学团队建设等多项内容,进一步深化高等学校教学改革,提高人才培养的能力和水平,更好地满足经济社会发展对高素质人才的需要。在贯彻和落实教育部"质量工程"的过程中,各地高校发挥师资力量强、办学经验丰富、教学资源充裕等优势,对其特色专业及特色课程(群)加以规划、整理和总结,更新教学内容、改革课程体系,建设了一大批内容新、体系新、方法新、手段新的特色课程。在此基础上,经教育部相关教学指导委员会专家的指导和建议,清华大学出版社在多个领域精选各高校的特色课程,分别规划出版系列教材,以配合"质量工程"的实施,满足各高校教学质量和教学改革的需要。

为了深入贯彻落实教育部《关于加强高等学校本科教学工作,提高教学质量的若干意见》精神,紧密配合教育部已经启动的"高等学校教学质量与教学改革工程精品课程建设工作",在有关专家、教授的倡议和有关部门的大力支持下,我们组织并成立了"清华大学出版社教材编审委员会"(以下简称"编委会"),旨在配合教育部制定精品课程教材的出版规划,讨论并实施精品课程教材的编写与出版工作。"编委会"成员皆来自全国各类高等学校教学与科研第一线的骨干教师,其中许多教师为各校相关院、系主管教学的院长或系主任。

按照教育部的要求,"编委会"一致认为,精品课程的建设工作从开始就要坚持高标准、严要求,处于一个比较高的起点上。精品课程教材应该能够反映各高校教学改革与课程建设的需要,要有特色风格、有创新性(新体系、新内容、新手段、新思路,教材的内容体系有较高的科学创新、技术创新和理念创新的含量)、先进性(对原有的学科体系有实质性的改革和发展,顺应并符合 21 世纪教学发展的规律,代表并引领课程发展的趋势和方向)、示范性(教材所体现的课程体系具有较广泛的辐射性和示范性)和一定的前瞻性。教材由个人申报或各校推荐(通过所在高校的"编委会"成员推荐),经"编委会"认真评审,最后由清华大学出版社审定出版。

目前,针对计算机类和电子信息类相关专业成立了两个"编委会",即"清华大学出版社计算机教材编审委员会"和"清华大学出版社电子信息教材编审委员会"。推出的特色精品教材包括:

(1) 21世纪高等学校规划教材·计算机应用——高等学校各类专业,特别是非计算机专业的计算机应用类教材。

(2) 21世纪高等学校规划教材·计算机科学与技术——高等学校计算机相关专业的教材。

(3) 21世纪高等学校规划教材·电子信息——高等学校电子信息相关专业的教材。

(4) 21世纪高等学校规划教材·软件工程——高等学校软件工程相关专业的教材。

(5) 21世纪高等学校规划教材·信息管理与信息系统。

(6) 21世纪高等学校规划教材·财经管理与计算机应用。

(7) 21世纪高等学校规划教材·电子商务。

清华大学出版社经过二十多年的努力,在教材尤其是计算机和电子信息类专业教材出版方面树立了权威品牌,为我国的高等教育事业做出了重要贡献。清华版教材形成了技术准确、内容严谨的独特风格,这种风格将延续并反映在特色精品教材的建设中。

清华大学出版社教材编审委员会

联系人:魏江江

E-mail:weijj@tup.tsinghua.edu.cn

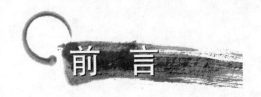

前　言

　　随着中国综合国力的不断增强，经过国际金融危机考验后的中国更加吸引全球的目光。"汉语热"已形成一股世界潮流，越来越多的外国留学生来到中国学习汉语及中国文化。当前，来华留学生不再满足汉语知识的学习，在学科领域出现了多层次、多元化倾向。为满足留学生工作需求，为他们在日后的工作中熟练运用中文信息办公打下良好的基础，作者积多年的留学生教学经验，在日常教学基础上，针对留学生学习特点编写了《Office 2007 中文信息办公实用教程》一书。

　　本书可作为来华留学生学习计算机技术的教材，课文贴近留学生在使用中文信息技术工作时所需掌握的相关知识，通过实例让学生在操作中掌握文件起草及公文写作等技能。由于留学生的汉语水平存在差异，课文以图标为引导，根据【 】内的提示内容进行操作（【 】内所提示的内容为鼠标要单击或选择的内容），帮助学生在操作中逐步理解所学的内容。本书将每课的常用词汇列出并标注拼音，节省了学生查阅字典的时间，使学生在学习中不断地强化对专业语言的理解和掌握。

　　本书分为 3 个单元：第 1 单元介绍 Office Word 2007，第 1～第 9 课，主要介绍如何制作和编辑办公文档；第 2 单元介绍 Office Excel 2007，第 10～第 18 课，主要介绍电子表格的处理和编辑，利用公式和函数对工作表进行计算和管理；第 3 单元介绍 Office PowerPoint 2007，第 19～第 23 课，主要介绍图文并茂的、音视频演示文稿的制作和编辑，第 24 课主要介绍 Word\Excel\PowerPoint 的综合应用。

　　本书第 1、第 7～第 10、第 19 课和附录由赵素华编写，第 2～第 6 课由王金祥编写，第 11～第 14、第 24 课由臧洁编写，第 15～第 18 课由郭强编写，第 20～第 23 课由马技编写。全书由赵素华统改并定稿。

　　本书内容丰富、通俗易懂，在每课的开始有导读，介绍重点要讲解的内容，知识要点是每课的重点部分。每课还配有和所学内容相关的实战演练，且每个步骤的开始，先明确要做的具体内容，较详细的操作步骤一目了然，通过这些操作步骤，让留学生联想到他所熟悉语言的计算机知识，有效地激发对中文信息技术的学习兴趣。

　　我们真诚的希望广大来华留学生能够尽快地熟练掌握中文信息技术，与中国人交流和沟通便捷自如。

　　本书内容难免有不足之处，敬请读者提出宝贵意见和建议。

　　本书配套的电子课件及素材可到清华大学出版社网站（http://www.tup.com.cn）下载。

编　者

2011 年 4 月

目 录

第 1 单元　Office Word 2007

第 2 单元　Office Excel 2007

第 3 单元　Office PowerPoint 2007

第①单元　Office Word 2007

第 1 课

认识Office Word 2007

在这一课中将学到以下内容：

- Word 2007 简介；
- Word 2007 的新增功能；
- Word/Excel/PowerPoint 2007 界面功能相似区域；
- Word 2007 的操作界面。

1.1 导读

Word 2007 是 Office 2007 软件中的重要组件，常用于制作和编辑办公文档。经过本课的学习，读者可了解 Word/Excel/PowerPoint 2007 界面功能相同和相似区域以及 Word 2007 新增的功能，对 Word 操作界面有一个系统的了解。

1.2 Word 2007 简介

Word 2007 是 Microsoft 公司在 2007 年推出的 Office 2007 的组件之一，是一款用于文字处理的常用软件，一套工具和易于操作的界面，常用于制作和编辑办公文档。通过对文档进行各种编辑和设置使其达到理想的效果。

Word 2007 可以处理和编辑文字；制作图文并茂的文档；利用模板库可以制作各种模板；插入表格、图表、形状、图形、艺术字、剪贴画和图片等。此外，在 Word 文档中还可插入自定义图形。

如图 1-1 所示，为"首字下沉"并插入一张图片的效果。

图 1-1 首字下沉及图文编辑文档

1.3 Word 2007 新增功能

Microsoft Office Word 2007 提供了友好的界面,不仅保留了以前版本的强大功能,而且也增加了很多新的功能,以不同的界面带来了全新的感受,在新的界面中用户可创建文档并设置格式,从而制作具有专业水准的文档。

1. 创建具有专业水准的文档

1)减少格式设置的时间

Word 2007 收集了预定义样式、表格格式、列表格式、图形效果等内容库,可以从中进行选择,不仅节省时间,而且还能更充分利用强大的 Word 2007 功能。

新的"功能区"是 Word 用户界面的一个按任务分组工具的组件,它将使用频率最高的命令呈现在面前,图 1-2 所示是"开始"选项卡显示的部分内容。

图 1-2 "开始"选项卡部分内容

① 选项卡是针对任务设计的。

② 在每个选项卡中,都是通过组将一个任务分解为多个子任务。

③ 每组中的命令按钮都可以执行一项命令或显示一个命令菜单。

2）实时预览效果

Word 2007 消除了将格式应用于文档时的疑虑，从格式库中进行选择，在提交更改之前就能实时并直观地预览文档中的格式或样式的效果。当对文档进行编辑时，如果希望显示自定义预设格式的内容，只需点一下鼠标，就可以从库中进行挑选，创建自己的构建基本模块。

3）即时对文档应用新的外观

当文档需要全面更新形象时，可以立即在文档中进行设置。通过使用"快速样式"或"文档主题"，可以快速更改整个文档中的文本、表格和图形的外观，以便与首选的样式和配色方案相匹配。

2．Word 文档转换和共享

Office Word 2007 支持将文件导出为以下格式。

1）可移植文档格式（PDF）

PDF 是一种版式固定的电子文件格式，可以保留文档格式并允许文件共享。当联机查看或打印 PDF 格式的文件时，该文件可以保持与原文完全一致的格式，文件中的数据也不能被轻易更改。对于要使用专业印刷方法进行复制的文档，PDF 格式也很有用。

2）XPS 纸张规范（XPS）

XPS 是一种电子文件格式，可以保留文档格式并允许文件共享。XPS 格式可确保在联机查看或打印 XPS 格式的文件时，该文件可以保持与原文档完全一致的格式，文件中的数据也不能被轻易更改。

3．超越文档

当计算机和文件相互连接时，有必要将文档存储于容量小、稳定可靠且支持各种平台的文件中。基于 XML 的新文件格式使 Office Word 2007 文件变得更小、更可靠，并能与信息系统和外部数据源深入地集成。

缩小文件大小并增强损坏恢复能力。新的 Word XML 格式是经过压缩、分段的文件格式，可大大缩小文件的容量，并有助于确保损坏的文件能够恢复。

在文档信息面板中管理文档属性。利用文档信息面板，可以在使用 Word 文档时方便地查看和编辑文档属性，在 Word 中，文档信息面板显示在文档的顶部。

4．从计算机问题中恢复

2007 Microsoft Office 提供经过改进的工具，用于在 Office Word 2007 发生问题时恢复工作成果。

Office 诊断。Microsoft Office 诊断包含一系列的诊断测试，可发现计算机崩溃的原因。这些诊断测试可以直接解决一些问题，并可以确定解决其他问题的方法。

程序恢复。Word 2007 的功能有助于在程序异常关闭时避免丢失工作成果。只要可能，在重新启动后，Word 就会尽力恢复程序状态的某些方面。如果同时处理若干个文件，每个文件都在不同的窗口中打开，在每个窗口中有特定的数据可见，此时 Word 可能会崩溃。当重新启动 Word 时，它将打开这些文件，并将窗口恢复成 Word 崩溃之前的状态。

1.4 Word/Excel/PowerPoint 2007 相似界面

Office 2007 与以前的版本的操作界面有很大的不同,将所有操作命令集成到各个不同的选项卡下,用户可以切换到不同的选项卡下进行操作。不同的选项卡又有不同的组构成,相关联的操作功能按钮又分别按组进行分类,这样可以简化用户对操作命令的查找过程,使操作和设置变得更为简单快捷。

Word 2007、Excel 2007 和 PowerPoint 2007 这三个软件的界面很相似,只是其中的编辑区不同,下面以 Word 为例,介绍三个软件相同和功能相似的区域。

(1)标题栏:位于操作界面的中上方,用于显示当前窗口文件的名称和类型,如图 1-3 所示。

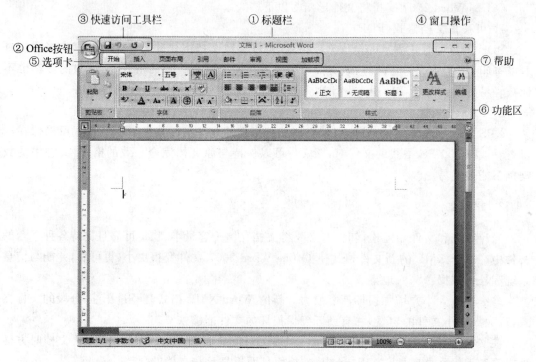

图 1-3 Office 2007 功能界面

(2)Office 按钮。位于标题栏的左端,单击此按钮可以"新建"、"打开"、"保存"或"打印"Office 文件等。

(3)快速访问工具栏:在该工具栏下集成了多个常用按钮,默认状态下包括"保存"、"撤销"、"恢复"等,用户可以根据需要进行添加或修改。

(4)窗口操作:位于标题栏的右端,用于设置窗口的"最小化"、"最大化"或"关闭"文件。

(5)选项卡:又称功能选项卡或菜单栏,位于标题栏的下方。单击不同的选项卡时,即可打开相应的选项卡,显示选项卡的功能区。

(6)功能区:选项卡又称功能选项卡,位于选项卡的下方。当用户单击选项卡时,即可打开相应的功能区。选项卡包括"组",组包括"命令"按钮。

（7）帮助：位于选项卡右侧，单击该按钮或按 F1 键可以打开 Office 2007 的帮助文件，用户可以根据需要查找要解决的问题。

1.5 Word 2007 的操作界面

Word 2007 的操作界面不同于其他两个软件的部分主要有以下几方面。

（1）标尺：位于编辑区的上方和左侧。在文档中分别显示垂直标尺和水平标尺，可用于对文档段落的设置及制表位的设置等，如图 1-4 所示。

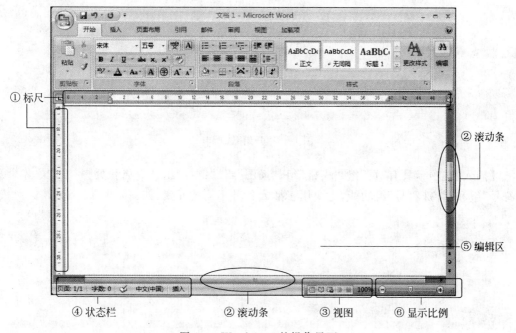

图 1-4　Word 2007 的操作界面

（2）滚动条：位于编辑区的右侧和底部。滚动条有垂直滚动条和水平滚动条，拖动滚动条用于浏览文档中的页面内容。

（3）视图：位于编辑区的右下方。有"页面视图"、"阅读版式视图"、"Web 版式视图"、"大纲视图"和"普通视图"，编辑文档时，可选择不同的视图显示方式。

（4）状态栏：位于编辑区的左下方。用于显示当前文档的"页数"、"总页数"、"文档字数"、当前文档检查结果和输入法状态等。

（5）编辑区：编辑区是中间的空白处。编辑区指文档输入和编辑的地方，在该区域中，用户可以对文档进行编辑和设置。

（6）显示比例：位于编辑区的右下方。用于设置文档编辑区域显示文档的大小，可缩小或放大文档的显示比例。

1.6　Word 2007 的功能选项卡

在 Word 2007 操作界面的"菜单栏"里，几乎包括了 Word 2007 的所有功能。共有八个选项卡，具有【开始】、【插入】、【页面布局】、【引用】、【邮件】、【审阅】、【视图】和【加载项】。其中【引用】、【邮件】、【审阅】和【加载项】不经常使用，下面介绍其他常用的几个功能选项卡。

【开始】选项卡具有"剪贴板"组、"字体"组、"段落"组、"样式"组和"编辑"组功能，主要用于编辑文档的字体、段落和样式等，如图 1-5 所示。

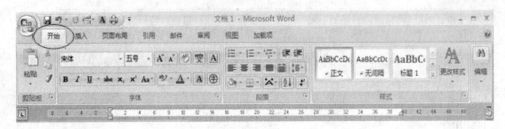

图 1-5　"开始"选项卡

【插入】选项卡具有"页"组、"表格"组、"插图"组、"链接"组、"页眉和页脚"组、"文本"组、"符号"组和"特殊符号"组功能，主要用于插入各种不同的元素，如图 1-6 所示。

图 1-6　"插入"选项卡

【页面布局】选项卡具有"主题"组、"页面设置"组、"稿纸"组、"页面背景"组、"段落"组和"排列"组功能，主要用于编辑或进行页面设置，背景设置等，如图 1-7 所示。

图 1-7　"页面布局"选项卡

【视图】选项卡具有"文档视图"组、"显示/隐藏"组、"显示比例"组、"窗口"组和"宏"组功能，主要用于显示不同的视图，显示不同的窗口等，如图 1-8 所示。

图1-8 "视图"选项卡

【提示】

Word 2007的扩展名为docx。凡是以扩展名docx出现的文档文件都是Word 2007文件。

1.7 关键词

① àn niǔ
按 钮

② bāng zhù
帮 助

③ bǎo cún
保 存

④ biān jí qū
编 辑 区

⑤ biāo chǐ
标 尺

⑥ biāo tí lán
标 题 栏

⑦ cāo zuò jiè miàn
操 作 界 面

⑧ chā rù
插 入

⑨ chè xiāo
撤 销

⑩ chuāng kǒu cāo zuò
窗 口 操 作

⑪ dǎo dú
导 读

⑫ gōng néng qū
功 能 区

⑬ gōng néng xuǎn xiàng kǎ
功 能 选 项 卡

⑭ guān jiàn cí
关 键 词

⑮ gǔn dòng tiáo
滚 动 条

⑯ huī fù
恢 复

⑰ huī fù jiàn rù
恢 复 键 入

⑱ jiā zài xiàng
加 载 项

⑲ jiǎn jiè
简 介

⑳ kāi shǐ
开 始

㉑ kè hòu liàn xí
课 后 练 习

㉒ kuài sù fǎng wèn gōng jù lán
快 速 访 问 工 具 栏

㉓ shěn yuè
审 阅

㉔ shì tú
视 图

㉕ xiǎn shì bǐ lì
显 示 比 例

㉖ xiāng sì jiè miàn
相 似 界 面

㉗ xīn zēng gōng néng
新 增 功 能

㉘ yè miàn bù jú
页 面 布 局

㉙ yǐn yòng
引 用

㉚ yóu jiàn
邮 件

㉛ zhī shí yào diǎn
知 识 要 点

㉜ zhuàng tài lán
状 态 栏

1.8　课后练习

（1）说明 Word 2007 主要新增了哪些功能？

（2）认识 Word 2007 操作界面，了解"开始"、"插入"、"页面布局"和"视图"选项卡，特别要熟悉"开始"、"页面布局"和"视图"功能选项卡的内容。

（3）创建一个 Word 文件，输入 1.7 节关键词的内容。

第 **2** 课

Word 2007基本操作

在这一课中将学到以下内容：
- 中文操作环境；
- 软键盘的应用；
- 查看文档和保存文档。

2.1 导读

学习 Word 2007 首先要熟悉基本操作，本课主要介绍中文操作环境，如何输入汉字乃至输入文本，通过"企业通知事项文书"的制作学习查看文档和保存文档的方法。

2.2 知识要点

1.【视图】中的"文档视图"组

【页面视图】直接按照用户设置的页面大小进行显示，此时的显示效果与打印效果完全一致，在输入文档时默认为【页面视图】设置。

2.【开始】中的"字体"组

【字体】表示同一种文字的各种不同形体，通过选择【字体】对话框中的选项，可以指定文本显示字体方式，默认时显示【宋体】。

【字号】可以显示字体的大小，默认时显示【五号】。

【加粗】将所选的文字在原来的基础上使文字笔画变粗。

3.【开始】中的"段落"组

【居中】将文字居中对齐。

【文本左对齐】将文字左对齐。

【文本右对齐】将文字右对齐。

4."快速访问工具栏"中的【保存】

【保存】保存正在编辑的文档。

2.3　中文操作环境

1. 汉字输入法

学习 Word 2007 首先要熟悉中文操作环境。汉字输入法有很多种，如智能 ABC 输入法、五笔输入法、微软拼音输入法等，只要找到一种熟悉的汉字输入法即可。

（1）中文。表示中文输入。

（2）微软拼音输入法 2007。是汉字输入法的一种，当 Office 系统安装时有此输入法。

（3）微软拼音新体验输入风格。可以显示不同的输入风格。

（4）中文/英文。单击该按钮可以进行中英文切换。

（5）中文/英文标点。单击该按钮可以进行中文和英文标点符号的切换。

（6）开启/关闭输入板。单击该按钮可以开启输入板，默认为关闭输入板状态。

（7）功能菜单。单击该按钮可以打开功能菜单，功能菜单具有输入选项、软键盘、自造词工具、新词注册、转换错误登录、辅助输入法、微软拼音输入法帮助等选项。

（8）帮助。单击该按钮可以选择微软拼音输入法帮助和语言栏帮助。

（9）最小化/选项。最小化可以将输入法面板放入任务栏中，选项表示输入法所选择的状态。汉字输入法面板如图 2-1 所示。

图 2-1　汉字输入法面板

2. 汉字输入

熟悉了汉字输入法就可以进行汉字输入，本教材以微软拼音输入法为例进行介绍。

1）新建空白文档

创建空白文档的方法很多，下面介绍几种常用的方法。

（1）双击 Word 图标，进入 Word 2007 后，程序会自动建立一个新的空白文档。

（2）在 Word 2007 窗口中按 Ctrl＋N 键。

（3）在 Word 打开的窗口中还需要建立新文档，选择【Office 按钮】【新建】按钮，如图 2-2 所示。然后单击【空白文档】项，再单击【创建】按钮，见图 2-3。

图 2-2　"新建"文档

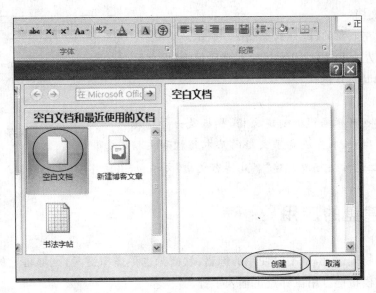

图 2-3 "创建"空白文档

2）输入文本

（1）空白文档建立好之后，就可以输入文本内容了。单击"编辑区"，待出现光标提示后，按【空格键】空出两个汉字的位置，如图 2-4 所示。

（2）调出微软输入法（也可以是其他汉字输入法），在此位置开始输入文本，如图 2-4 所示。输入内容（参见"第 2 课\2-原文件\2-S1"）。

（3）当输入一段结束后按 Enter 键，另起一行继续输入文本内容，如图 2-4 所示。

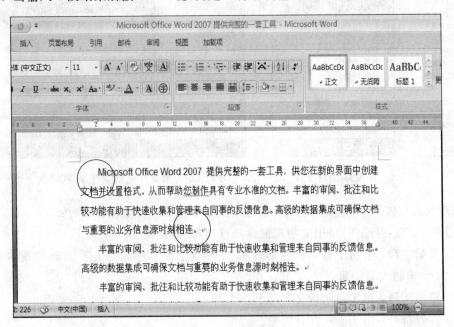

图 2-4 编辑文档

3）保存文档

（1）单击左上角的【保存】，如图 2-5 所示。

（2）单击左上角的【Office 按钮】，然后单击【保存】。

（3）按 Shift＋S 键保存。

【提示】

新建文档也可根据模板创建文档，模板是一种特殊
的 Word 文档，模板本身决定了文档的基本结构和文档

图 2-5　"保存文档"

的样式，利用上述方法可以创建"新建博客文章"文档和"书法字帖"文档等。

2.4　软键盘的应用

硬键盘是物理键盘，是平时使用的键盘，软键盘也称虚拟键盘，是屏幕上的键盘。软键盘是通过软件模拟键盘用鼠标点击输入字符。

硬键盘提供了常用的符号和数字，有时编辑文档除了文字和数字外，还要用到数学符号和一些特殊符号等。另外，为了防止"木马病毒"记录键盘输入的密码，一般也可使用软键盘。为了解决类似上述的问题，Windows 系统提供了软键盘功能。

具体做法是："显示语言栏"为"还原"状态时，调出"微软拼音输入法 2007"，单击【功能菜单】【软键盘】即可显示 13 种不同内容的软键盘，如图 2-6 所示。当软键盘使用完毕后需要关闭时，可单击软键盘中右上角的×按钮即可，见图 2-7。

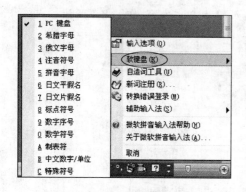

图 2-6　软键盘

图 2-7　"数学符号"软键盘

软键盘共有包括 PC 键盘在内的 13 种虚拟键盘，这 13 种虚拟键盘有：

（1）PC 键盘：与平时使用的物理键盘具有相同的功能。

（2）希腊字母：希腊字母键盘主要显示 24 个希腊小写字母，当与 Shift 键配合使用时则显示 24 个希腊大写字母。

（3）俄文字母：用于显示俄文字母。

（4）注音符号：用于表示注音符号。

（5）拼音符号：用于表示带音标的汉语拼音。

（6）日文平假名：用于表示日文平假名。

（7）日文片假名：用于表示日文片假名。

（8）标点符号：用于表示标点符号和各类括号。

（9）数字序号：用于表示各类数字序号形式，如（一）、（1）、①、Ⅱ等，均占一个汉字的位置。

（10）数学符号：用于表示常用的数学符号。

（11）制表符：主要显示用于制作表格的各种符号。

（12）中文数字/单位：用于表示单位符号。

（13）特殊符号：用于表示一些特殊符号，如☆、◎、◇、□、※和§等。

2.5　实战演练 2-1——通知事项的文书制作

通知事项的文书制作是企业文书中最简单的一种，下面介绍一个简单的例子，如图 2-8 所示（参见"第 2 课\2-实例文件\2-E1"）。

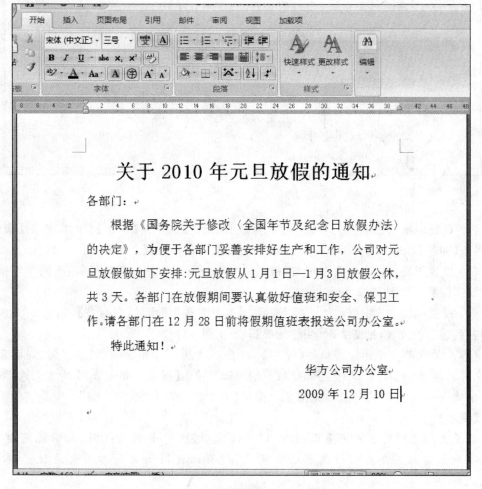

图 2-8　"通知"文档

(1) 输入原文档(参见"第 2 课\2-原文件\2-S2 或 2.7 课后练习 3")。将光标放入编辑区,选中【宋体】、【三号】,输入原文档,如图 2-9 所示(参见"第 2 课\2-原文件\2-S3")。

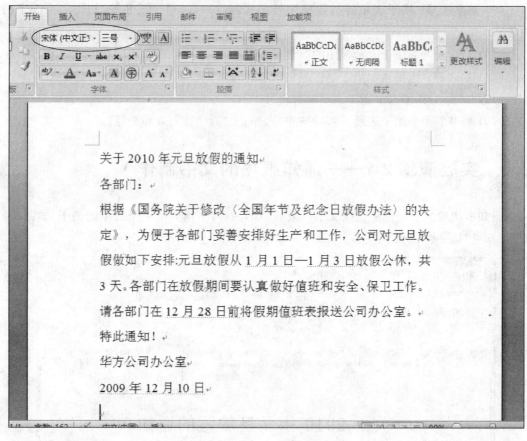

图 2-9　定义"字体"和"字号"

(2) 设置标题。选中"关于 2010 年元旦放假的通知",单击【开始】"字体"组的【宋体】、【一号】、【加粗】,如图 2-10 所示。然后单击【开始】"段落"组的【居中】,见图 2-11。

(3) 设置正文。将光标放在正文"根据…"和"特此通知!"前面,分别输入两个空格(即两个汉字位置),如图 2-12 所示。

(4) 设置落款。选中落款的两行字,单击【开始】"段落"组的【右对齐】,如图 2-13 所示。或调整到适当的位置,见图 2-8(参见"第 2 课\2-实例文件\2-E1")。

(5) 保存文档。单击左上角的【保存】,如图 2-14 所示。弹出一个"另存为"对话窗口,在"文件名"后输入"关于 2010 年元旦放假的通知",单击【保存】,如图 2-15 所示。这样一个通知事项的文书已经制作完成,见图 2-8(参见"第 2 课\2-实例文件\2-E1")。

【提示】

查看文档视图的方式有页面视图、阅读版式视图、Web 版式视图、大纲视图和普通视图。默认情况下查看文档视图的方式是指"页面视图",也是常用查看视图的主要方式。

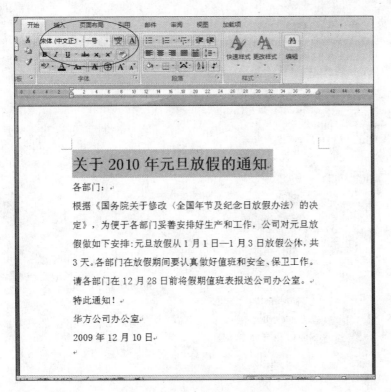

图 2-10　设置标题"字号"

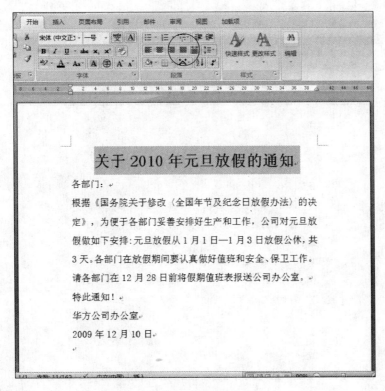

图 2-11　标题"居中"

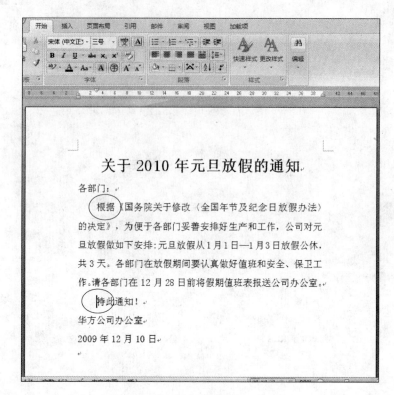

图 2-12　编辑正文

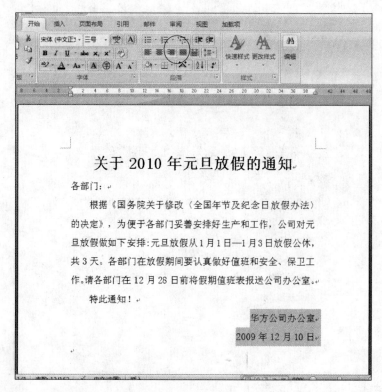

图 2-13　编辑落款

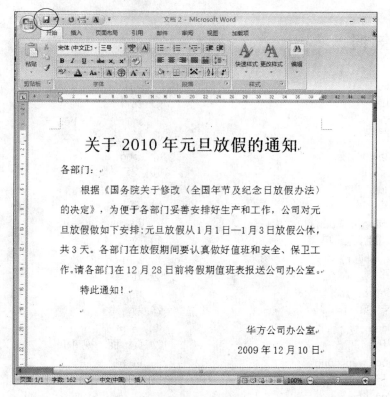

图 2-14　保存文档

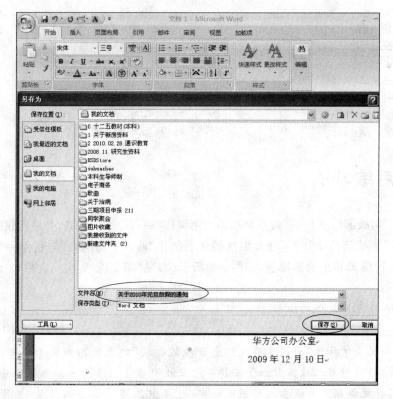

图 2-15　给文档命名

2.6　关键词

① àn niǔ 按 钮

② bǎo cún 保 存

③ chuàng jiàn 创 建

④ duàn luò 段 落

⑤ gōng néng cài dān 功 能 菜 单

⑥ hàn zì shū rù 汉 字 输 入

⑦ jī běn cāo zuò 基 本 操 作

⑧ jū zhōng 居 中

⑨ kōng bái wén dàng 空 白 文 档

⑩ kōng gé jiàn 空 格 键

⑪ ruǎn jiàn pán 软 键 盘

⑫ sān hào 三 号

⑬ shì xiàng 事 项

⑭ shí zhàn yǎn liàn 实 战 演 练

⑮ shì tú 视 图

⑯ shū rù wén běn 输 入 文 本

⑰ sòng tǐ 宋 体

⑱ tōng zhī 通 知

⑲ wén shū 文 书

⑳ wǔ hào 五 号

㉑ xīn jiàn 新 建

㉒ yè miàn shì tú 页 面 视 图

㉓ yī hào 一 号

㉔ yòu duì qí 右 对 齐

㉕ zhōng wén cāo zuò huán jìng 中 文 操 作 环 境

㉖ zhǔ tí 主 题

㉗ zhǔ tí zì tǐ 主 题 字 体

㉘ zuǒ duì qí 左 对 齐

2.7　课后练习

（1）参考"实战演练2-1——通知事项的文书制作"编写一个请假条，并进行正确的排版。

（2）参考"实战演练2-1——通知事项的文书制作"输入下面的内容，制作一个企业事项通知文书并进行编辑和正确的排版，如图2-8所示（参见"第2课\2-实例文件\2-E1"）。

内容如下：

关于2010年元旦放假的通知

各部门：

根据《国务院关于修改"全国年节及纪念日放假办法"的决定》，为便于各部门妥善安排好生产和工作，公司对元旦放假做如下安排：元旦放假从1月1日—1月3日放假公休，共三天。各部门在放假期间要认真做好值班和安全、保卫工作。请各部门在12月28日前将假期值班表报送公司办公室。

特此通知！

华方公司办公室

2009 年 12 月 10 日

（3）创建一个 Word 文件，输入 2.6 节关键词，在关键词的上边添加汉语拼音，设置如下：

汉字为宋体、小三号。

对齐方式为"居中"。

偏移量为 3。

字号为 14。

分栏为"两栏"。

第 3 课

Word 2007页面布局

在这一课中将学到以下内容：
- 字体和字号的设置；
- 页面设置和编辑；
- 段落设置和编辑。

3.1 导读

页面布局是版式设置中最重要的组成部分。页面布局是指对页面的文字、图形或表格进行格式设置。本课主要针对文字进行设置，包括字体、字号、字的颜色、纸张大小、纸张方向以及页边距，文档中段落和行间距的设置等。

3.2 知识要点

1.【页面布局】中的"页面设置"组

【文字方向】自定义文档或所选文本框中的文字方向。

【页边距】指页面四周的空白区域。默认【普通】页边距上、下均为 2.54 厘米，左、右均为 3.18 厘米。

【纸张方向】切换页面的纵向布局和横向布局。

【纸张大小】表示被编辑的文档选用多大的纸，默认纸张大小为 A4(21 厘米×29.7 厘米)。

【分栏】将文档中的文字内容分成两栏或多栏。

2.【页面布局】中的"段落"组

【左】表示左缩进，将段落左侧移进一定的量。

【右】表示右缩进，将段落右侧移进一定的量。

【段前】表示段前间距，通过增加所选段落上部的空间更改段落间距。

【段后】表示段后间距，通过增加所选段落下部的空间更改段落间距。

3.【开始】中的"字体"组

【字体】用于更改不同的字体。

【字号】用于更改不同的字号。

【加粗】将所选文字加粗。

【字体颜色】用于更改字体的颜色。

4."绘图工具"【格式】中的"大小"组

【高度】更改形状或图片的高度。

【宽度】更改形状或图片的宽度。

【提示】

在【开始】的"段落"组中也可对段落进行设置,如【左对齐】、【居中】、【右对齐】、【两端对齐】、【分散对齐】和【行距】等。

3.3　实战演练 3-1——页面设置在公司文件中的应用

企业文件是企业正常工作中必不可少的重要文档资料,"员工职位变动通知"是企业文件中的一种,为便于管理,需要形成书面的文档资料,作为企业管理的依据。创建一个企业文件,显示或打印,如图 3-1 所示(参见"第 3 课\3-实例文件\3-E1")。

图 3-1　华方公司文件

(1) 确定纸张大小。单击【页面布局】,在"页面设置"组中选择【纸张大小】【B5】为"18.2厘米×25.7厘米",如图 3-2 所示。

（2）设置文字方向。单击【页面布局】中的"页面设置"组，单击【文字方向】选择【水平】，如图 3-3 所示（默认状态下的"文字方向"为【水平】）。

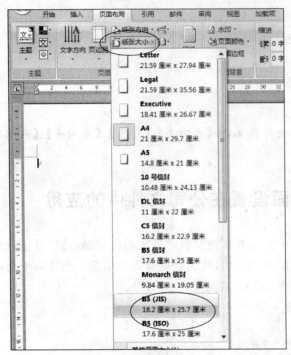

图 3-2　选择"纸张大小"　　　　　　　　　　图 3-3　设置"文字方向"

（3）设置页边距。单击【页面布局】中的"页面设置"组，单击【页边距】选择【普通】，"上下"分别为"2.54 厘米"，"左右"分别为"3.18 厘米"，如图 3-4 所示。

（4）设置纸张方向。单击【页面布局】中的"页面设置"组，单击【纸张方向】选择【纵向】，如图 3-5 所示（默认状态下的"纸张方向"为【纵向】）。

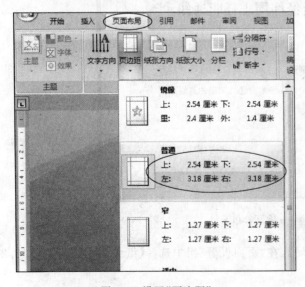

图 3-4　设置"页边距"　　　　　　　　　　　图 3-5　设置"纸张方向"

（5）输入原文档。单击【开始】中的"字体"组，选择【宋体】、【5 号】，开始输入原文档，如图 3-6 所示（参见"第 3 课\3-原文件\3-S1"）。

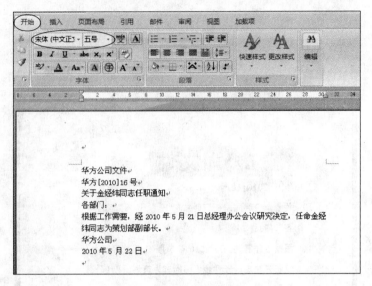

图 3-6　输入原文档

（6）设置字号。按住 Ctrl＋A 键，选中文本内容，单击【开始】选择"字体"组中的【三号】，如图 3-7 所示（参见"第 3 课\3-原文件\3-S2"）。

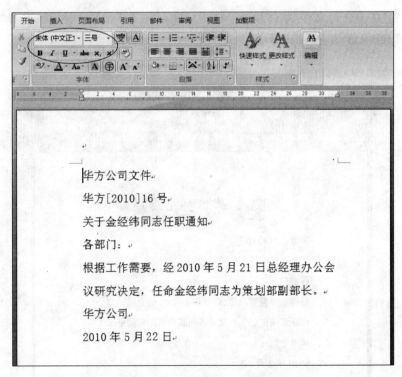

图 3-7　设置"字体"和"字号"

（7）设置"华方公司文件"字体和字号。选中文档中"华方公司文件"，选择【开始】中"字体"组的字体为【黑体】，字号为【小初】、【加粗】，如图 3-8 所示。

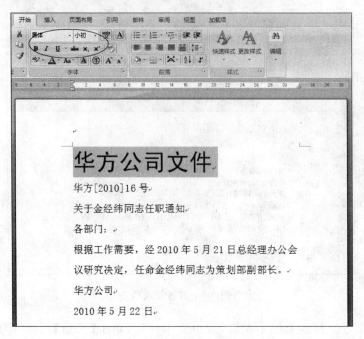

图 3-8　设置文件题头 1

（8）设置"华方公司文件"字体颜色。选中标题，单击【开始】"字体"组，选择"字体颜色"为【红色】，选择"段落"组的【居中】，如图 3-9 所示。

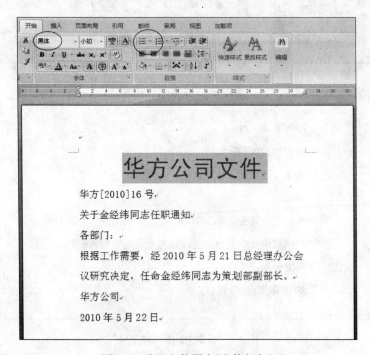

图 3-9　设置文件题头"字体颜色"

（9）对"华方[2010]16 号"进行设置。选中"华方[2010]16 号"，单击【开始】"字体"组，选择【加粗】，然后选择"段落"组中的【居中】，如图 3-10 所示。

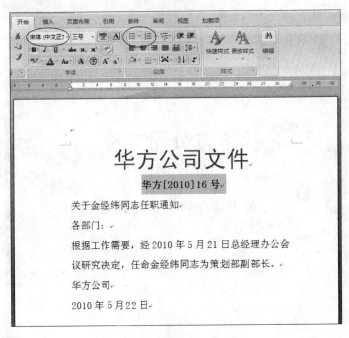

图 3-10 设置文件题头 2

（10）设置标题。选中文档中"关于金经纬同志任职通知"，单击【开始】"字体"组中的字体为【宋体】，字号为【小一】、【加粗】，单击【开始】"段落"组中的【居中】，如图 3-11 所示。

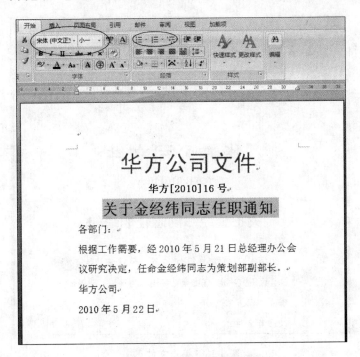

图 3-11 设置文件标题

（11）加空行。在"华方[2010]66号"后按 Enter 键加一空行，如图 3-12 所示。

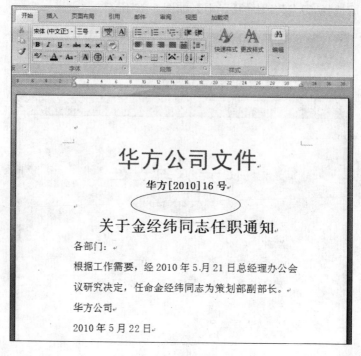

图 3-12　添加空行

（12）设置正文起始位置。将光标放在"根据工作需要"处的前面，输入两个"空格"（为两个汉字的位置或段首左缩进两个字符），如图 3-13 所示。

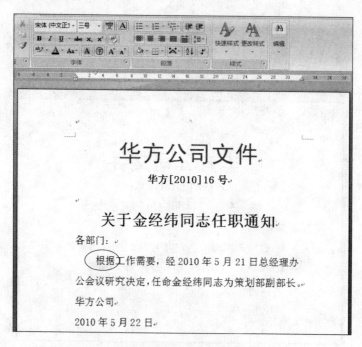

图 3-13　编辑文件正文

（13）设置落款。选中文档中落款的两行字，单击【开始】选择"段落"组中的【文本右对齐】或调整到适当的位置，如图 3-14 所示。

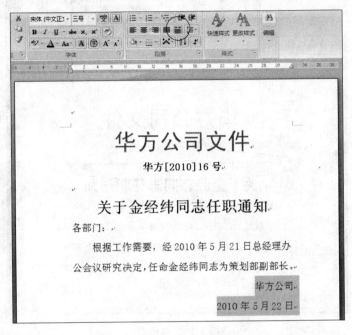

图 3-14　设置落款

（14）画横线。在图 3-12 的空行位置插入一条直线。单击【插入】"插图"组中的【形状】【直线】，如图 3-15 所示。接着在这个空行位置画一条直线，见图 3-16。

图 3-15　选择"直线"

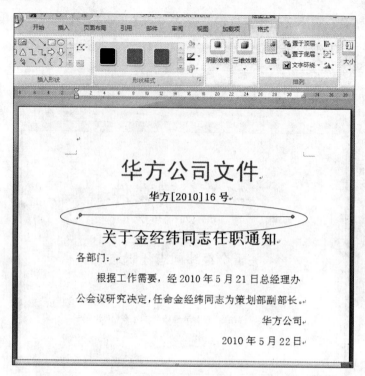

图 3-16　画横线

　　(15) 设置横线的长度。选中这一直线后,在【绘图工具】【格式】的"大小"组中选择【形状宽度】为"12 厘米",如图 3-17 所示。

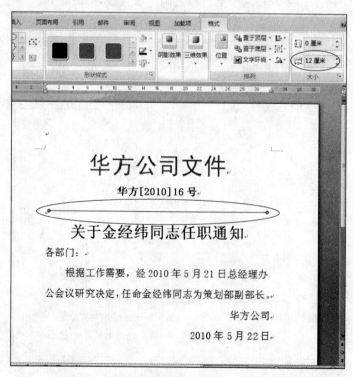

图 3-17　确定"直线"长度

（16）给红线添加颜色。选中这一直线，在【绘图工具】【格式】的"形状样式"组中选择【形状轮廓】【红色】，如图 3-18 所示。

图 3-18 给"直线"添加"红色"

（17）设置横线的粗细。选中这一直线，在"绘图工具"【格式】的"形状样式"组中，单击【形状轮廓】的【粗细】，选择【2.25 磅】，如图 3-19 所示。

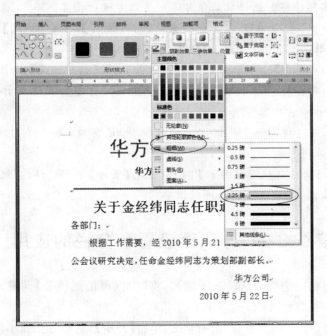

图 3-19 设置"直线"的"粗细"

（18）打印预览。单击"Office 按钮"，选择【打印】中的【打印预览】，如图 3-20 所示，效果见图 3-1。这样一个"员工职位变动通知"文件就创建完了（参见"第 3 课\3-实例文件\3-E1"）。

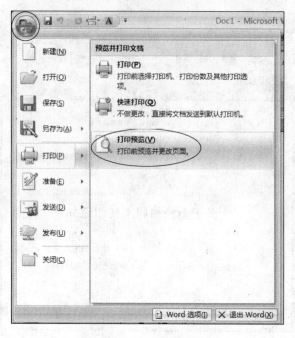

图 3-20　"打印预览"文件

【提示】

① 一般对文档进行编辑时"文字方向"选择默认值，即【水平】，对"纸张方向"选择默认值，即【纵向】，在实际操作时选择默认值可不对这两者进行设置。

② 当选中"形状"时，面板上方会自动显示【图片工具】，单击【格式】，会显示【大小】窗口。左键双击"形状"，也可显示【大小】窗口。

③ 显示文件，可单击"Office 按钮"，选择【打印】中的【打印预览】，如图 3-1 所示。

④ 打印文件，单击"Office 按钮"，选择【打印】中的【打印】，可选择打印的"页面范围"、"打印的份数"和"打印的内容"等。

⑤ 打印文件，还可按 Ctrl＋P 键，显示"打印"对话窗口，再根据"打印"窗口提示的内容，按照预定的要求进行打印。

⑥ 正文输入时的默认值是，【开始】"字体"组的【五号】字，和"样式"组的【正文】，一般可选择默认状态下输入，然后根据需要进行调整。

3.4　实战演练 3-2——段落设置和分栏的应用

（1）输入原文档。选择默认状态下输入，将"中国网民规模分析"输入后，建立原文件，如图 3-21 所示（参见"第 3 课\3-原文件\3-S3"）。

（2）设置字号。按 Ctrl＋A 键，选中全文，单击【开始】"字体"组的【小四】号字，如图 3-22 所示。

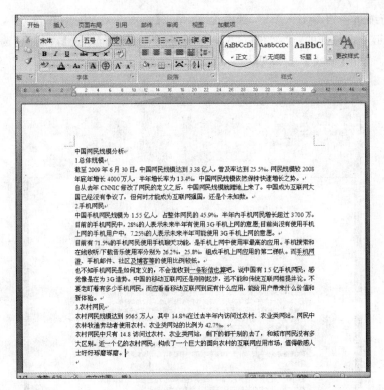

图 3-21　输入原文档

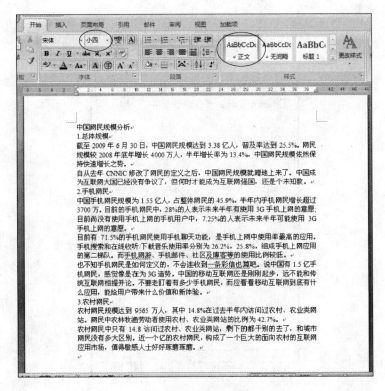

图 3-22　设置"字号"

（3）首行缩进。按 Ctrl＋A 键,选中全文,单击【页面布局】中的"段落"组,选择【段落】,如图 3-23 所示。在打开的"段落"窗口中,"特殊格式"选【首行缩进】,"磅值"选【2 字符】,如图 3-24 所示。单击【确定】,效果见图 3-25。

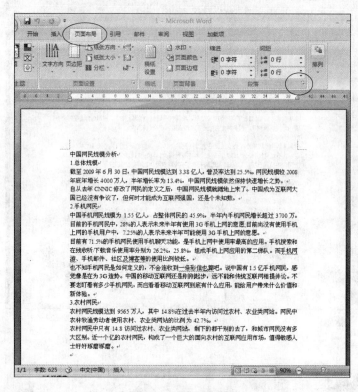

图 3-23　设置"段落"

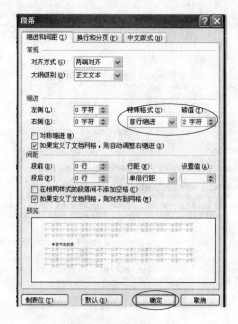

图 3-24　"段落"活动窗口

图 3-25 "首行缩进"效果图

（4）设置标题字号。选中标题，单击【开始】中的"样式"组，选择【标题 1】，单击"字体"组的【居中】，如图 3-26 所示。

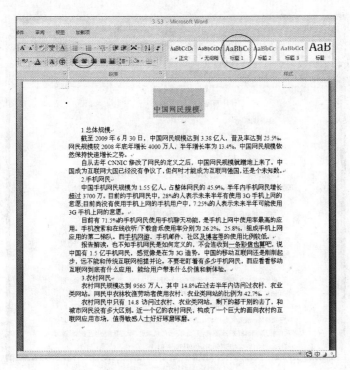

图 3-26 设置标题"字号"

（5）设置行间距。选中正文，单击【开始】中"段落"组的【行距】，选择【1.5】，如图 3-27 所示。选择后的效果如图 3-28 所示。

图 3-27　设置"行间距"

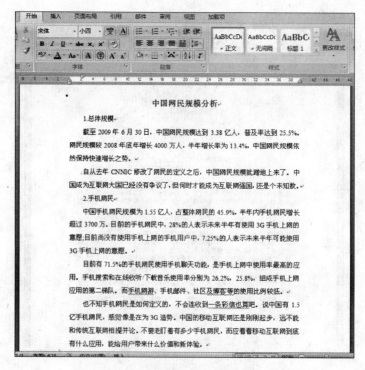

图 3-28　"行间距"效果图

（6）设置左右缩进。选中第一自然段，单击【页面布局】中"段落"组的【左缩进】，填写【2字符】，选中第二自然段，单击"段落"组的【右缩进】，填写【2字符】，如图 3-29 所示。这种缩进不常用，将左右缩进还原为【0字符】。

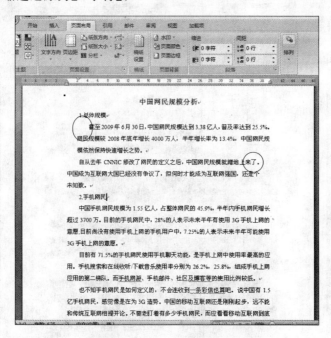

图 3-29　设置"左右缩进"

（7）设置段间距。按 Ctrl＋A 键，选中全文，单击【页面布局】中"段落"组的"段前间距"为【0.5行】，【右缩进】，单击"段后间距"为【0.5行】，如图 3-30 所示。

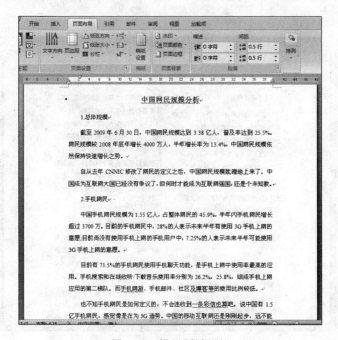

图 3-30　设置"段间距"

(8) 设置分栏。选中正文,单击【页面布局】中"页面设置"组的【分栏】,选择【两栏】,如图 3-31 所示。效果见图 3-32(参见"第 3 课\3-实例文件\3-E2")。

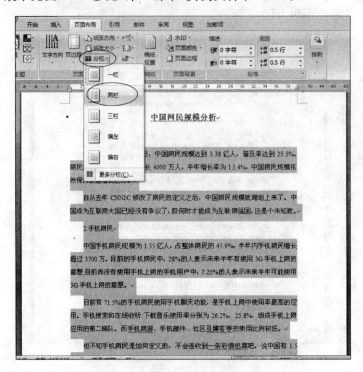

图 3-31　设置"分栏"

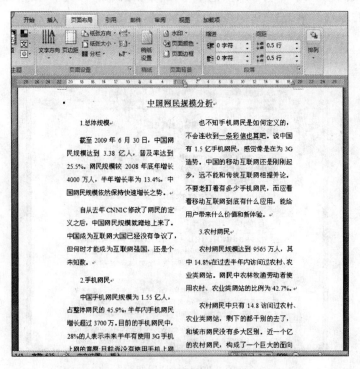

图 3-32　"两栏"效果图

3.5 关键词

dà xiǎo
① 大 小

duàn hòu
② 段 后

duàn luò shè zhì
③ 段 落 设 置

duàn qián
④ 段 前

fēn lán yìng yòng
⑤ 分 栏 应 用

gāo dù
⑥ 高 度

gé shì
⑦ 格 式

gōng sī wén jiàn
⑧ 公 司 文 件

háng jù
⑨ 行 距

huì tú gōng jù
⑩ 绘 图 工 具

jiā cū
⑪ 加 粗

jū zhōng
⑫ 居 中

kāi shǐ
⑬ 开 始

kuān dù
⑭ 宽 度

pǔ tōng
⑮ 普 通

wén zì fāng xiàng
⑯ 文 字 方 向

yè biān jù
⑰ 页 边 距

yè miàn bù jú
⑱ 页 面 布 局

yè miàn shè zhì
⑲ 页 面 设 置

yòu duì qí
⑳ 右 对 齐

zhǐ zhāng dà xiǎo
㉑ 纸 张 大 小

zhǐ zhāng fāng xiàng
㉒ 纸 张 方 向

zì hào
㉓ 字 号

zì tǐ
㉔ 字 体

zì tǐ yán sè
㉕ 字 体 颜 色

zuǒ duì qí
㉖ 左 对 齐

3.6 课后练习

（1）将你所在部门的规章制度制成一个 Word 文档，显示或打印出来。

（2）利用段落和分栏的知识，制作一个简单的企业招聘启事。

（3）制作一个企业任职文件，按照"实战演练 3-1——页面设置在公司文件中的应用"要求完成操作，如图 3-1 所示（参见"第 3 课\3-实例文件\3-E1"）。

内容如下：

华方公司文件

华方[2010]16 号

关于金经纬同志任职通知

各部门：

根据工作需要，经 2010 年 5 月 21 日总经理办公会议研究决定，任命金经纬同志为策划部副部长。

华方公司

2010 年 5 月 22 日

第4课

Word 2007格式刷和样式的应用

在这一课中将学到以下内容：

- 格式刷的应用；
- 样式的设置与编辑；
- 复制、粘贴和删除；
- 查找和替换的应用。

4.1　导读

格式刷、样式、查找和替换，对快速制作和编辑文档提供了一系列的帮助，掌握这些知识将有利于高效制作 Word 文档。

样式是文档中的标题、字体、字号和段落属性等格式设置特性的组合，将这一组合作为集合加以命名和存储称为样式。应用样式时，将同时应用该样式中包含的所有格式设置指令，一般在篇幅较长的多格式文档中经常使用样式，大大提高了工作效率。

4.2　知识要点

1.【开始】中的"样式"组

【快速样式】使用此样式库设置标题，引文和其他文本内容的格式，如正文、无间隔、标题1、标题2、标题3等。

【更改样式】更改此文档中使用的样式集，颜色以及字体。更改样式包括了样式集、颜色和字体等。

2.【开始】中的"剪贴板"组

【粘贴】粘贴剪切板上的内容。

【剪切】从文档中剪掉所选内容，并将其放入剪贴板。

【复制】复制所选内容，并将其放入剪贴板。

【格式刷】复制一个位置的格式，然后将其应用到另一个位置。

3．【开始】中的"编辑"组

【查找】在文档中查找指定的文本内容。
【替换】替换文档中的文字。
【选择】选择文档中的文本或对象。

4.3　实战演练 4-1——应用格式刷制作招聘启事

招聘启事是用人单位面向社会公开招聘有关人员时使用的一种应用文书。招聘启事撰写的质量，会影响招聘的效果和招聘单位的形象。招聘启事的实例如图 4-1 所示（参见"第 4 课\4-实例文件\4-E1"）。

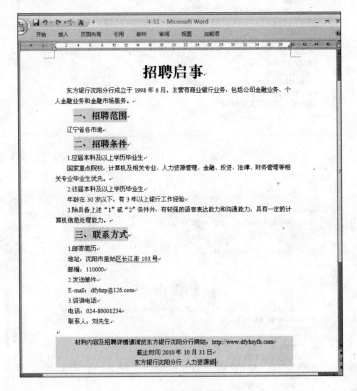

图 4-1　招聘启事

（1）输入原文档。打开 Word 文件，输入原文档，如图 4-2 所示（参见"第 4 课\4-原文件\4-S1"）。

（2）设置标题。选中标题，在"字体"组，设置为【华文中宋】、【一号】、【加粗】，在"段落"组中设置为【居中】，效果如图 4-3 所示。

（3）设置段落缩进。选中正文至"联系人：刘先生"，单击"段落"组的【段落】，如图 4-4 所示。弹出"段落"窗口，在"特殊格式"下选择【首行缩进】，"磅值"下自动显示【2 字符】，单击【确定】，如图 4-5 所示。效果如图 4-6 所示。

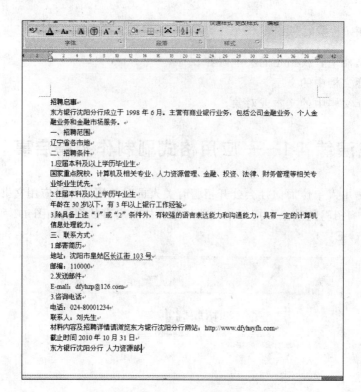

图 4-2　输入原文档

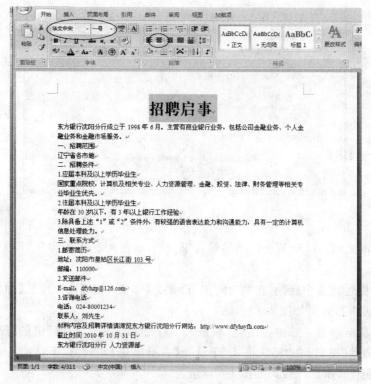

图 4-3　设置标题

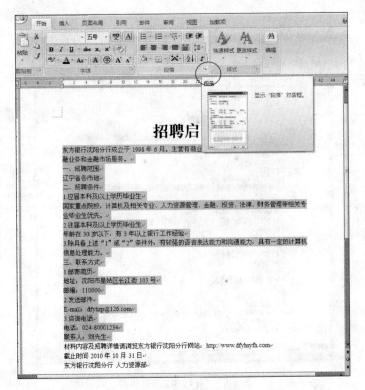

图 4-4　选中正文

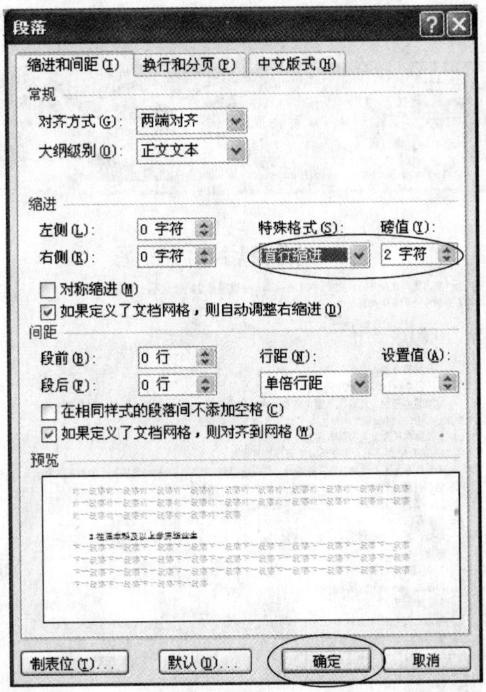

图 4-5　设置"首行缩进"

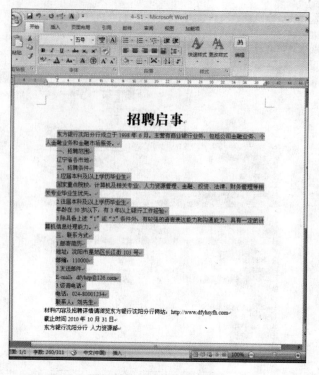

图 4-6　"首行缩进"效果图

　　（4）设置二级标题。选中"一、招聘范围"，单击【开始】"字体"组的【华文中宋】、【三号】，如图 4-7 所示。

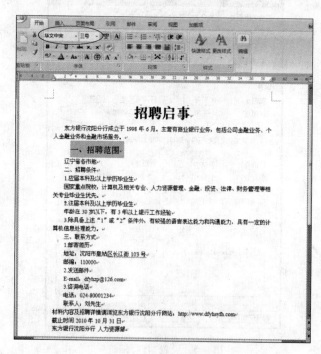

图 4-7　设置二级标题

（5）设置标题底纹。选中"一、招聘范围"，单击【页面布局】"页面背景"组的【页面边框】，如图 4-8 所示。在弹出的"边框和底纹"对话框中选择【底纹】，如图 4-9 所示。在"填充"下面选择合适的颜色（如：粉色），"应用于"，选择【文字】，如图 4-10 所示。单击【确定】，效果如图 4-11 所示。

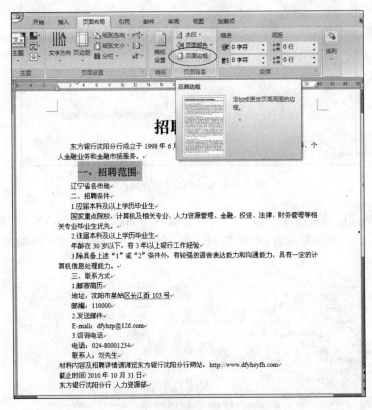

图 4-8　设置二级标题"底纹"

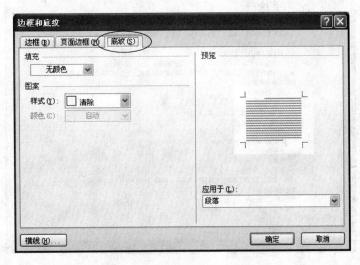

图 4-9　"边框和底纹"活动窗口

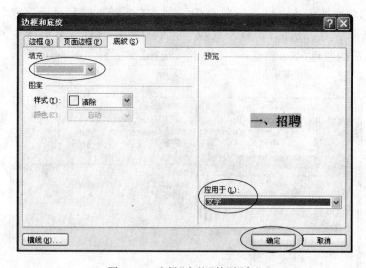

图 4-10　选择"底纹"的"颜色"

（6）应用格式刷编辑标题。选中"一、招聘范围"，如图 4-11 所示，双击"格式刷"，然后分别将标题"二、三"等标题内容，用鼠标刷一遍，会收到和"标题一"一样的效果，如图 4-12 所示。

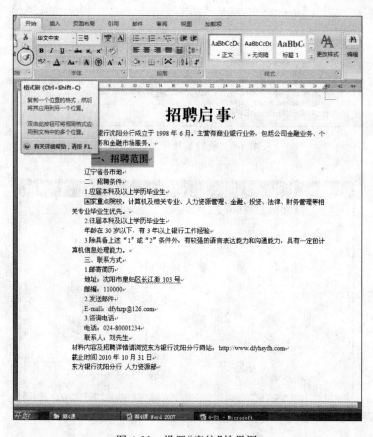

图 4-11　设置"底纹"效果图

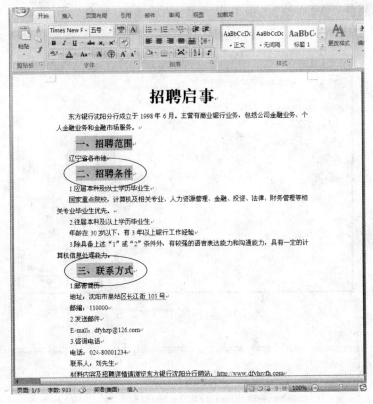

图 4-12 应用"格式刷"效果图

【提示】

若单击【格式刷】按钮可将相同格式应用到文档中一个位置,若双击【格式刷】按钮,可将相同格式应用到文档中的多个位置。

(7)编辑正文结尾。选中正文部分下面三行字单击【居中】,选中【页面布局】"页面背景"组的【页面边框】,在弹出的"边框和底纹"窗口,选中【底纹】标签,如图 4-13 所示。

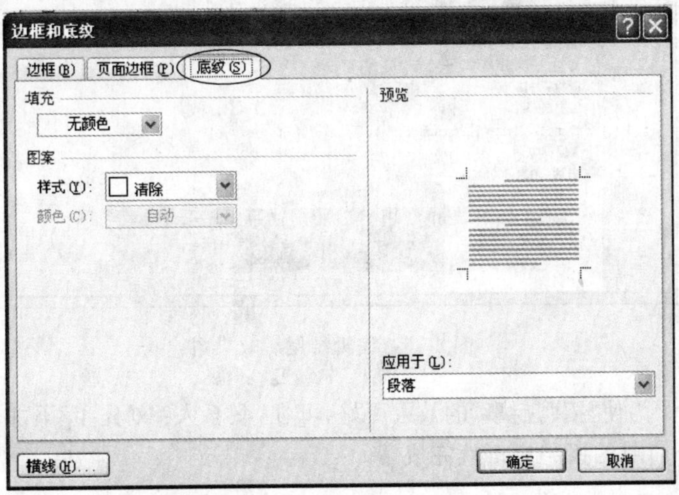

图 4-13 设置结尾"底纹"

（8）选择底色。在【底纹】选项卡中，"填充"后选中"粉色"，如图 4-14 所示，单击【确定】，效果如图 4-15 所示。

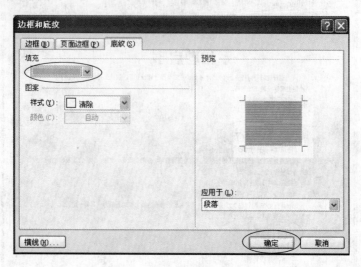

图 4-14　选择"底纹"的"颜色"

图 4-15　编辑结尾后效果图

（9）加空行。为使"招聘启事"的效果更好，可在"联系人：刘先生"下加一空行，如图 4-16 所示。这样一个简单的招聘启事就完成了。

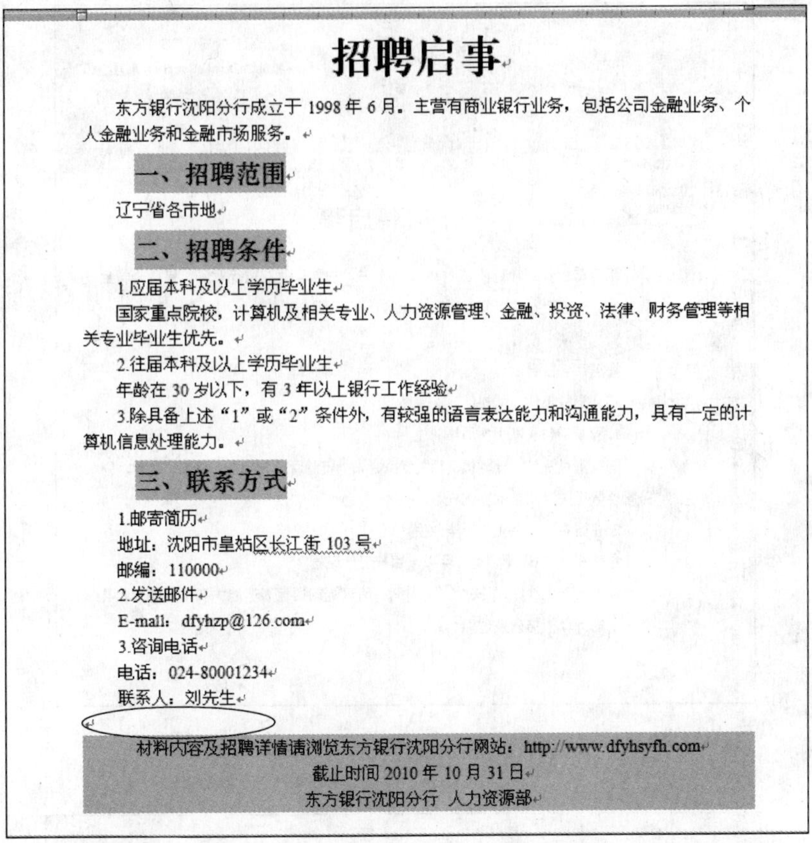

招聘启事

东方银行沈阳分行成立于 1998 年 6 月。主营有商业银行业务，包括公司金融业务、个人金融业务和金融市场服务。

一、招聘范围

辽宁省各市地

二、招聘条件

1.应届本科及以上学历毕业生

国家重点院校，计算机及相关专业、人力资源管理、金融、投资、法律、财务管理等相关专业毕业生优先。

2.往届本科及以上学历毕业生

年龄在 30 岁以下，有 3 年以上银行工作经验

3.除具备上述“1”或“2”条件外，有较强的语言表达能力和沟通能力，具有一定的计算机信息处理能力。

三、联系方式

1.邮寄简历

地址：沈阳市皇姑区长江街 103 号

邮编：110000

2.发送邮件

E-mail：dfyhzp@126.com

3.咨询电话

电话：024-80001234

联系人：刘先生

材料内容及招聘详情请浏览东方银行沈阳分行网站：http://www.dfyhsyfh.com

截止时间 2010 年 10 月 31 日

东方银行沈阳分行　人力资源部

图 4-16　“插入”空行

4.4　实战演练 4-2——文档的编辑

1. 剪切、复制和粘贴

(1) 复制文档(参见“第 4 课\4-原文件\4-S2”)。选中被复制文档的内容“一、招聘范围”,选择【开始】选项卡的“剪贴板”组,单击【复制】,如图 4-17 所示。

(2) 粘贴文档。将光标移到要复制的位置,即正文的结尾处,选择【开始】选项卡的“剪贴板”组,单击【粘贴】,如图 4-18 所示。

【提示】

① “复制”和“粘贴”是指将要复制的内容,再复制到另一个地方,原来的内容保留。“剪切”和“粘贴”是指将被复制的内容剪下来,复制到另一个地方,原来的内容不保留。

② “剪切”和“粘贴”的做法与“复制”和“粘贴”很相似,就留给读者您试试了。

③【复制】命令是 Ctrl+C 键;【粘贴】命令是 Ctrl+V 键;【剪切】命令是 Ctrl+X 键;【格式刷】是 Ctrl+Shift+C 键。快捷键的使用和菜单命令具有相同的功能。

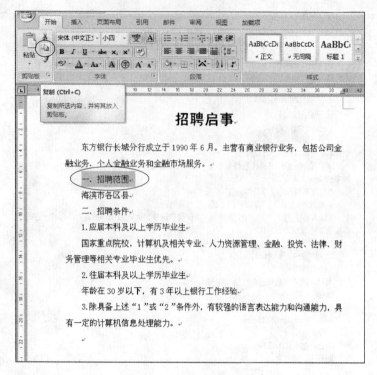

图 4-17　选中被"复制"文档

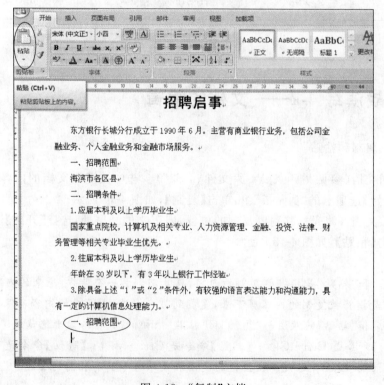

图 4-18　"复制"文档

2. 查找和替换

（1）查找目标。打开文档，选择【开始】选项卡的"编辑"组，单击【查找】，如图 4-19 所示。弹出"查找与替换"窗口，在"查找内容"文本框后输入"院校"，单击【查找下一处】，如图 4-20 所示。

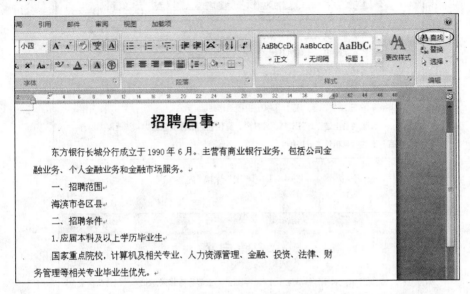

图 4-19　选择"查找"

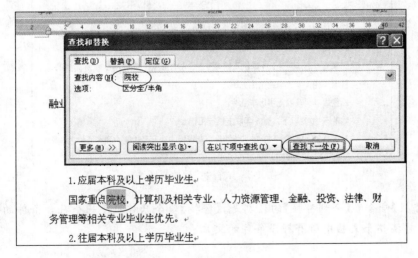

图 4-20　确定"查找"内容

（2）替换目标。在"查找和替换"窗口，单击【替换】，在"替换为"后输入"高等院校"，单击【替换】，如图 4-21 所示，效果如图 4-22 所示。

【提示】

①【查找】命令是 Ctrl＋F 键。

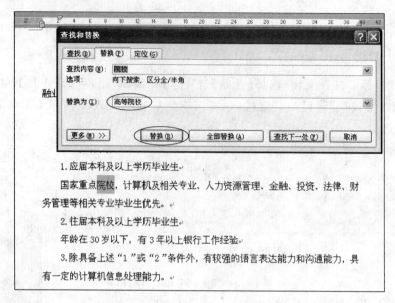

图 4-21 确定"替换"内容

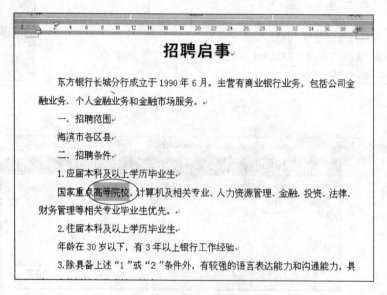

图 4-22 "替换"后效果图

②【替换】命令和【全部替换】的区别是,【替换】命令只替换下一个符合条件的文本,【全部替换】是替换整个文档中所有符合条件的文本。

4.5 实战演练 4-3——应用样式制作"公司战略选择"文档

利用样式对"某公司的战略选择"进行设置(参见"第 4 课\4-实例文件\4-E4 和 E5")。

(1)输入原文档。单击【开始】"样式"组的【正文】,开始输入原文档,如图 4-23 所示(参见"第 4 课\4-原文件\4-S3")。

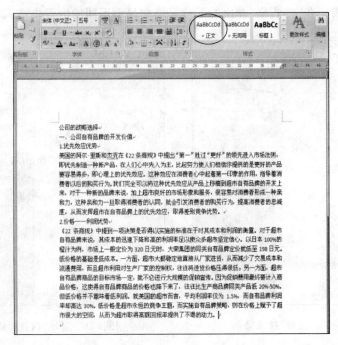

图 4-23 输入原文档

（2）更改样式。单击【开始】"样式"组的【更改样式】，如图 4-24 所示。在"更改样式"的下拉菜单中选择【样式集】，如图 4-25 所示。

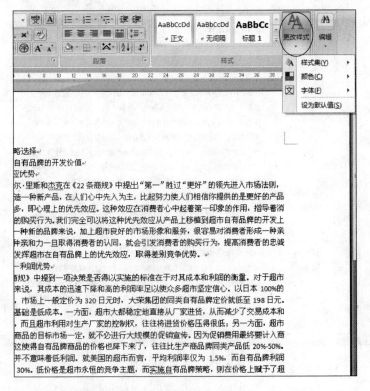

图 4-24 选择"更改样式"

（3）选择样式。在"样式集"弹出的下拉菜单中显示不同的内置样式，如图 4-26 所示。

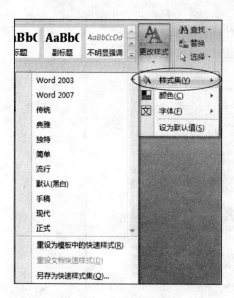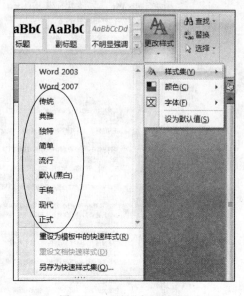

图 4-25　选择"样式集"　　　　　　　图 4-26　显示"内置样式"

（4）显示不同样式的文档。选择【典雅】样式，如图 4-27 所示（参见"第 4 课\4-实例文件\4-E2"）。选择【流行】样式，如图 4-28 所示（参见"第 4 课\4-实例文件\4-E3"）。

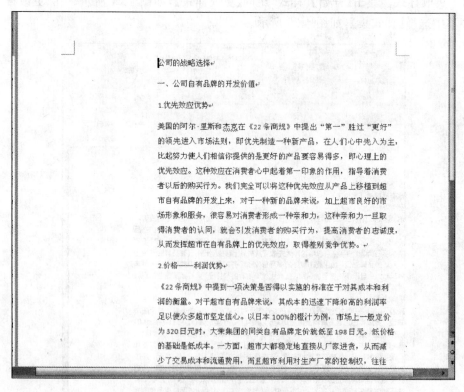

图 4-27　"典雅"样式图

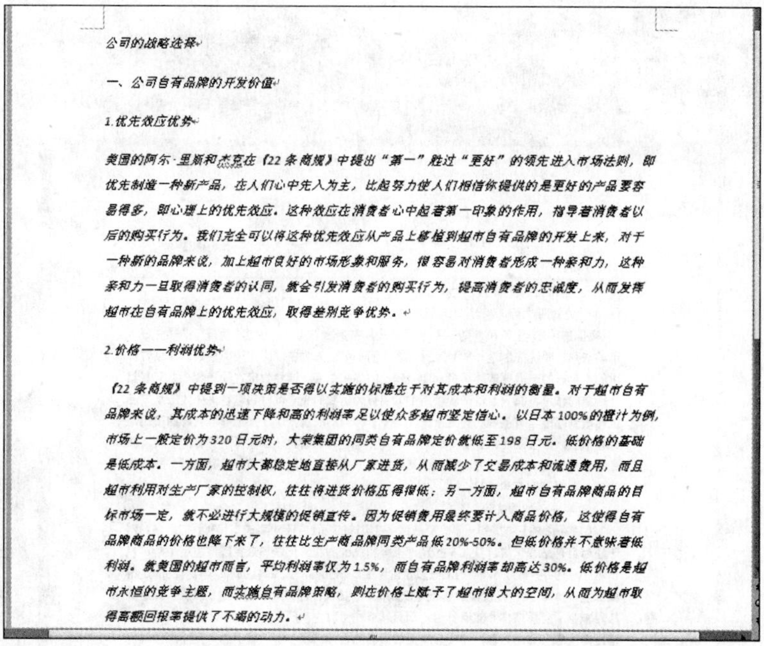

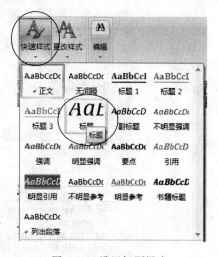

图 4-28 "流行"样式图

(5) 设置标题样式。将鼠标放在标题处,单击【开始】"样式"组,选择【快速样式】中的【Aat 标题】,如图 4-29 所示。选中正文,单击【开始】"段落"组,选择【行距】为【1.15】,效果如图 4-30 所示(参见"第 4 课\4-实例文件\4-E4")。

(6) 显示内置样式。将光标移到标题上,单击【开始】"样式"组,选择【标题 1】,如图 4-31 所示。

(7) 修改内置样式。将光标移到标题上,单击【开始】"样式"组,右击【标题 1】,弹出下拉菜单,如图 4-32 所示。选择【修改】,在"修改样式"的对话窗口"格式"中选择"字号"为【二号】,"字体颜色"为【深红】,单击【确定】,如图 4-33 所示,效果如图 4-34 所示。

图 4-29 设置标题样式

【开始】

① 内置样式其他部分的修改,与本例的方法相同。

② 是否将新建的样式添加到内置样式中,在"修改样式"对话窗口下面的选项中可做出选择,选项包括"添加到快速样式列表"、"自动更新"、"仅限此文档"和"基于该模板的新文档"等。

③ "样式"的组合是模板,模板是一种特殊的文档,"模板"是"模板文件"的简称,使用"样式"和"模板",可以方便快捷的格式化文本,它可以避免大量的重复劳动。

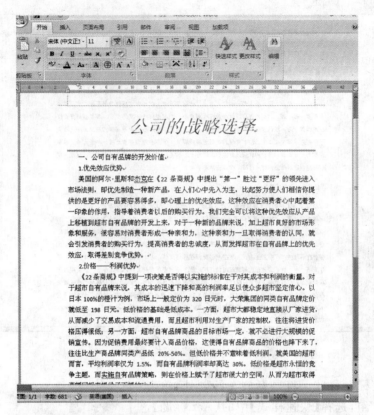

图 4-30　显示标题样式

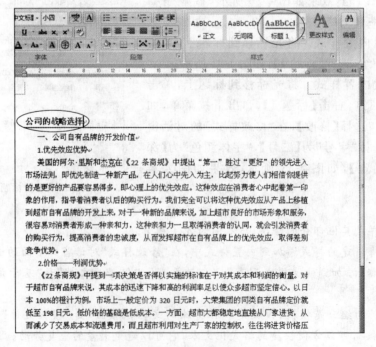

图 4-31　选择"内置样式"

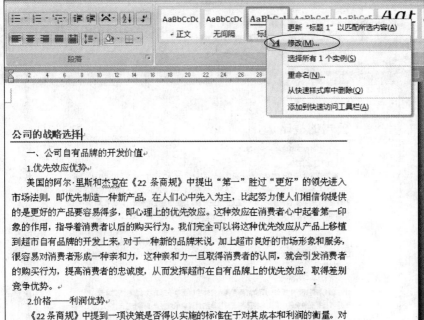

图 4-32　显示"内置样式"

公司的战略选择

一、公司自有品牌的开发价值

1.优先效应优势

美国的阿尔·里斯和杰克在《22条商规》中提出"第一"胜过"更好"的领先进入市场法则，即优先制造一种新产品，在人们心中先入为主，比起努力使人们相信你提供的是更好的产品要容易得多，即心理上的优先效应。这种效应在消费者心中起着第一印象的作用，指导着消费者以后的购买行为。我们完全可以将这种优先效应从产品上移植到超市自有品牌的开发上来，对于一种新的品牌来说，加上超市良好的市场形象和服务，很容易对消费者形成一种亲和力，这种亲和力一旦取得消费者的认同，就会引发消费者的购买行为，提高消费者的忠诚度，从而发挥超市在自有品牌上的优先效应，取得差别竞争优势。

2.价格——利润优势

《22条商规》中提到一项决策是否得以实施的标准在于对其成本和利润的衡量。对于超市自有品牌来说，其成本的迅速下降和高的利润率足以使众多超市坚定信心。以日本100%的橙汁为例，市场上一般定价为320日元时，大荣集团的同类自有品牌定价就低至198日元。低价格的基础是低成本。一方面，超市大都稳定地直接从厂家进货，从而减少了交易成本和流通费用，而且超市利用对生产厂家的控制权，往往将进货价格压得很低。另一方面，超市自有品牌商品的目标市场一定，就不必进行大规模的促销宣传

图 4-33　修改"内置样式"

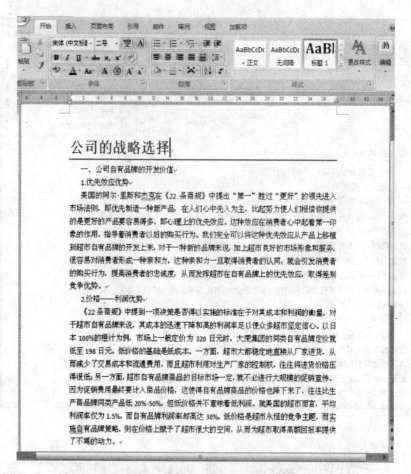

图 4-34 添加"新样式"效果图

4.6 关键词

biān jí
① 编 辑

biāo tí
② 标 题

chá zhǎo
③ 查 找

chá zhǎo xià yī chù
④ 查 找 下 一 处

dǐ wén
⑤ 底 纹

diǎn yǎ
⑥ 典 雅

fù zhì
⑦ 复 制

gé shì shuā
⑧ 格 式 刷

gèng gǎi yàng shì
⑨ 更 改 样 式

guān bì
⑩ 关 闭

huá wén zhōng sòng
⑪ 华 文 中 宋

jiǎn qiē
⑫ 剪 切

jiǎn tiē bǎn
⑬ 剪 贴 板

kuài sù yàng shì
⑭ 快 速 样 式

liú xíng
⑮ 流 行

què dìng
⑯ 确 定

shēn hóng
⑰ 深 红

shǒu háng suō jìn
⑱ 首 行 缩 进

tì huàn
⑲ 替 换

wén zì
⑳ 文 字

xiū gǎi
㉑ 修 改

xuǎn zé
㉒ 选 择

yàng shì
㉓ 样 式

yàng shì jí
㉔ 样 式 集

zhān tiē
㉕ 粘 贴

zhèng wén
㉖ 正 文

4.7　课后练习

（1）编辑《公司的战略选择》第一段，利用"格式刷"将第一段的格式复制到第二段；查找其中的"消费者"，并将其替换成"顾客"（参见"第 4 课\4-原文件\4-S1"）。

（2）对《中外投资银行合作研究》分别设置成"流行"样式、"现代"样式和"正式"样式；标题设置成"黑体"、"二号"、"加粗"；正文"字号"为"小四"号；"行距"为"1.5 倍"（参见"第 4 课\4-原文件\4-S4"）。

Word 2007表格的应用

在这一课中将学到以下内容：

- 插入表格和绘制表格；
- 利用"表格工具"中的【布局】编辑表格；
- 利用"表格工具"中的【设计】完善表格。

5.1 导读

在实际工作中，有时需要在 Word 中插入表格，如工作日程表、课程表、个人简历表等，在 Word 中插入多种样式的表格，极大地扩大了 Word 的应用范围。本课主要介绍 Word 中表格的制作和编辑。

5.2 知识要点

1.【插入】中的"表格"组

【插入表格】按照指定的行数和列数插入一张表格。

【绘制表格】根据需要手动创建不规则的表格并绘制表格边框。

【文本转换成表格】将文字拆分为以逗号、空格或其他指定字符分隔的列，从而将所选文字转换到表格中。

【Excel 电子表格】插入 Excel 电子表格。

【快速表格】使用内置的表格模板插入所需的表格。

2. "表格工具"中的【设计】

【设计】中的"表格样式选项"组，用来设置整个表格的格式，将指针停留在每个预先设置好的表格样式上，可以预览表格的外观。

【设计】中的"表样式"组，用于设置表的整体样式。

【设计】中的"绘图边框"组，用于绘制表格和边框。

3. "表格工具"中的【布局】

【布局】中的"表"组，绘制斜线表头并对表格进行编辑。

【布局】中的“行和列”组，在表格中用于插入、删除行或列。

【布局】中的“合并”组，合并或拆分单元格。

【布局】中的“单元格大小”组，对单元格的大小进行调整。

【布局】中的“对齐方式”组，调整文字在单元格中的位置。

【提示】

当选中表格时才会出现“表格工具”选项，“表格工具”下有【设计】选项和【布局】选项。

5.3　实战演练 5-1——创建课程表

1. 利用【插入表格】创建课程表

课程表如图 5-1 所示(参见“第 5 课\5-实例文件\5-E1”)。

企业中层管理研修班课程表

星期 / 课程	星期一	星期二	星期三	星期四	星期五
第 1 节	精读	公司汉语	精读	口语	公司汉语
第 2 节	精读	公司汉语	精读	口语	公司汉语
第 3 节	IT 中国语	口语	IT 中国语	中国音乐	市场营销
第 4 节	IT 中国语	口语	IT 中国语	中国音乐	市场营销
第 5 节	企业管理	听力	市场营销	听力	报刊阅读
第 6 节	企业管理	听力	市场营销	听力	报刊阅读
第 7 节					专业讲座
第 8 节					专业讲座

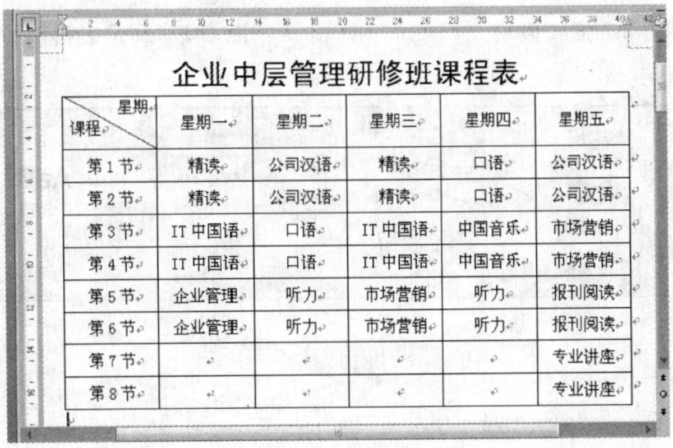

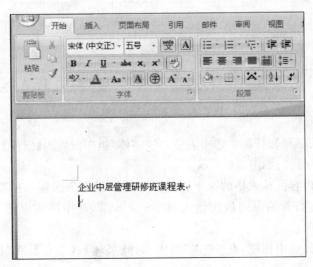

图 5-1　课程表

(1) 输入表标题。打开一个空白文档，输入“企业中层管理研修班课程表”然后按 Enter 键，如图 5-2 所示。

图 5-2　输入标题

（2）插入表格。将光标放在要插入表格的位置，单击【插入】"表格"组中【插入表格】，如图 5-3 所示。然后设置"列数"为 6，"行数"为 9，如图 5-4 所示。单击【确定】，如图 5-5 所示。

图 5-3　插入表格　　　　　　　　　图 5-4　确定表格的"行"和"列"

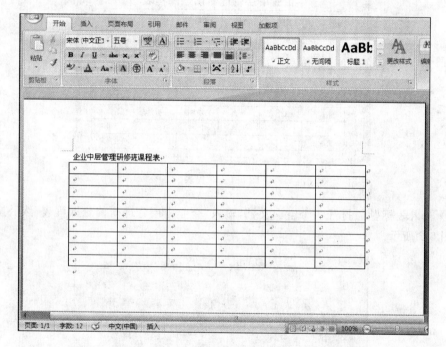

图 5-5　插入表格后的效果

（3）设置字体、字号和行距。选中表格，在"字体"组中设置为【宋体】、【小四】，在"段落"组中，【行距】设置为 1.5，如图 5-6 所示。

（4）输入表格内容。从表格的第 1 行第 2 列开始横向依次输入星期一、星期二、…、星期五，在第 1 列第 2 行开始纵向依次输入第 1～第 8 节，在中间相应的位置填入所设的课程，如图 5-7 所示。

（5）设置标题。选中标题，在"字体"组中选择【黑体】、【二号】，在"段落"组中选择【居中】，如图 5-8 所示。

图 5-6　设置"行距"

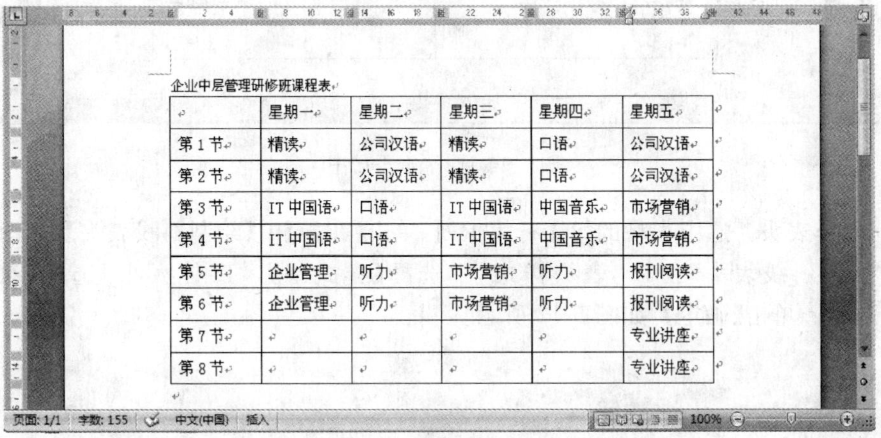

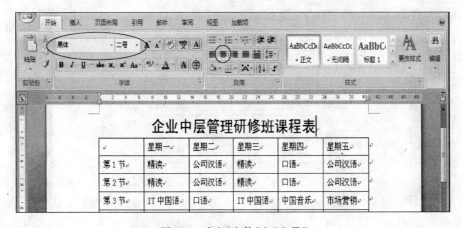

图 5-7　输入表格内容

图 5-8　确定"字体"和"字号"

（6）设置对齐方式。选中表格，在"表格工具"【布局】的"对齐方式"组中选择【水平居中】，使得文字在单元格内水平和垂直都居中，如图5-9所示。

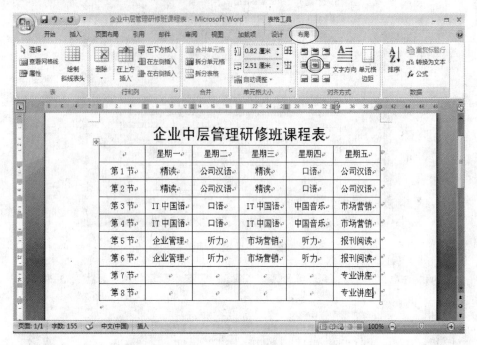

图5-9　选择"水平居中"

（7）制作表头。选中表格的第1行第1列，单击【布局】中【绘制斜线表头】，如图5-10所示。在"插入斜线表头"窗口"表头样式"中选择【样式一】，"字体大小"选择【小四】，如图5-11所示。单击【确定】，如图5-12所示。

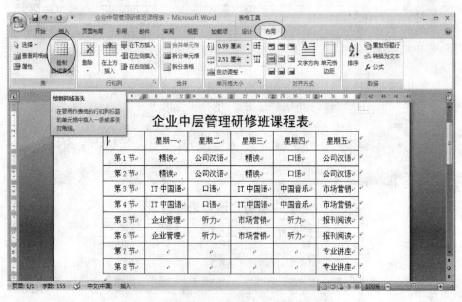

图5-10　选择"绘制斜线表头"

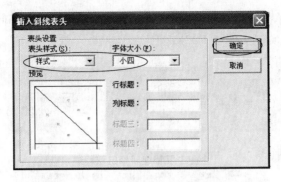

图 5-11 "插入斜线表头"活动窗口

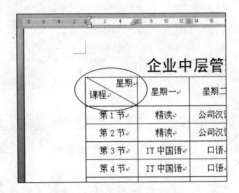

图 5-12 "斜线表头"效果图

（8）绘制斜线表头。单击第1行第1列，在"段落"组中设置【行距】为1.0，在已设置的斜线表头中输入"星期"按 Enter 键，再输入"课程"。

2. 利用"表样式"组美化课程表

（1）选中课程表。选中课程表后，显示"表格工具"选择【设计】，如图 5-13 所示。

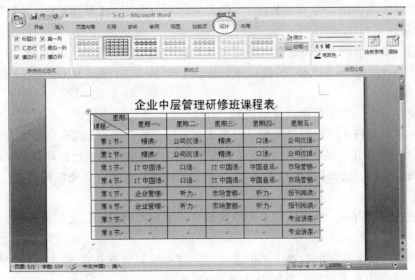

图 5-13 选择"表格工具"的"设计"

（2）显示样式。单击"表格工具"选择【设计】"表样式"组中的任何一个样式，如图5-14所示（参见"第5课\5-实例文件\5-E2"）。

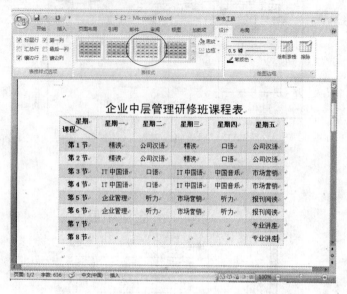

图 5-14　显示"样式"效果图

【提示】

在"表格工具"【设计】"表样式"组的右侧有更多的样式可供选择。

5.4　实战演练5-2——创建个人简历表

在编制文档的过程中有时需要插入不规范的表格，如个人简历表。创建个人简历表可以将【插入表格】和【绘制表格】的功能结合起来使用。创建一个人简历表，如图5-15所示（参见"第5课\5-实例文件\5-E3"）。

（1）设置表的标题。输入表的标题"个人简历表"，设置为【黑体】、【二号】、【居中】，如图5-16所示。

（2）插入表格。按Enter键后，选择【宋体】、【小四】后，单击【插入】"表格"组中的【插入表格】，见图5-3。在"插入表格"的窗口中设置"列数"为4，"行数"为12，单击【确定】后，如图5-17所示。

（3）设置行距。选中表格，在【开始】的"段落"组中设置"行距"为1.5，如图5-18所示。

（4）合并单元格。选中表格的第5行第1列～第9行第1列，如图5-19所示。单击【局部】"合并"组的【合并单元格】项。用同样的方法对相关的单元格进行合并，如图5-20所示。

（5）添加竖线。选择【插入】"表格"组中的【绘制表格】，然后在相应的位置上补充一些竖线，如图5-21所示。

（6）输入表格内容。在表格相应的位置填写有关属性，如姓名、通信地址、邮政编码等，如图5-22所示。

（7）调整表格中文字的位置。选中表格，选中【布局】"对齐方式"组中的【水平居中】，使得文字在单元格内水平和垂直都居中，如图5-23所示。

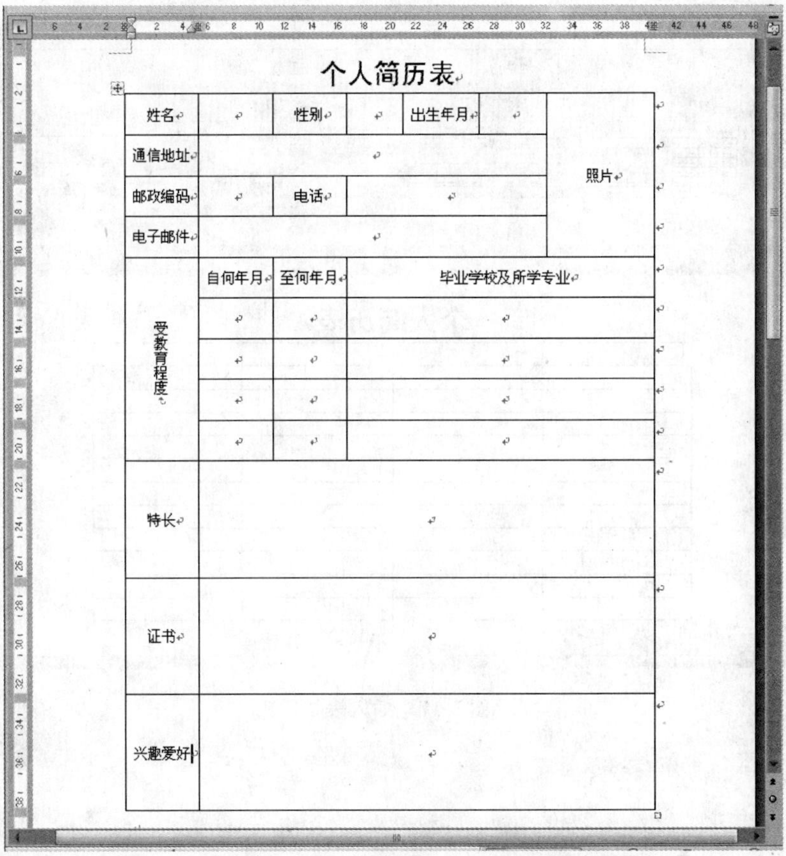

图 5-15 个人简历表

图 5-16 选择"字体"和"字号"

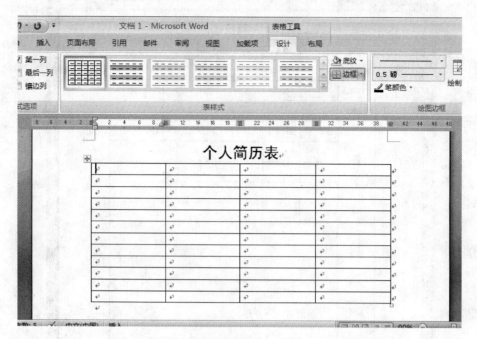

图 5-17　插入表格

图 5-18　设置"行距"

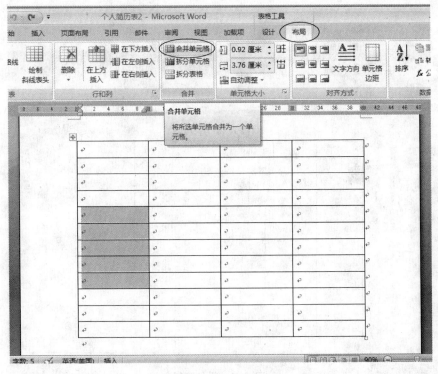

图 5-19　合并单元格

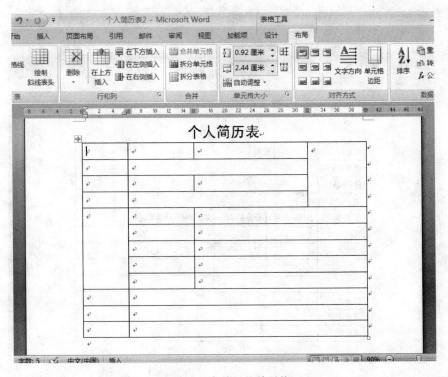

图 5-20　合并后的单元格

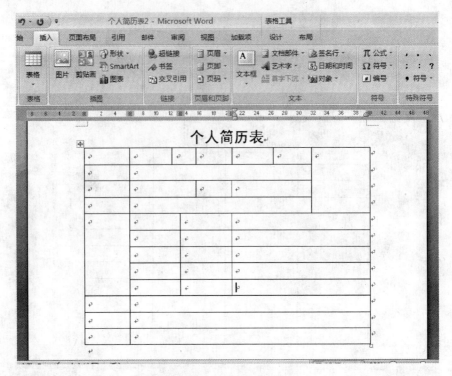

图 5-21　添加竖线

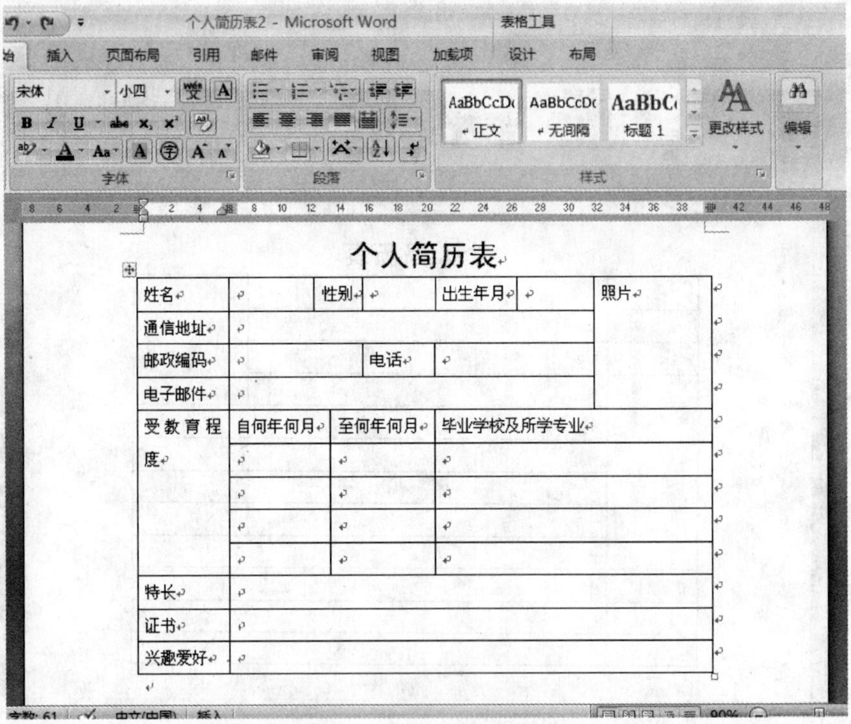

图 5-22　输入表格内容

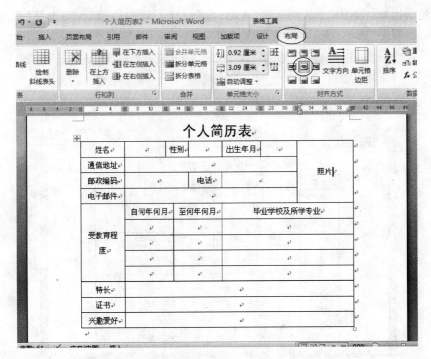

图 5-23 调整表格中文字位置

（8）调整文字方向。选中"受教育程度"单元格，单击【页面布局】"页面设置"组中的【文字方向】，选择【垂直】，使得文字垂直排列，如图 5-24 所示。

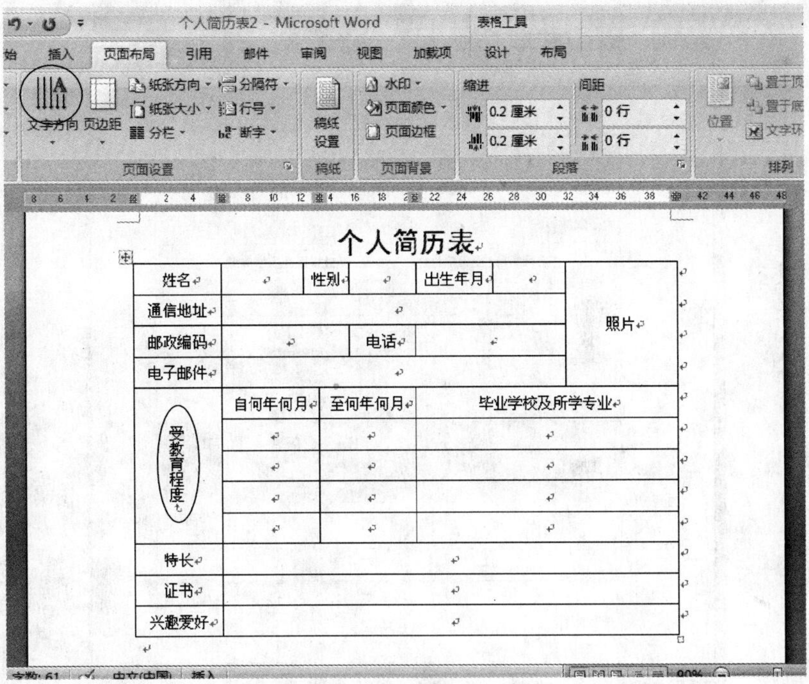

图 5-24 选择"文字方向"

(9) 绘制边框。选中"个人简历表"表格,在【设计】"绘图边框"组中选择【2.25 磅】,如图 5-25 所示(参见"第 5 课\5-实例文件\5-E4")。

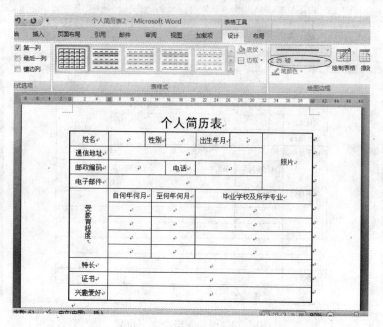

图 5-25　绘制边框

(10) 设置不同的样式。选中"表格工具"【设计】"表样式"组中的不同样式即可,如图 5-26 所示和图 5-27 所示(参见"第 5 课\5-实例文件\5-E5")。

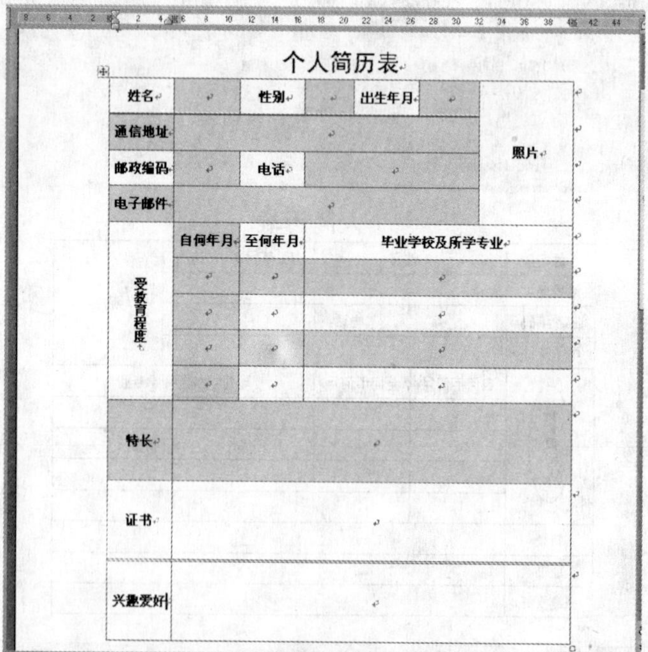

图 5-26　设置表格样式 1

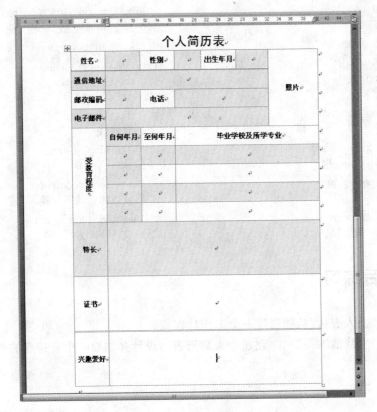

图 5-27 设置表格样式 2

【提示】

① 当"个人简历表"完成之后,要调整表格的行宽或列宽,可以将鼠标放在表格的横线或竖线上进行相应的调整,达到满意的效果(参见"第 5 课\5-实例文件\5-E3")。

② 若表格画的不理想,需要修改时,首先将光标放在表格中需要修改的位置,在"表格工具"【布局】中,选择合适的组、合适的选项进行相应的修改。

5.5 关键词

biān kuàng
① 边 框

biǎo
② 表

biǎo gé
③ 表 格

biǎo gé gōng jù
④ 表 格 工 具

biǎo yàng shì
⑤ 表 样 式

bù jú
⑥ 布 局

chā rù
⑦ 插 入

chā rù biǎo gé
⑧ 插 入 表 格

chāi fēn dān yuán gé
⑨ 拆 分 单 元 格

dān yuán gé dà xiǎo
⑩ 单 元 格 大 小

diàn zǐ biǎo gé
⑪ 电 子 表 格

duì qí fāng shì
⑫ 对 齐 方 式

fēn bù liè
⑬ 分 布 列

fēn bù háng
⑭ 分 布 行

hé bìng
⑮ 合 并

hé bìng dān yuán gé
⑯ 合 并 单 元 格

huì tú biān kuàng
⑰ 绘 图 边 框

huì tú gōng jù
⑱ 绘 图 工 具

huì zhì biǎo gé
⑲ 绘 制 表 格

huì zhì xié xiàn biǎo tóu
⑳ 绘 制 斜 线 表 头

kuài sù biǎo gé
㉑ 快 速 表 格

shè jì
㉒ 设 计

shù xiàn
㉓ 竖 线

shuǐ píng jū zhōng
㉔ 水 平 居 中

wén běn zhuǎn huàn chéng biǎo gé
㉕ 文 本 转 换 成 表 格

wén zì fāng xiàng
㉖ 文 字 方 向

5.6 课后练习

（1）利用"插入表格"功能创建一个工作日程表。

（2）参考"实战演练 5-2——创建个人简历表"，设计并创建一个有特点的个人自荐表。

第 6 课

Word 2007的SmartArt

在这一课中将学到以下内容：

- 插入 SmartArt 图形；
- 在 SmartArt 的图中添加文本；
- 调整 SmartArt 图形的布局和颜色；
- SmartArt 的样式的应用。

6.1 导读

SmartArt 图形是信息和观点的视觉表示形式。可以通过多种不同布局，从中选择创建 SmartArt 图形，从而快速、轻松、直观、有效地传达信息。本课主要介绍循环图和层次结构图。

6.2 知识要点

1.【插入】"插图"组中的【SmartArt】

【全部】显示全部 SmartArt 图形中的 115 种类型。

【列表】用于显示非有序信息块或分组信息块，也可以显示多个信息分组等。

【流程】用于显示行进、任务、流程或工程中的顺序和步骤等。

【循环】用于以循环流程表示阶段、任务或事件的连续序列等。

【层次结构】用于显示组织中的分层信息或上下级关系等。

【关系】用于比较或显示两个观点之间的关系等。

【矩阵】用于以象限的方式显示部分与整体的关系等。

【棱锥图】用于显示比例关系、互连关系或层次关系等。

2."SmartArt 工具"中【设计】的"创建图形"组

【添加形状】用于在 SmartArt 图形中添加形状。

【从右向左】在"从左到右"和"从右到左"之间切换 SmartArt 图形的布局。

【文本窗格】显示或隐藏文本窗格，文本窗格可以在 SmartArt 图形中快速输入和编辑文本。

3. "SmartArt 工具"中的【设计】

"布局"组：用于更改 SmartArt 图形的布局。

"SmartArt 样式"组：用于选择 SmartArt 图形的总体外观样式。

6.3　实战演练 6-1——创建公司业务流程图

用 SmartArt 图表示某公司的企划循环过程，如图 6-1 所示（参见"第 6 课\6-实例文件\6-E1"）。

图 6-1　企划循环过程图

（1）插入 SmartArt 图。单击【插入】"插图"组中的 SmartArt，如图 6-2 所示。

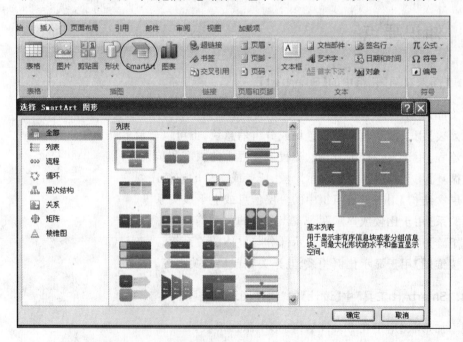

图 6-2　插入 SmartArt

（2）选择循环图。在"选择 SmartArt 图形"对话框，单击【循环】中的【基本循环】，如图 6-3 所示。单击【确定】，见图 6-4。

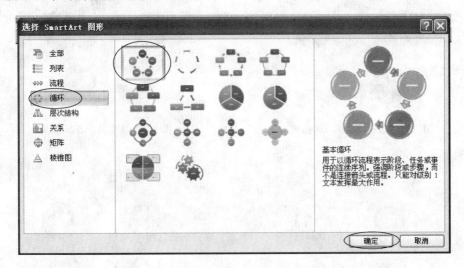

图 6-3 选择"循环"

（3）输入文本内容。单击图 6-4 的红圈处，或直接在"文本"中输入文本内容，如图 6-5 所示。输入后的效果如图 6-6 所示。

（4）改变 SmartArt 的样式。单击图 6-6 的"SmartArt 图"，在"SmartArt 工具"【设计】的"SmartArt 样式"组中单击【优雅】，如图 6-7 所示。

（5）更改颜色。单击图 6-7，在"SmartArt 工具"【设计】的"SmartArt 样式"组中单击【更改颜色】，选择其中的一种，如图 6-8 和图 6-9。

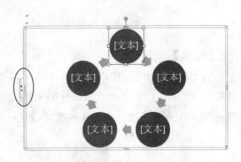

图 6-4 选择"基本循环"效果图

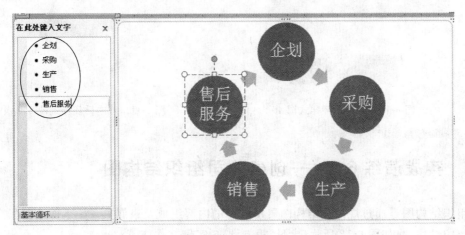

图 6-5 输入文本内容

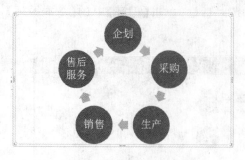

图 6-6　选择 SmartArt 样式

图 6-7　基本循环样式图 1

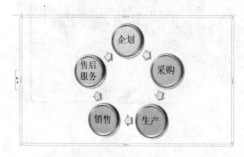

图 6-8　基本循环样式图 2

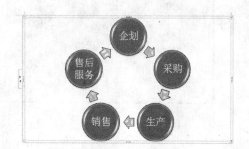

图 6-9　基本循环样式图 3

【提示】

　　对 SmartArt 图,可以在"SmartArt 工具"【设计】的"布局"组选择不同的布局,如图 6-10 和图 6-11 所示,也可选择"SmartArt 样式"组中【更改颜色】调整图形的色彩,"布局"组和"SmartArt 样式"组,可以根据需要交替进行调整(参见"第 6 课\6-实例文件\6-E2")。

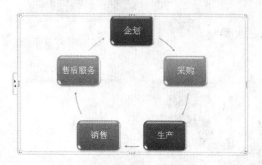

图 6-10　基本循环样式图 4

图 6-11　基本循环样式图 5

6.4　实战演练 6-2——创建公司组织结构图

　　组织结构图是通过规范化结构图展示公司的内部组成及隶属关系。下面绘制华东公司部分组织结构图,如图 6-12 所示(参见"第 6 课\6-实例文件\6-E3")。

　　(1) 插入 SmartArt 图。单击【插入】"插图"组中的【SmartArt】,如图 6-13 所示。

　　(2) 选择层次结构。在打开的"SmartArt"对话窗口选择【层次结构】中的【层次结构】,

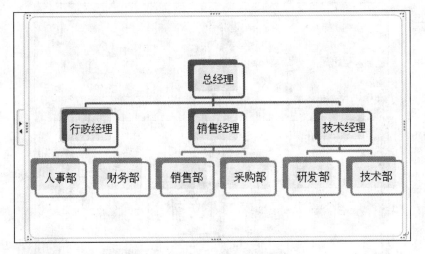

图 6-12　公司组织结构图

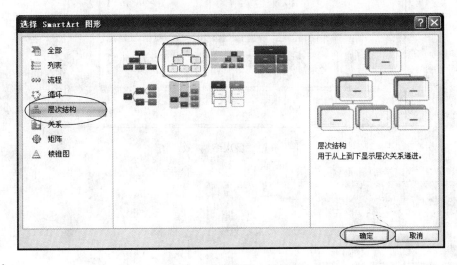

图 6-13　选择"层次结构"

如图 6-13 所示。单击【确定】,效果如图 6-14 所示。

（3）改变 SmartArt 样式。在"SmartArt 工具"中单击【设计】"SmartArt 样式"组中的【更改颜色】,选择"彩色范围 - 强调文字颜色 3 至 4",如图 6-15 所示。

（4）输入文字。单击图 6-16 红圈处,如图 6-17 所示。在"在此处输入文字"对话框输入文字,如图 6-18 所示。

（5）添加形状。图 6-18 与图 6-12 相比还少了一部分内容,需要添加"形状"（图形）完成。单击图 6-18 的"销售部",在"SmartArt 工具"中选择【设计】"创建图形"组中单击【添加形状】,如图 6-19 所示。

（6）在后面添加形状。单击【在后面添加形状】项,如图 6-20 所示,效果如图 6-21 所示。

（7）添加文本。在空白框中输入"采购部",如图 6-22 所示。

（8）添加分支。用同样的方法添加"技术经理"分支的内容,如图 6-23 所示。

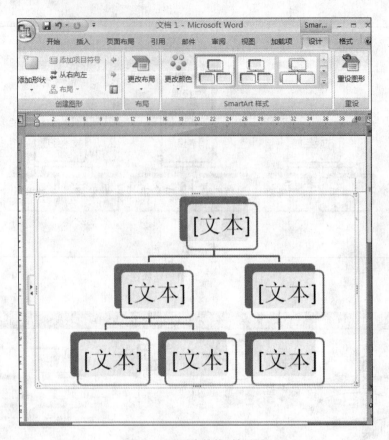

图 6-14　"层次结构"效果图

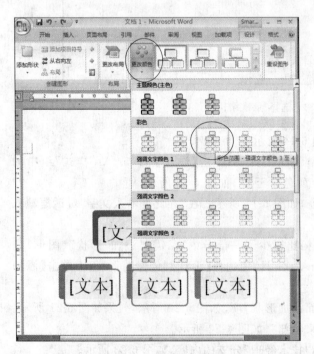

图 6-15　选择"改变样式"

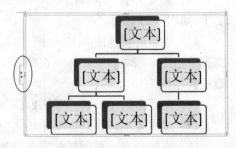

图 6-16　"改变样式"效果图

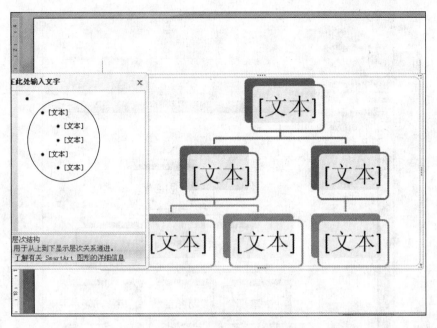

图 6-17　输入文字

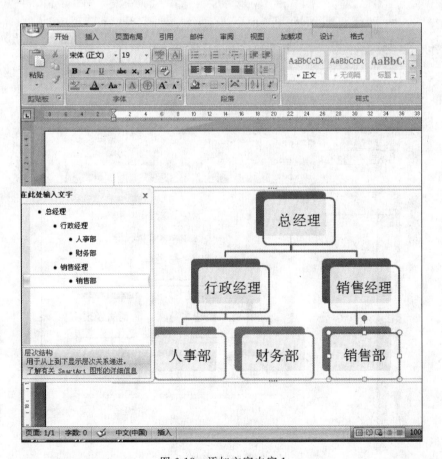

图 6-18　添加文字内容1

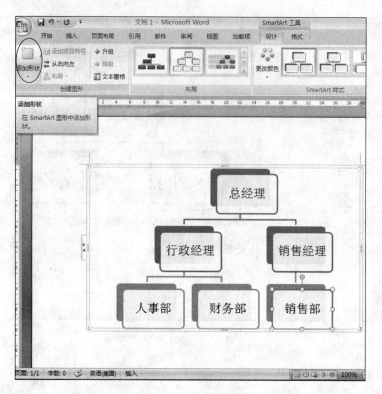

图 6-19　"添加形状"步骤 1

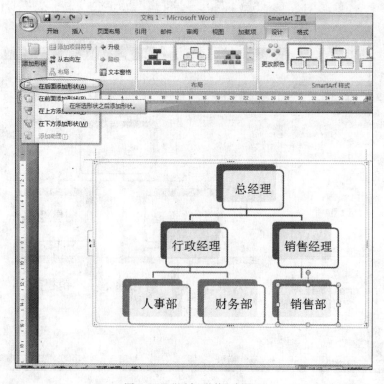

图 6-20　"添加形状"步骤 2

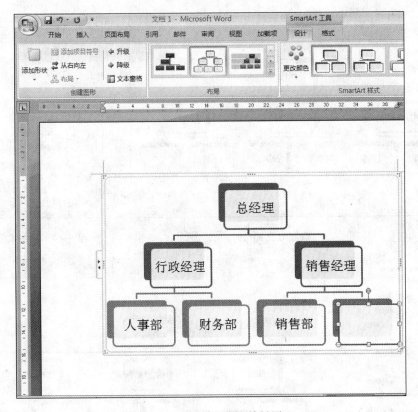

图 6-21 "添加形状"效果图

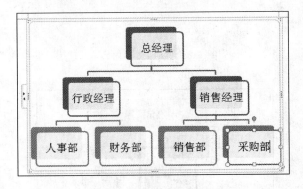

图 6-22 添加文字内容 2

（9）输入文本内容。如图 6-24 所示，"在此处输入文本"添加文字，或在文本框中输入相应的文本内容，如图 6-25 所示。效果见图 6-12。

（10）优化布局和样式。对组织结构图可以更改布局、更改 SmartArt 样式，会得到更加满意的效果，如图 6-26 和图 6-27 所示（参见"第 6 课\6-实例文件\6-E4"）。

【提示】

① 在层次结构图中也可以直接在图中输入文本内容。

② 双击"SmartArt 图"，可自动显示 SmartArt 面板，对 SmartArt 图直接进行编辑。

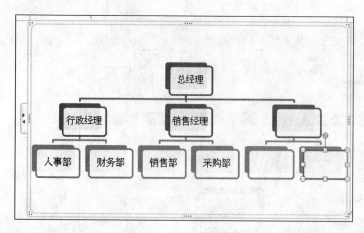

图 6-23　添加分支部分　　　　　　　　　　　　图 6-24　添加文字窗口

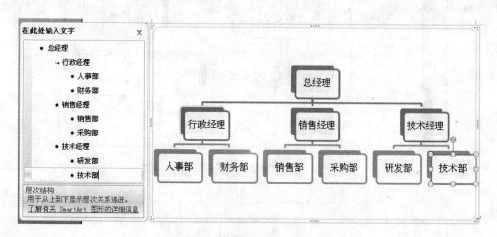

图 6-25　添加文本内容 3

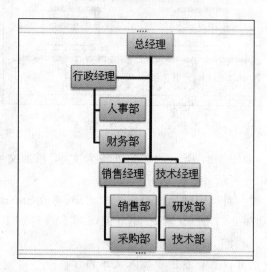

图 6-26　"层次结构"样式 1

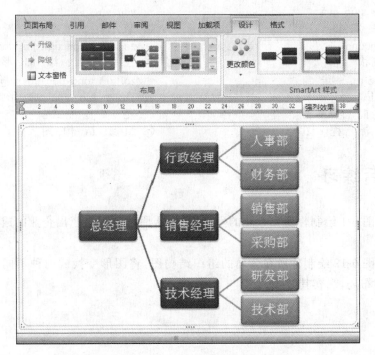

图 6-27 "层次结构"样式 2

6.5 关键词

céng cì jié gòu
① 层 次 结 构

cóng yòu xiàng zuǒ
② 从 右 向 左

gēng gǎi yán sè
③ 更 改 颜 色

guān xì
④ 关 系

gōng sī zǔ zhī jié gòu tú
⑤ 公 司 组 织 结 构 图

jī běn xún huán
⑥ 基 本 循 环

jǔ zhèn
⑦ 矩 阵

léng zhuī tú
⑧ 棱 锥 图

liè biǎo
⑨ 列 表

liú chéng
⑩ 流 程

qiáng diào wén zì yán sè
⑪ 强 调 文 字 颜 色

qiáng liè xiào guǒ
⑫ 强 烈 效 果

quán bù
⑬ 全 部

què dìng
⑭ 确 定

sān wéi
⑮ 三 维

shè jì
⑯ 设 计

shuǐ píng céng cì jié gòu
⑰ 水 平 层 次 结 构

tiān jiā xíng zhuàng
⑱ 添 加 形 状

wén běn chuāng gé
⑲ 文 本 窗 格

wén dàng de zuì jiā pǐ pèi
⑳ 文 档 的 最 佳 匹 配

　　　xì wēi xiào guǒ
㉑ 细 微 效 果

　　　xíng zhuàng
㉒ 形 状

　　　xún huán
㉓ 循 环

　　　yè wù liú chéng tú
㉔ 业 务 流 程 图

　　　yōu yǎ
㉕ 优 雅

　　　zài hòu miàn tiān jiā xíng zhuàng
㉖ 在 后 面 添 加 形 状

　　　zài xià fāng tiān jiā xíng zhuàng
㉗ 在 下 方 添 加 形 状

　　　zǔ zhī jié gòu tú
㉘ 组 织 结 构 图

6.6　课后练习

　　(1) 参考图 6-1 绘制你所在企业的生产过程,从原材料到生产出企业的成品,用一个循环过程描述。

　　(2) 参考图 6-12 绘制你所在公司的组织结构图,将图形变换成两种不同的颜色,设置成三种以上的布局,观察其效果。

第7课

Word 2007图形的绘制

在这一课中将学到以下内容：

- 创建并编辑绘图画布；
- 插入形状（图形）；
- 对自选图形进行编辑。

7.1　导读

绘图画布是创建自选图形的基础，在绘图画布上创建图形，可以实现自动组合，使得多个图形为一体。图形的绘制主要指自选图形，如不同的线条、基本形状和流程图等。

7.2　知识要点

1.【插入】"插图"组中的【形状】

【流程图】表示流程图所使用的符号。

【线条】连接自选图形的直线、箭头、连接符、曲线、任意多边形和自由曲线。

【新建绘图画布】用于画图前使用，类似于一张画纸，便于进行编辑自选图形。

2."绘图工具"的【格式】

"形式样式"组：更改形状的总体外观样式。

"三维效果"组：为形状添加三维效果。

"排列"组：对形状进行不同的编辑，如【文字环绕】确定所选图形周围的文字环绕方式；【组合】将多个对象（形状）组合到一起，作为单个对象处理；【位置】设置图形在文本中的位置。

"大小"组：表示形状的高度和宽度，如【高度】表示形状的高度或图片的高度；【宽度】表示形状的宽度或图片的宽度。

7.3　实战演练 7-1——创建新员工上岗培训流程 1

为使新员工明确工作职责，获得职业生涯所必须的有关信息，设计并创建一个新员工上岗培训流程图，如图 7-1 所示（参见"第 7 课\7-实例文件\7-E1"）。

（1）建立绘图画布。单击【插入】选择"插图"组的【形状】，弹出一个对话窗口，如图 7-2 所示。单击【新建绘图画布】，如图 7-3 所示，效果如图 7-4 所示。

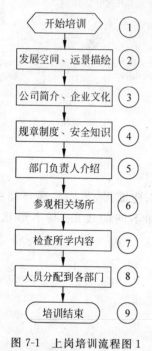

图 7-1　上岗培训流程图 1

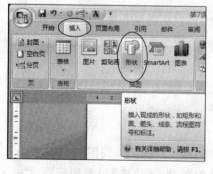

图 7-2　选择"形状"

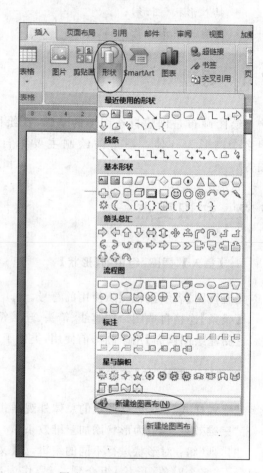

图 7-3　选择"新建绘图画布"

（2）绘制图 7-1 的"框①"。选择"绘图工具"【格式】中的"插入形状"组，选择【流程图：准备】，画出"框①"，"高度"为 0.90 厘米，"宽度"为 3.60 厘米。效果如图 7-5 所示。

（3）添加文字。右击"框①"，选择【添加文字】，如图 7-6 所示。然后输入"开始培训"，如图 7-7 所示。若第二次添加文字时则显示"编辑文字"，可对图中的文字进行修改。

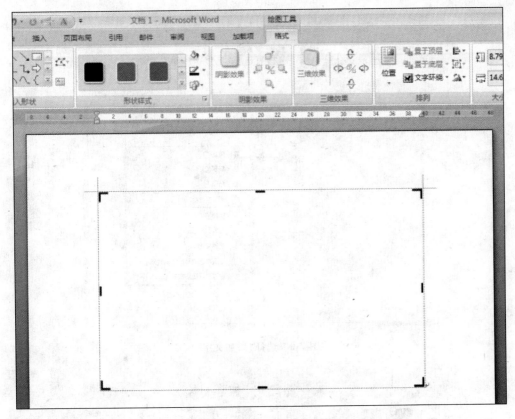

图 7-4　"新建绘图画布"效果图

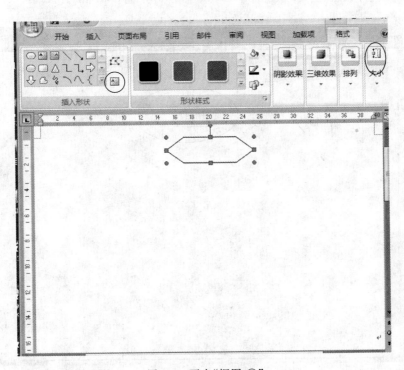

图 7-5　画出"框图 ①"

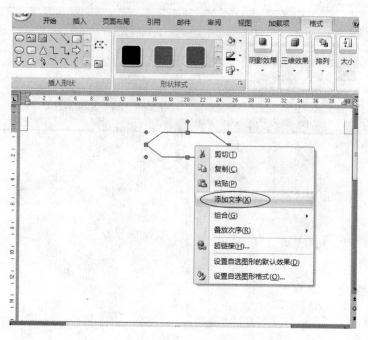

图 7-6　选择"添加文字"

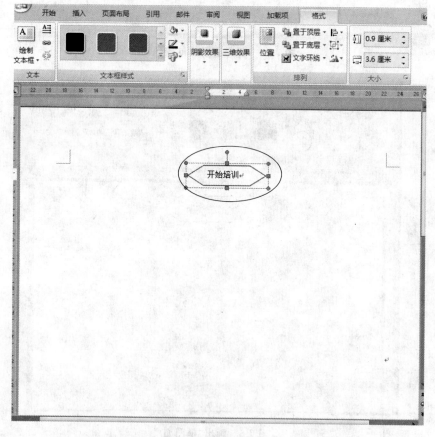

图 7-7　添加文字 1

（4）绘制图 7-1 的"框 2"。选择"绘图工具"【格式】中的"插入形状"组，选择【矩形】，在编辑区适当的位置画"框②"，"高度"为 0.90 厘米，"宽度"为 3.60 厘米，如图 7-8 所示。效果如图 7-9 所示。

图 7-8　确定"框②"的"大小"

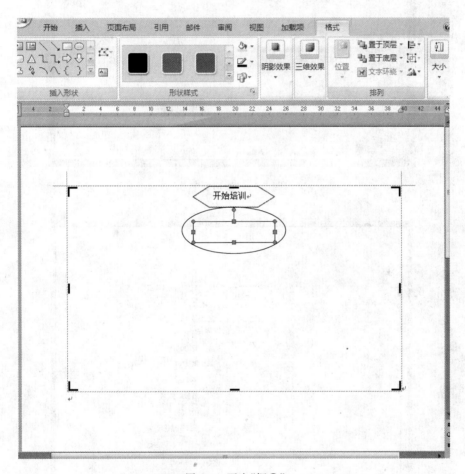

图 7-9　画出"框②"

（5）添加文字。右击"框②"，选择【添加文字】，如图 7-6。在"框②"中输入"发展空间、远景描绘"，如图 7-10 所示。

（6）调整文本框边距。文字没有完全显示，右击"框②"，选择【设置自选图形格式】，如图 7-11 所示。选择【文本框】，将文本框的"左"设置为 0 厘米，"右"设置为 0 厘米，如图 7-12 所示。单击【确定】，效果如图 7-13 所示。

图 7-10 添加文字 2

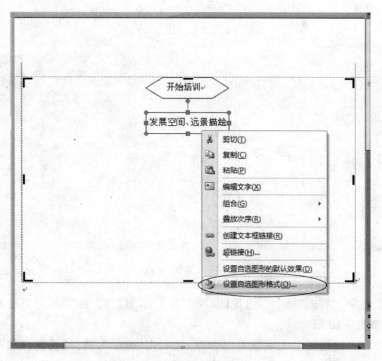

图 7-11 调整"框②"边距

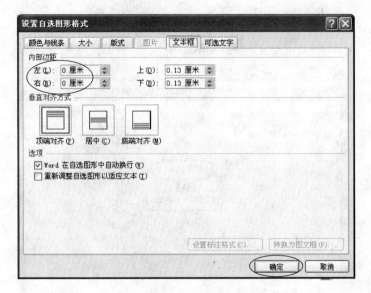

图 7-12 调整文本框"内部边距"

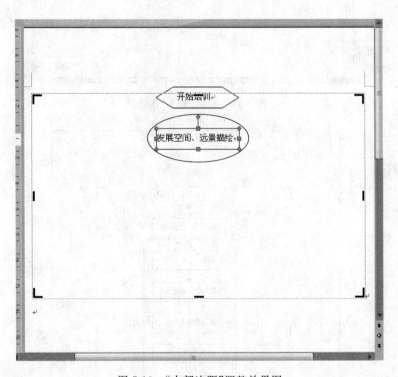

图 7-13 "内部边距"调整效果图

（7）绘制箭头连接符。单击"绘图工具"【格式】"插入形状"组的【箭头】，在"框①"和"框②"中间画一"箭头"，如图 7-14 所示。

（8）画出"框③~框⑧"。重复第（4）~（7）步骤，将其余的"框③~框⑧"画出，"高度"为0.90 厘米，"宽度"为 3.60 厘米，见图 7-9，并添加相应的文字，如图 7-15 所示。

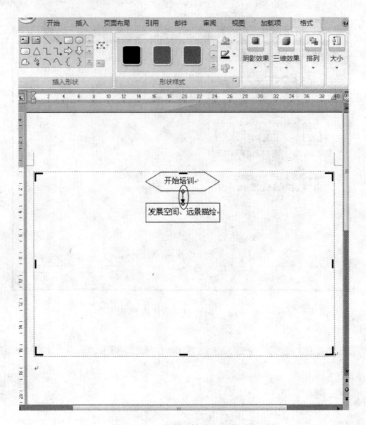

图 7-14　绘制"箭头"连接符

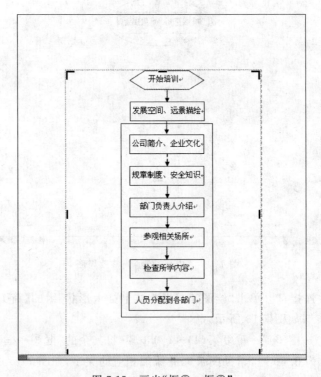

图 7-15　画出"框③～框⑧"

（9）绘制图 7-1 中的"框⑨"。选择"绘图工具"【格式】中的"插入形状"组，选择【流程图：终止】，在编辑区适当的位置画"框⑨"，"高度"为 0.90 厘米，"宽度"为 3.60 厘米，输入文字"培训结束"，如图 7-16 所示。这样，一个新员工上岗培训流程图基本完成了。

（10）选择形状样式。选中流程图，在"绘图工具"【格式】的"形状样式"组中选中合适的一个样式即可，如图 7-17 所示（参见"第 7 课\7-实例文件\7-E2"）。

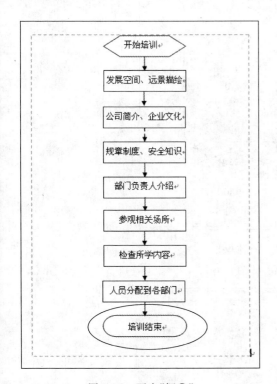

图 7-16　画出"框⑨"　　　　　图 7-17　选择"形状样式"

【提示】

① 画出绘图画布，会自动显示"绘图工具"的【格式】菜单，并进行编辑。

② 右击自选图形，可对自选图形或画布进行调整。

③ 矩形图在流程图中又称为"过程"。

④ 画图时图 7-1 中的括号内的序号可不画，主要是为讲解方便。

7.4　实战演练 7-2——完善新员工上岗培训流程 2

在 7.3 节实战演练 7-1 中，若在"框⑦"出现"检查所学内容"不合格时，则无法表示这个过程，这时就要用到决策框（或判断框）来表示，决策框用菱形表示，如图 7-18 所示（参见"第 7 课\7-实例文件\7-E3"）。

（1）绘制图 7-18 的框⑩。选择"绘图工具"【格式】中的"插入形状"组，选择【流程图：决策】，画出"框⑩"，"高度"为 1.2 厘米，"宽度"为 3.8 厘米。删除"框⑦"到"框⑧"之间的连接符，如图 7-19 所示。

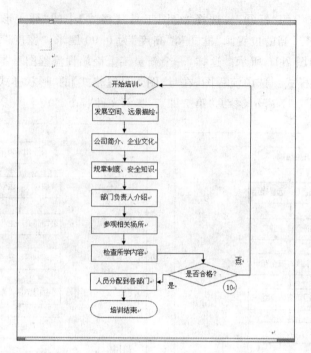

图 7-18　上岗培训流程 2

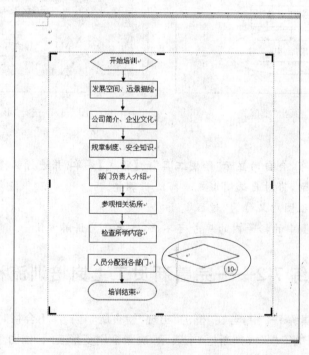

图 7-19　画出"框⑩"

（2）添加文字。右击"框⑩"，选择【添加文字】，见图 7-6。然后输入"是否合格?"，如图 7-20 所示。

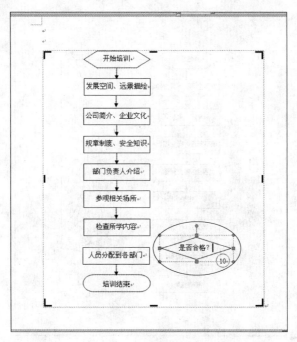

图 7-20 添加文字

（3）绘制肘形箭头连接符。单击"绘图工具"【格式】中的"插入形状"组的【肘形箭头连接符】，从"框⑦～框⑩"画一"肘形箭头连接符"，如图 7-21 所示。

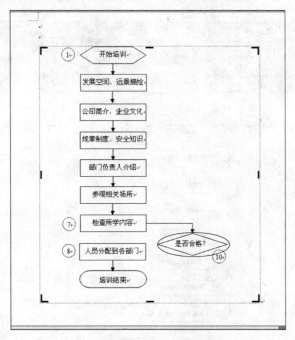

图 7-21 画"肘形箭头连接符 1"

（4）绘制其他两条肘形箭头连接符。按照步骤（3）的方法绘制，分别画出"框⑩～框①"和"框⑩～框⑧"两条肘形箭头连接符，如图 7-22 所示。

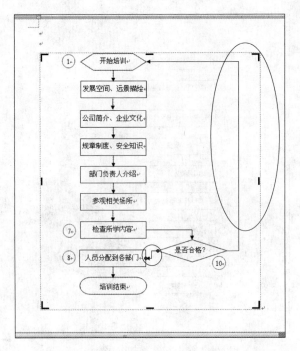

图 7-22　画"肘形箭头连接符 2"

　　（5）绘制文本框。单击【插入】"文本"组中【文本框】，如图 7-23 所示。在"框⑩"附近绘制"文本框"，"高度"为 0.7 厘米，"宽度"为 0.7 厘米，输入文字"是"，如图 7-24 所示。

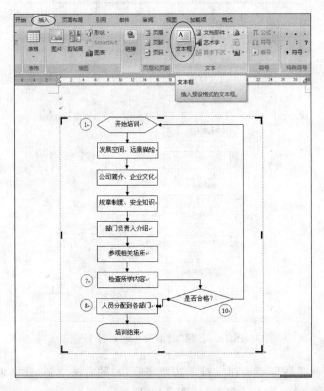

图 7-23　插入"文本框 1"

（6）删除文本框轮廓。单击图7-24中的"文本框"，在"文本框工具"中单击【格式】，单击"文本框样式"组中的【形状轮廓】【无轮廓】，效果如图7-25所示。

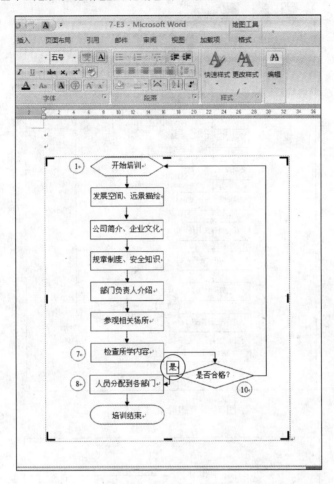

图7-24 画出"文本框2"

（7）复制文本框。单击"是"的"文本框"，选择【开始】"剪贴板"组中的【复制】、【粘贴】，将"文本框"调整到合适的位置，将"是"改为"否"，如图7-26所示。

这样，一个比较完善的新员工上岗培训流程图完成了（参见"第7课\7-实例文件\7-E3"）。

【提示】

① 绘图画布可以通过鼠标调整大小，将鼠标放在绘图画布的边缘上，面向边缘会出现一类似"┳"标识，拖动鼠标即可调整绘图画布的大小。

② 绘图画布可以通过菜单调整大小，在"绘图工具"【格式】"大小"组中可以根据实际情况进行调整，见图7-9。

③ 绘制完的流程图可以选择不同的"形状样式"或"三维效果"，如图7-27所示（参见"第7课\7-实例文件\7-E4"）。

④ 若"格式"的"插入形状"组中没有要找的图形，可使用菜单，单击【插入】"插图"组中的【形状】，在【流程图】中查找即可。

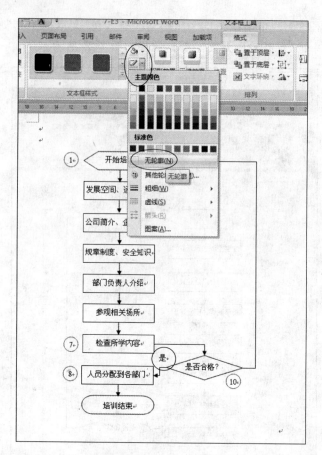

图 7-25　删除文本框轮廓

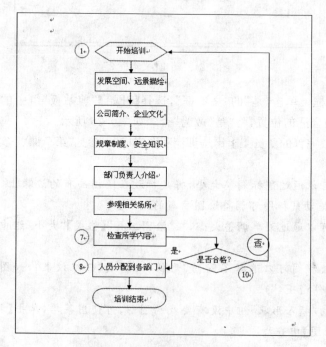

图 7-26　复制"文本框"

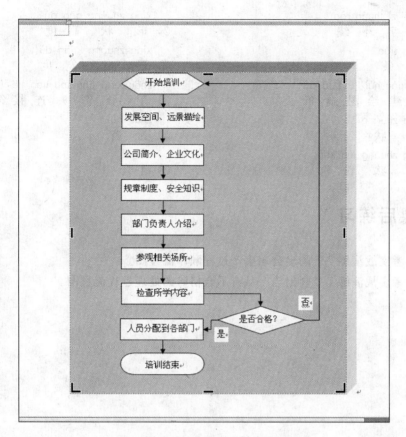

图 7-27 流程图 2 样式

7.5 关键词

① bái sè
白色

② biān jí wén zì
编辑文字

③ cǎi sè tián chōng
彩色填充

④ chā rù
插入

⑤ chā tú
插图

⑥ guò chéng
过程

⑦ huì tú gōng jù
绘图工具

⑧ jī běn xíng zhuàng
基本形状

⑨ jiàn tóu
箭头

⑩ jié shù
结束

⑪ jǔ xíng
矩形

⑫ kāi shǐ
开始

⑬ liú chéng tú
流程图

⑭ sān wéi xiào guǒ
三维效果

⑮ shè zhì zì xuǎn tú xíng gé shì
设置自选图形格式

⑯ tiān jiā wén zì
添加文字

⑰ wèi zhi
位置

⑱ wén běn kuàng
文本框

⑲ wén zì huán rào
文字环绕

⑳ xiàn tiáo
线条

㉑ xīn jiàn huì tú huà bù
新建绘图画布

㉒ xíng zhuàng
形状

㉓ xíng zhuàng lún kuò
形状轮廓

㉔ xíng zhuàng gāo dù
形状高度

㉕ xíng zhuàng kuān dù
形状宽度

㉖ zhǒu xíng jiàn tóu lián jiē fú
肘形箭头连接符

㉗ zhǔn bèi
准备

㉘ zǔ hé
组合

7.6 课后练习

（1）参考实战演练 7-1 画出公司生产过程顺序流程图。

（2）参考实战演练 7-2 画出当产品有不合格时的处理过程流程图。

第8课

Word 2007图文混排

在这一课中将学到以下内容：

- 在文档中插入图片、剪贴画和形状（图形）；
- 对插入的图片、剪贴画和形状进行编辑。

8.1 导读

文档中以文字为主，在文档中插入一些图片、剪贴画和形状图形，其效果是显而易见的，图文并茂的文档会给人更好的视觉。

8.2 知识要点

1.【插入】中的"插图"组

【图片】插入来自文件的图片。

【剪贴画】将剪贴画插入文档，包括绘画、影片、声音或照片，以展示特定的概念。

【形状】插入现成的形状，如矩形和圆、箭头、线条、流程图等符号。

2."图片工具"的【格式】

"调整"组：表示图片的亮度、对比度或重新着色等。

"图片样式"组：表示图片的总体外观和图片边框等。

"排列"组：表示图片的位置、环绕方式和对齐方式等。

"大小"组：更改形状或图片的高度和宽度，对图片进行剪裁等。

3."绘图工具"的【格式】

"插入形状"组：插入现成的形状，如矩形、圆、箭头，添加文字等。

"形状样式"组：更改形状的总体外观样式，指定选定形状轮廓的颜色、宽度和线条。

"排列"组：表示形状的位置、环绕方式和对齐方式等。

"大小"组：更改形状的高度和宽度。

8.3 实战演练 8-1——插入剪贴画和形状

对于企事业办公人员来说，做行业报告是一项基本要求，将报告做的条理清晰，简洁直观，用图文混排的方式可以很好地达到预想的效果。制作一个"东方公司区域销售报告"，如图 8-1 所示(参见"第 8 课\8-实例文件\8-E1")。

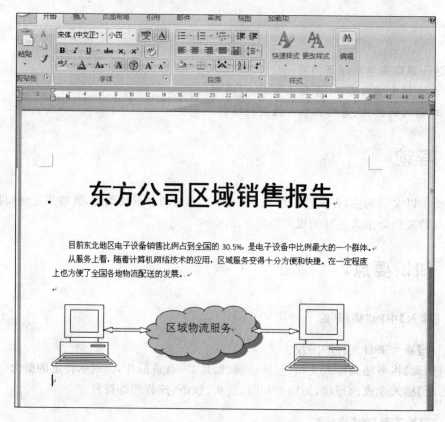

图 8-1 图文混排文档

1. 插入剪贴画

(1) 输入标题和文本内容。单击【开始】中的"样式"组，选择【正文】输入标题和文本内容，如图 8-2 所示。默认设置是【宋体】、【五号】。

(2) 设置标题。选中标题，单击【开始】中的"字体"组，选中字体为【黑体】，字号为【小初】，单击【开始】中的"段落"组，选择【居中】，如图 8-3 所示。

(3) 设置行距。选中文本，单击【开始】"段落"组中的【行距】，选择【1.5】。将光标放在"段首"敲击两个空格键(两个汉字的位置)，如图 8-4 所示。

(4) 插入剪贴画 1。将光标移动到文本内容的下方。单击【插入】"插图"组中的【剪贴画】，如图 8-5 所示。在"剪贴画"窗口的"搜索文字"下输入"计算机"，"搜索范围"为【选定收藏夹】，"结果类型"为【所有媒体文件类型】，如图 8-6 和图 8-7 所示。单击"搜索"后，选择要插入的剪贴画，如图 8-7 所示，效果如图 8-8 所示。

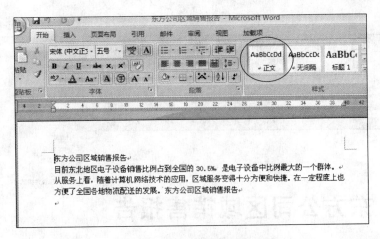

图 8-2　输入文本内容

图 8-3　编辑标题

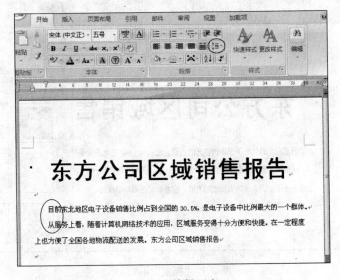

图 8-4　编辑正文

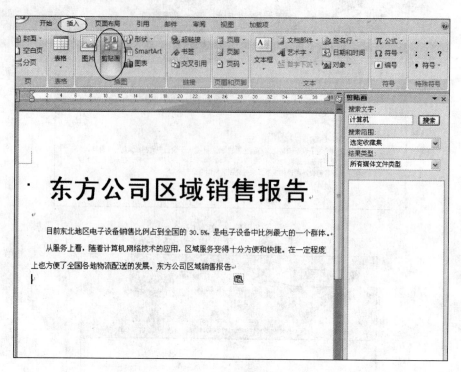

图 8-5　插入"剪贴画 1"

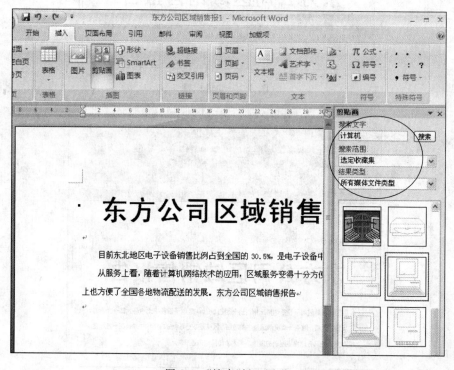

图 8-6　"搜索"插入图形

图 8-7 选择"剪贴画 1"

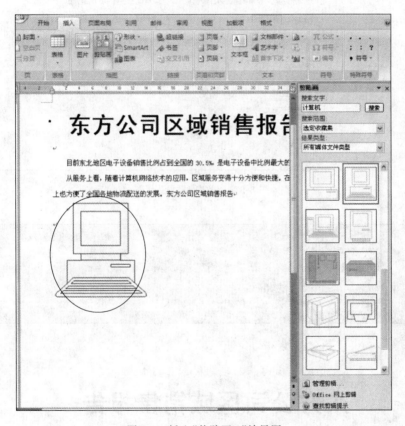

图 8-8 插入"剪贴画 1"效果图

（5）调整剪贴画大小。单击"剪贴画"，在"绘图工具"【格式】的"大小"组中，调整图形的大小，如图 8-9 所示。

（6）插入剪贴画 2 和 3。用同样的方法插剪入贴画 2 和剪贴画 3，如图 8-10 所示。

（7）添加文字。右击"云图"，选择"添加文字"，输入"区域物流服务"，如图 8-11 所示。

2. 插入形状图形

（1）插入形状。选择【插入】"插图"组中的【形状】，在弹出的菜单中选择【左右箭头】命令，如图 8-12 所示。

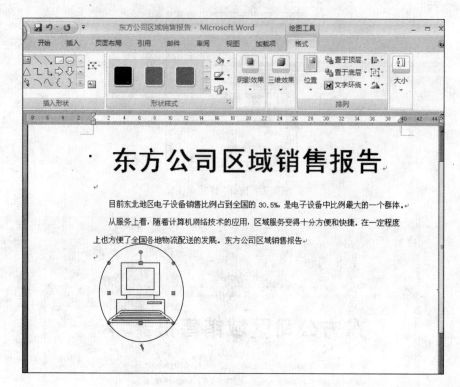

图 8-9　调整"剪贴画"大小

图 8-10　插入"剪贴画 2"和"剪贴画 3"

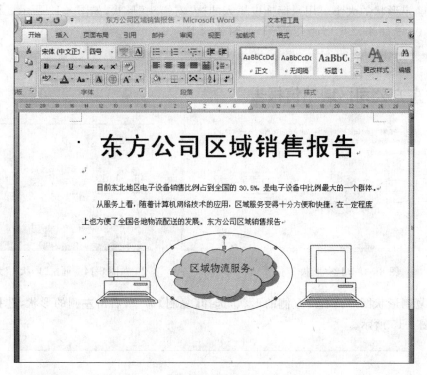

图 8-11 添加文字

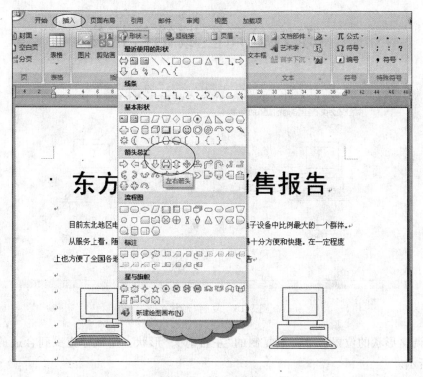

图 8-12 插入"形状"

（2）确定形状的大小。用鼠标拖曳插入的"左右箭头"形状，如图 8-13 所示。调整形状的"高"为 0.25 厘米，"宽"为 2.2 厘米，如图 8-14 所示。

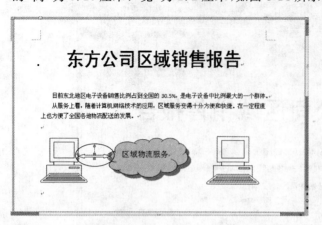
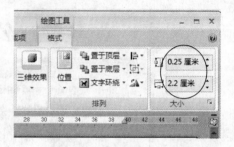

图 8-13　调整"形状 1"位置　　　　　　　　　图 8-14　调整"形状 1"大小

（3）复制形状图形。右击左侧的形状，选择【复制】命令，右击左侧的形状，选择【粘贴】命令，如图 8-15 所示。

图 8-15　复制"形状 2"

（4）调整形状的位置。单击被复制的"左右箭头"形状。用鼠标拖曳到合适的位置，如图 8-16 所示。

【提示】

① 形状图形指具有某种规则形状的图形，关于形状的具体操作，第 7 课有详细的介绍。

图 8-16 调整"形状 2"位置

② 只有选中图片时,才会显示"图片工具"的格式选项。

③ 只有选中形状图形或剪贴画时,才会显示"绘图工具"的格式选项。

8.4 实战演练 8-2——插入和编辑图片

1. 插入图片

编辑"中国网民规模快速增长的因素",插入合适的图片,如图 8-17 所示(参见"第 8 课\ 8-实例文件\8-E2")。

(1) 输入原文档。将原文档输入且保存,如图 8-18 所示(参见"第 8 课\8-原文件\8-S1")。

(2) 插入图片。将光标移到标题下方,单击【插入】"插图"组的【图片】,选择合适的图片(参见"第 8 课\8-素材文件\8-M1"),在"插入图片"的窗口,单击【插入】,图片【居中】,如图 8-17 所示。

2. 编辑图片

(1) 调整图片大小。单击插入的图片,在"图片工具"选择【格式】的"大小"组,设置"高度"为 2.3 厘米,"宽度"为 6.96 厘米,如图 8-19 所示。效果如图 8-20 所示。

(2) 设置文字环绕方式。单击插入的图片,在"图片工具"选择【格式】的"排列"组,单击【文字环绕】,如图 8-21 所示。选择【四周型环绕】,如图 8-22 所示。效果如图 8-23 所示。

中国网民规模快速增长的因素

第一、我国经济的快速发展是互联网用户规模快速增长的基础。中国经过 30 年的改革开放，在年均 GDP 增长 9.8%的背景下，积累了相当的实力。随着全民整体收入的增加，人们在信息需求上的投入会越来越多。同时，良好的经济环境为互联网产业创新和发展创造了条件，并促使产业内的并购和商业模式升级，最终使更多的人成为网民并更好的服务于网民群体。

第二、为保证我国信息化健康发展，国家制订并发布了《2006-2020 年国家信息化发展战略》,《国民经济和社会发展信息化"十一五"规划》等一系列政策，信息化正在成为促进科学发展的重要手段。农村信息化建设成为其中的重要部分，也在逐渐成为农业和农村基础设施建设的重要内容。为了让信息技术与服务惠及亿万农民群众，落实 2010 年基本实现全国"村村通电话，乡乡能上网"目标，政府主管部门和电信运营企业正在积极推进自然村通电话和行政村通宽带工程。城市化进程为更多大众接触互联网创造了条件。这里的城市化包括两个方面：一方面是乡村的城市化，另一方面是城市的集群化。前者的发展直接带来了生产生活等硬件设施的升级，后者进一步推动了城乡地域空间差距的缩小。

第三、通信和网络技术向宽带、移动、融合方向发展，数据通信正在逐步取代语音通信成为通信领域的主流。随着产业技术进步和网络运营商竞争程度的加剧，网络接入的软硬件环境在不断优化。网络接入和用户终端产品的价格不断下降，使用户的上网门槛不断降低。

第四、互联网具有高粘性和高传播性。根据 CNNIC 的调查，一旦用户接触互联网之后，流失率极低；另一方面，互联网上的网络游戏、即时通信、博客、论坛、交友等应用具有极

图 8-17　插入图片

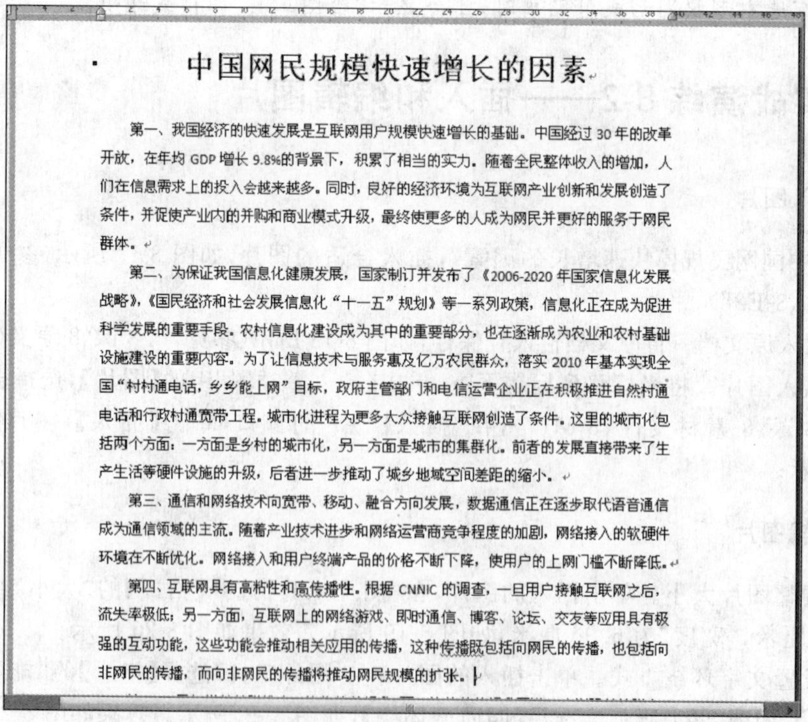

中国网民规模快速增长的因素

第一、我国经济的快速发展是互联网用户规模快速增长的基础。中国经过 30 年的改革开放，在年均 GDP 增长 9.8%的背景下，积累了相当的实力。随着全民整体收入的增加，人们在信息需求上的投入会越来越多。同时，良好的经济环境为互联网产业创新和发展创造了条件，并促使产业内的并购和商业模式升级，最终使更多的人成为网民并更好的服务于网民群体。

第二、为保证我国信息化健康发展，国家制订并发布了《2006-2020 年国家信息化发展战略》,《国民经济和社会发展信息化"十一五"规划》等一系列政策，信息化正在成为促进科学发展的重要手段。农村信息化建设成为其中的重要部分，也在逐渐成为农业和农村基础设施建设的重要内容。为了让信息技术与服务惠及亿万农民群众，落实 2010 年基本实现全国"村村通电话，乡乡能上网"目标，政府主管部门和电信运营企业正在积极推进自然村通电话和行政村通宽带工程。城市化进程为更多大众接触互联网创造了条件。这里的城市化包括两个方面：一方面是乡村的城市化，另一方面是城市的集群化。前者的发展直接带来了生产生活等硬件设施的升级，后者进一步推动了城乡地域空间差距的缩小。

第三、通信和网络技术向宽带、移动、融合方向发展，数据通信正在逐步取代语音通信成为通信领域的主流。随着产业技术进步和网络运营商竞争程度的加剧，网络接入的软硬件环境在不断优化。网络接入和用户终端产品的价格不断下降，使用户的上网门槛不断降低。

第四、互联网具有高粘性和高传播性。根据 CNNIC 的调查，一旦用户接触互联网之后，流失率极低；另一方面，互联网上的网络游戏、即时通信、博客、论坛、交友等应用具有极强的互动功能，这些功能会推动相关应用的传播，这种传播既包括向网民的传播，也包括向非网民的传播，而向非网民的传播将推动网民规模的扩张。

图 8-18　输入原文档

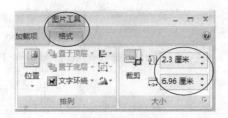

图 8-19 选择图片"大小"

图 8-20 调整图片"大小"

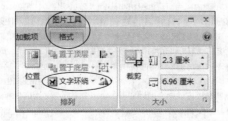

图 8-21 选择"环绕方式"

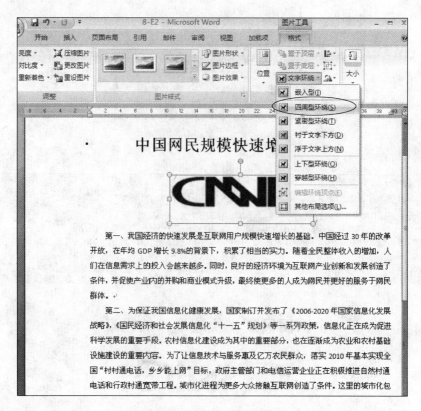

图 8-22　选择"四周型环绕"

图 8-23　"四周型环绕"效果图

（3）设置图片对齐方式。在"图片工具"中选择【格式】"排列"组的【对齐】，选择【上下居中】，如图 8-24 所示。

图 8-24 "上下居中"效果图

（4）调整图片效果。单击插入的图片，在"图片工具"选择【格式】的"调整"组，单击【重新着色】，选择【强调文字颜色 2 浅色】，如图 8-25 所示，效果如图 8-26 所示。

图 8-25 对图片"重新着色"

（5）设置图片样式。单击插入的图片，在"图片工具"选择【格式】的"图片样式"组。选择【剪裁对角线，白色】，效果如图 8-26 所示，修饰图片样式如图 8-27 所示，修饰图片样式效果如图 8-28 所示（参见"第 8 课\8-实例文件\8-E3"）。

图 8-26　设置图片样式

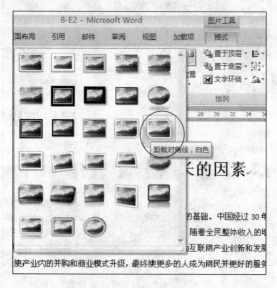

图 8-27　修饰图片样式

图 8-28　修饰图片样式效果图

8.5　关键词

chā rù
① 插 入

chā rù xíng zhuàng
② 插 入 形 状

chā tú
③ 插 图

dà xiǎo
④ 大 小

gé shì
⑤ 格 式

huì tú gōng jù
⑥ 绘 图 工 具

jiǎn tiē huà
⑦ 剪 贴 画

pái liè
⑧ 排 列

tiáo zhěng
⑨ 调 整

tú piàn
⑩ 图 片

tú piàn gōng jù
⑪ 图 片 工 具

tú piàn yàng shì
⑫ 图 片 样 式

xíng zhuàng
⑬ 形 状

xíng zhuàng yàng shì
⑭ 形 状 样 式

8.6　课后练习

（1）自己动手设计并制作一个生日贺卡，要求图文并茂。

（2）利用"第 8 课\8-原文件\8-S1"中的原文件插入不同的图形，并调整图形大小、设置环绕方式、调整图片的效果，设置图片的样式。

第9课
Word 2007页面的特殊效果

在这一课中将学到以下内容：
- 插入艺术字和首字下沉；
- 设置页眉和页脚；
- 水印和页面背景的设置。

9.1 导读

用 Word 排版时，有时由于版面的需要，如调研报告的页眉页脚，报道企业的人或事、贺卡的制作和企业文件的制作等，需要加一些特殊效果，会使页面布局产生更好的效果。

9.2 知识要点

1.【插入】中的"文本"组

【艺术字】在文档中插入装饰的文字。

【首字下沉】在段落开头创建一个大号字符。

【文本框】是指一种可移动、可调整大小的文字或图形框。

2.【插入】中的"页眉和页脚"组

【页眉】指文档中每个页面的顶部区域，用于显示文档的附加信息，页眉内容将显示在每个打印页面的顶端。

【页脚】指文档中每个页面的底部区域，用于显示文档的附加信息，页脚内容将显示在每个打印页面的底端。

【页码】指书的每一页面上标明次序的号码或其他数字，用于统计书的面数。

3.【页面布局】中的"页面背景"组

【水印】在页面内容后面插入虚影文字。

【页面颜色】选择页面的背景颜色。

【页面边框】添加或更改页面周围的边框。

【底纹】为突出重点在文字或段落下添加不同的颜色或花纹。

9.3 实战演练9-1——艺术字和首字下沉的应用

创建并设计一份关于奥运会“水立方”的报道，如图9-1所示（参见“第9课\9-实例文件\9-E1”）。

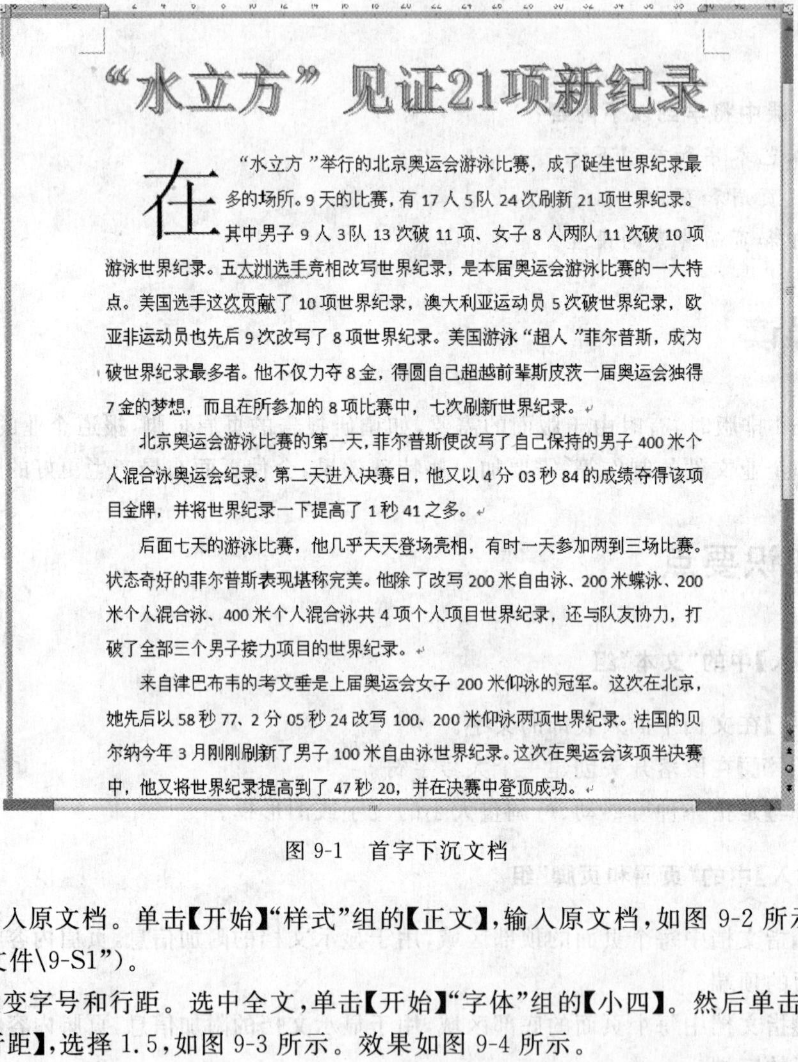

“水立方”见证21项新纪录

在“水立方”举行的北京奥运会游泳比赛，成了诞生世界纪录最多的场所。9天的比赛，有17人5队24次刷新21项世界纪录。其中男子9人3队13次破11项、女子8人两队11次破10项游泳世界纪录。五大洲选手竞相改写世界纪录，是本届奥运会游泳比赛的一大特点。美国选手这次贡献了10项世界纪录，澳大利亚运动员5次破世界纪录，欧亚非运动员也先后9次改写了8项世界纪录。美国游泳“超人”菲尔普斯，成为破世界纪录最多者。他不仅力夺8金，得圆自己超越前辈斯皮茨一届奥运会独得7金的梦想，而且在所参加的8项比赛中，七次刷新世界纪录。

北京奥运会游泳比赛的第一天，菲尔普斯便改写了自己保持的男子400米个人混合泳奥运会纪录。第二天进入决赛日，他又以4分03秒84的成绩夺得该项目金牌，并将世界纪录一下提高了1秒41之多。

后面七天的游泳比赛，他几乎天天登场亮相，有时一天参加两到三场比赛。状态奇好的菲尔普斯表现堪称完美。他除了改写200米自由泳、200米蝶泳、200米个人混合泳、400米个人混合泳共4项个人项目世界纪录，还与队友协力，打破了全部三个男子接力项目的世界纪录。

来自津巴布韦的考文垂是上届奥运会女子200米仰泳的冠军。这次在北京，她先后以58秒77、2分05秒24改写100、200米仰泳两项世界纪录。法国的贝尔纳今年3月刚刚刷新了男子100米自由泳世界纪录。这次在奥运会该项半决赛中，他又将世界纪录提高到了47秒20，并在决赛中登顶成功。

图9-1 首字下沉文档

（1）输入原文档。单击【开始】“样式”组的【正文】，输入原文档，如图9-2所示（参见“第9课\9-原文件\9-S1”）。

（2）改变字号和行距。选中全文，单击【开始】“字体”组的【小四】。然后单击【开始】“段落”组的【行距】，选择1.5，如图9-3所示。效果如图9-4所示。

（3）首行缩进。选中正文部分，选择【开始】“段落”组中右下角的【段落】，在弹出的“段落”对话框中，“特殊格式”选【首行缩进】，“磅值”选【2字符】，单击【确定】，如图9-5所示。效果如图9-6所示。

（4）插入艺术字。选中标题，单击【插入】选择“文本”组中的【艺术字】，并在弹出的对话框中选择【艺术字样式9】，如图9-7所示。在弹出的“编辑艺术字文字”窗口，选择默认值（“字体”为【宋体】，“字号”为36），单击【确定】，见图9-8所示。效果如图9-9所示。

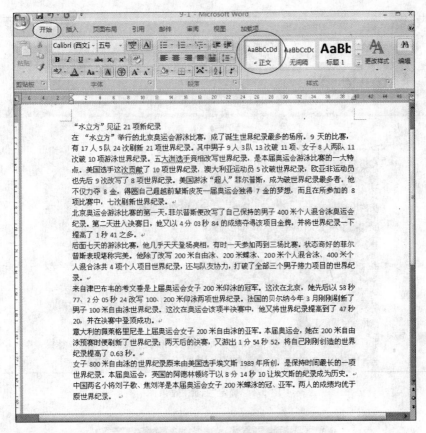

图9-2 输入"水立方"原文档

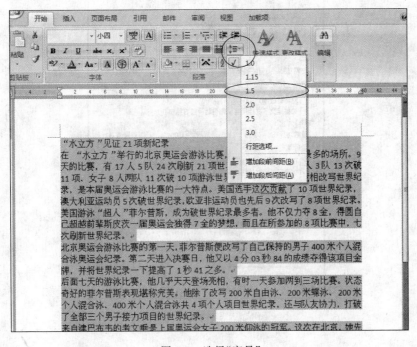

图9-3 选择"字号"

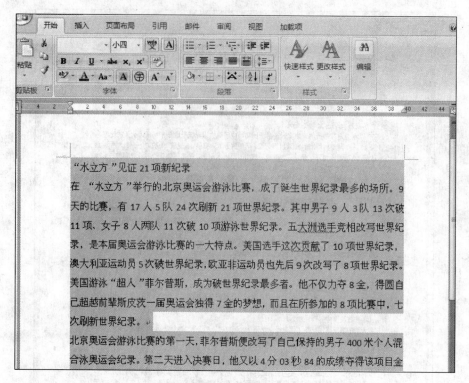

图 9-4　确定"行距"效果图

图 9-5　选择"首行缩进"

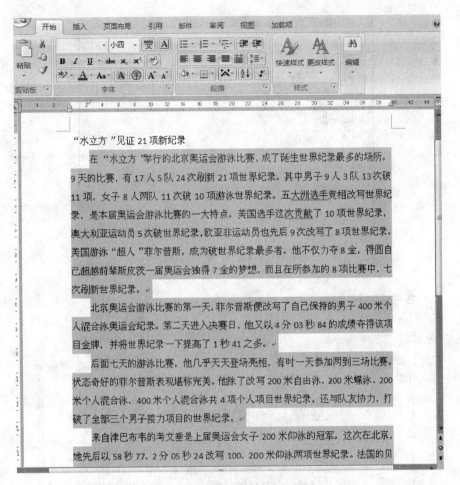

图 9-6　"首行缩进"效果图

图 9-7　选择"艺术字"样式

（5）调整艺术字的大小和位置，单击标题，在【开始】的"段落"组中选择【居中】，如图 9-9
所示。

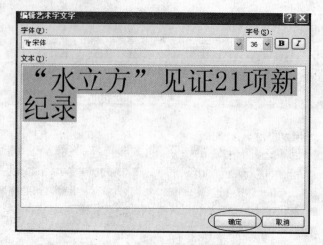

图 9-8 确定"字体"和"字号"

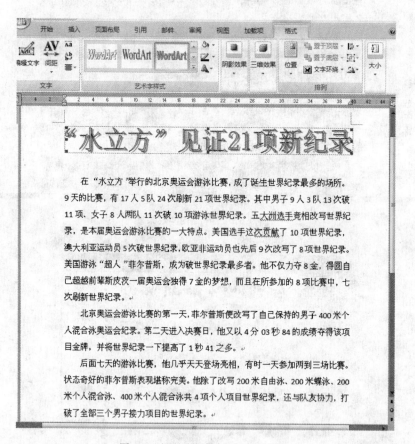

图 9-9 调整"艺术字"大小和位置

　　(6) 设置首字下沉。把"光标"移动到第一段开始的位置,单击【插入】选择"文本"组中的【首字下沉】,如图 9-10 所示。在弹出的"下拉菜单"中选择【下沉】,如图 9-11 所示。效果如图 9-12 所示(参见"第 9 课\9-实例文件\9-E1")。

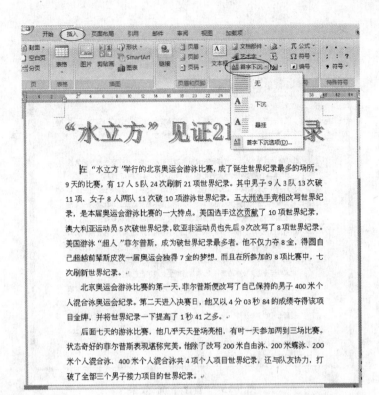

图 9-10　选择"首字下沉"

图 9-11　选择"首字下沉"中的"下沉"

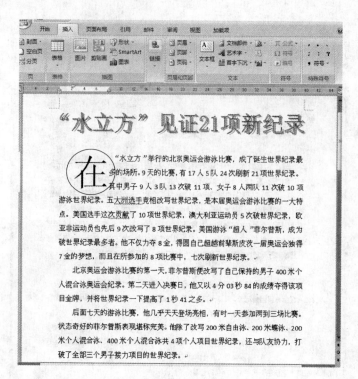

图 9-12 "首字下沉"效果

9.4 实战演练 9-2——设置页眉页脚

（1）插入页眉。单击【插入】的"页眉和页脚"组中的【页眉】，并在弹出的下拉菜单中选择"空白"样式，如图 9-13 所示。

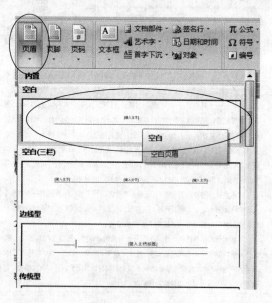

图 9-13 插入"页眉"

（2）输入页眉内容。在"键入文字"处输入页眉内容"北京奥运会盛况介绍"，如图 9-14 所示。输入文字后的效果如图 9-15 所示。

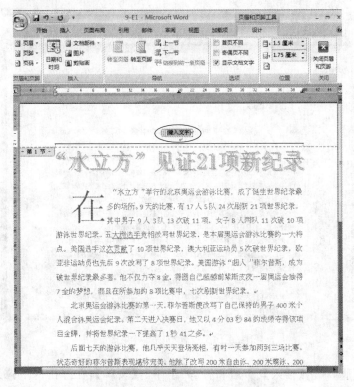

图 9-14　准备键入"页眉"内容

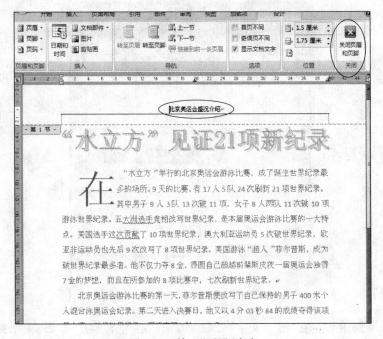

图 9-15　输入"页眉"内容

（3）关闭页眉和页脚。单击【设计】"关闭"组中的【关闭页眉和页脚】，效果如图 9-16 所示。

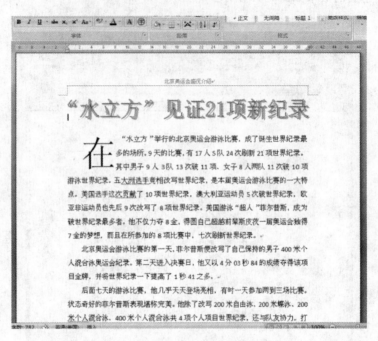

图 9-16　设置"页眉"效果图

（4）插入页脚，单击【插入】"页眉和页脚"组中的【页脚】，在弹出的下拉菜单中选择"空白"样式，效果如图 9-17 所示。

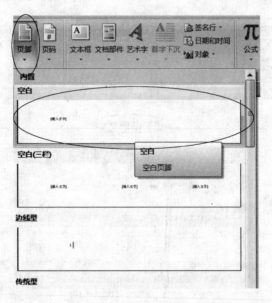

图 9-17　插入"页脚"

（5）输入页脚内容。在"键入文字"处输入页眉内容"'水立方'见证 21 项世界记录"，如图 9-18 所示。效果如图 9-19 所示。

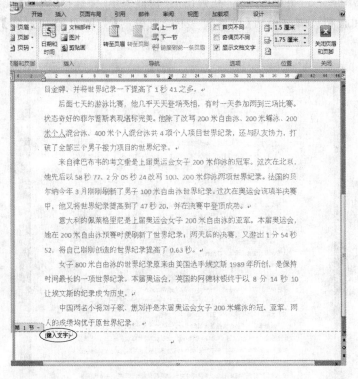

图9-18 准备键入"页脚"文字

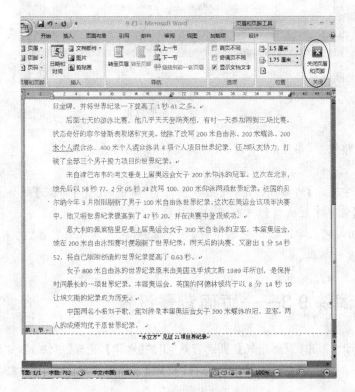

图9-19 输入"页脚"内容

（6）页脚居中。右击页脚的文本，在弹出的"快捷菜单"中选择【居中】。

（7）关闭页眉和页脚。单击【设计】"关闭"组中的【关闭页眉和页脚】命令。效果如图 9-20 所示。

图 9-20　输入"页脚效果"

（8）显示完整效果（参见"第 9 课\9-实例文件\9-E2"）。

【提示】

① 调整【首字下沉】的格式。选择【插入】"文本"组中的【首字下沉】命令。在弹出的"下拉菜单"中选择【首字下沉选项】，可以调整下沉的行数和格式。

② 只有在插入艺术字或编辑艺术字时，才可显示"艺术字工具"，在"艺术字工具"的【格式】下对艺术字进行编辑。

9.5　实战演练 9-3——页面背景设置

（1）插入水印。单击【页面布局】"页面背景"组的【水印】，选择【尽快 1】，如图 9-21 所示。

（2）显示水印。单击【Office 按钮】，选择【打印】、【打印预览】，如图 9-22 所示。效果如图 9-23 所示。

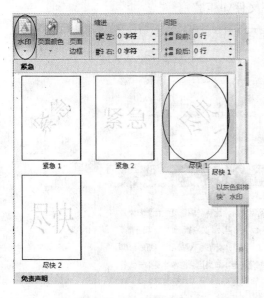

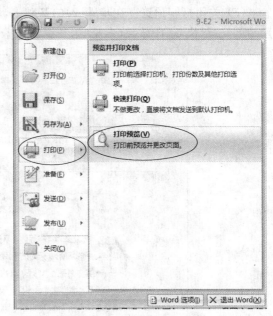

图 9-21　插入"水印"　　　　　　　　　　　　　图 9-22　显示"水印"

图 9-23　"关闭"打印预览

（3）关闭打印预览。在步骤（2）的基础上，单击【关闭打印预览】。效果如图 9-24 所示，隐约可见"尽快"水印效果（参见"第 9 课\9-实例文件\9-E3"）。

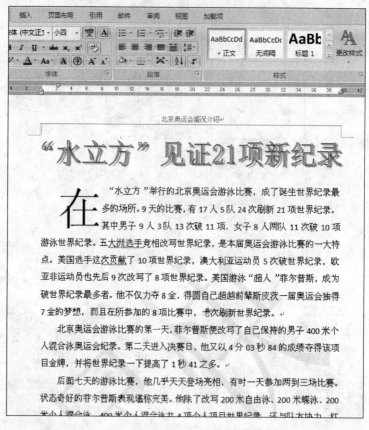

图 9-24　"水印"效果图

（4）添加页面颜色。单击【页面布局】"页面背景"组的【页面颜色】，选择【天蓝】颜色，如图 9-25 所示。效果如图 9-26 所示。

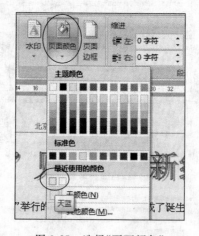

图 9-25　选择"页面颜色"

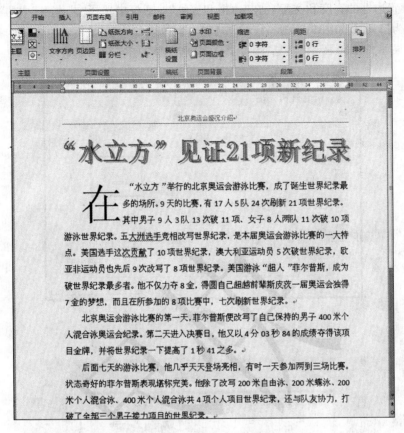

图 9-26 "页面颜色"效果图

（5）添加页面边框。单击【页面布局】"页面背景"组的【页面边框】，在弹出的"边框和底纹"窗口中选择【方框】项，如图 9-27 所示。

图 9-27 添加"页面边框"

（6）设置边框的宽度和类型。在"边框和底纹"对话框中选择"艺术型"中的第一个边框图，"宽度"为【8磅】，如图9-28所示。单击【确定】，效果如图9-29所示。也可选择其他图案的边框，效果如图9-30所示（参见"第9课\9-实例文件\9-E4和E5"）。

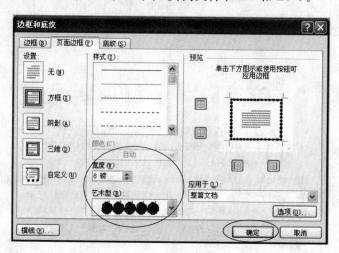

图9-28　选择"艺术型"边框

图9-29　"艺术型"边框1

图 9-30 "艺术型"边框 2

【提示】

插入水印后,文档页面表面上没有变化,只有在【打印预览】时,才能看到"水印"的效果,关闭【打印预览】时又恢复了常态。

9.6 关键词

chā rù
① 插 入

duàn luò
② 段 落

guān bì
③ 关 闭

jiàn rù wén zì
④ 键 入 文 字

jū zhōng
⑤ 居 中

háng jù
⑥ 行 距

kòng bái
⑦ 空 白

shǒu zì xià chén
⑧ 首 字 下 沉

shuǐ yìn
⑨ 水 印

wén běn
⑩ 文 本

wén běn kuàng
⑪ 文 本 框

yè jiǎo
⑫ 页 脚

yè mǎ
⑬ 页 码

yè méi
⑭ 页 眉

yè méi hé yè jiǎo
⑮ 页 眉 和 页 脚

yè miàn bèi jǐng
⑯ 页 面 背 景

yè miàn biān kuàng
⑰ 页 面 边 框

yè miàn bù jú
⑱ 页 面 布 局

yè miàn yán sè
⑲ 页 面 颜 色

yì shù zì
⑳ 艺 术 字

yì shù zì gōng jù
㉑ 艺 术 字 工 具

zhèng wén
㉒ 正 文

9.7　课后练习

（1）将《欧盟峰会有望通过 2000 亿欧元经济刺激》（参见"第 9 课\9-原文件\9-S2"）这篇报道设置为：标题居中，字号为"小二"号，"黑体"；首字下沉，下沉行数为"2 行"；正文部分为"小四"号字，行距为 1.5。

（2）将"有品质才有市场 有改善才有进步"用艺术字设置不同的效果。

第②单元　Office Excel 2007

第 10 课
认识Office Excel 2007

在这一课中将学到以下内容：
- Excel 2007 简介；
- Excel 2007 的新增功能；
- Excel 2007 的操作界面。

10.1 导读

Excel 2007 主要用于电子表格的制作和编辑。从本课中可以了解 Excel 2007 新增的功能，工作簿、工作表和单元格之间的关系，对 Excel 2007 操作界面有一个系统的了解。

10.2 Excel 2007 简介

Excel 2007 也是 Microsoft 公司在 2007 年推出的 Office 2007 软件之一，是一款用于处理电子表格的常用软件，其主要功能是用于工作表中的数据编辑，还可以利用公式和函数对工作表中的数据进行计算和管理。

Excel 可以制作图文并茂的电子表格，利用图标模板库可以制作各种图形，插入表、图表、图片、剪贴画和形状等。图 10-1 所示是一个用 Excel 2007 制作的电子表格。

	A	B	C	D	E	F	G
1	某商场1月待出售啤酒一览表						
2	2010年2月28日					9：48	
3	商品名称	编号	价格(元/瓶)	保质期(月)	酒精百分比	生产日期	库存量(瓶)
4	青岛	001	￥2.50	12.50	10.05%	2009-3-14	1.00E+04
5	雪花	002	￥2.40	13.00	12.50%	2009-5-16	2.00E+04
6	哈尔滨	003	￥2.30	15.30	13.00%	2009-10-15	2.50E+04
7	燕京	004	￥2.00	10.01	12.15%	2009-11-1	6.54E+04

图 10-1　某商场 1 月待出售啤酒一览表

10.3 Excel 2007 新增功能

Microsoft Office Excel 2007 提供了友好的界面，不仅保留了以前版本的强大功能，而且也增加了 10 余种新的功能，这里主要介绍几项新增功能。不同的界面带来了全新的感受,使用新的界面将创建理想的电子表格,从而达到预期的目的。

1. 面向结果的用户界面

过去 Excel 2003 版本,命令和功能常常深藏在菜单和工具栏中,现在可以在包含命令和功能逻辑组面向任务的选项卡上,更轻松地找到它们。

新的用户界面利用显示有可用选项的下拉库替代了以前的许多对话框,并且提供了描述性的工具提示或示例预览帮助选择正确的选项。在新的用户界面中无论是格式化还是分析数据,Excel 都会实时的显示成功完成该任务最合适的工具。

2. 更多行和列以及其他新限制

为了能够在工作表中浏览大量数据,Excel 2007 支持每个工作表中最多 1 000 000 行和 16 000 列。具体地说,Office Excel 2007 网格为 1 048 576 行乘以 16 384 列,与 Excel 2003 相比,它提供的可用行增加了 1500%,可用列增加了 6300%。

现在,可以在同一个工作簿中使用无限多的格式类型,而不再仅限于 4000 种;每个单元格的单元格引用数量从 8000 增长到了任意数量。Excel 2007 还支持最多 16 000 000 种颜色。

3. 轻松编写公式

(1) 可调整的编辑栏

编辑栏会自动调整以容纳长而复杂的公式,从而防止公式覆盖工作表中的其他数据。与 Excel 早期版本相比,可以编写的公式更长、使用的嵌套级别更多。

(2) 函数记忆式输入

使用函数记忆式输入,可以快速写入正确的公式语法。它不仅可以轻松检测到使用的函数,还可以获得完成公式参数的帮助,从而在第一次使用时以及今后的每次使用中都能获得正确的公式。

(3) 结构化引用

除了单元格引用,Excel 2007 还提供了在公式中引用命名区域和表格的结构化引用。

(4) 轻松访问命名区域

通过使用 Office Excel 2007 命名管理器,可以在一个中心位置来组织、更新和管理多个命名区域,这有助于任何需要使用工作表的人理解其中的公式和数据。

4. 改进的排序和筛选功能

在 Excel 2007 中,可以使用增强了的筛选和排序功能,快速排列工作表数据以找出所需的信息。例如,现在可以按颜色和三个以上(最多为 64 个)级别对数据进行排序。还可以按颜色或日期筛选数据,在"自动筛选"下拉列表中显示 1000 多个项,可以从中选择要筛选的多个项。

10.4 Excel 2007 操作界面

Excel 2007 与 Word 2007 的工作界面有很多相同和相似的地方,在第 1 课已做了介绍,本课主要介绍其不同点。

1. 工作簿、工作表和单元格

(1) 工作簿

Excel 工作簿实际上就是一个文件,工作簿是由工作表组成的,一个工作簿至少要由一个工作表组成,默认状态下有三个工作表,为 Sheet1、Sheet2 和 Sheet3。也可根据需要删除和添加工作表。

(2) 工作表与活动工作表

工作表是由排列成"行"和"列"的单元格组成的,实际上就是所谓的电子表格,表格中通过行号和列号可以准确地确定单元格的位置。

在一个 Excel 工作簿中可以有很多工作表,但一般的情况下只有一个工作表处于最前面,这个工作表称为活动工作表。

(3) 单元格和活动单元格

单元格是组成工作表的基本单元。单元格由行号和列号组成,每个单元格都对应唯一的行号和列号。

被选中的单元格称为活动单元格。用户可以在单元格中进行不同的设置。从表面上看,活动单元格与其他单元格的区别在于是否有黑色框围绕。

可以看出,工作簿由一个或多个工作表组成,工作表由多个单元格组成。

2. 工作表的编辑区

(1) 编辑组

编辑组主要显示当前单元格的名称、数据或公式,由"名称框"、"按钮组"和"编辑栏"组成,如图 10-2 所示。

名称框:名称框又称地址栏。显示当前单元格的名称,名称分为两部分,第一个大写英文字母表示该单元格所在的列标,第二个阿拉伯数字表示该单元格所在的行号,如 B2 则表示第 2 列第 2 行所在的单元格,如图 10-3 所示。

按钮组:单击"插入函数"或输入"="号时会显示该按钮组。单击"×"按钮,表示取消原有的操作;单击"√"按钮表示确定已有的操作;单击"fx"按钮,表示要插入函数。

编辑栏:显示在单元格中输入或编辑的内容,并可在"编辑栏"中直接输入数据或公式进行编辑。

(2) 行号和列标

每个单元格的位置都是由行号和列标确定的,在表格编辑区左侧的阿拉伯数字为"行号",在编辑区上端的大写英文字母为"列号",A 表示第 1 列、B 表示第 2 列、……,以此类推,如 A1 则表示第 1 列第 1 行所在的单元格。

选项卡

编辑组

行号

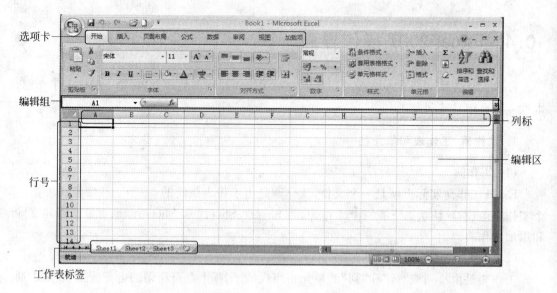

列标

编辑区

工作表标签

图 10-2　Excel 2007 编辑窗口

名称框　　　　按钮组　　　　　　　　编辑栏

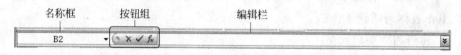

图 10-3　Excel 2007"编辑组"

3．工作表标签组

工作表标签组位于编辑区的左下端,包括工作表标签滚动显示按钮、工作表标签和"插入工作表"标签组成,如图 10-4 所示。

工作表标签滚动显示按钮　　工作表标签　"插入工作表"标签

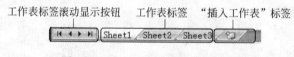

图 10-4　Excel 2007 工作表标签组

当有多个工作表不能显示在当前界面下时,按工作表标签滚动按钮可以选择显示不同的工作表进行编辑。单击某工作表标签时,可以使该工作表变为"活动工作表",图 10-4 中的 Sheet1 为活动工作表。单击"插入工作表"标签时,可以为工作簿添加新的工作表。

4．Excel 选项卡

Excel 2007 选项卡位于标题栏的下方,当选择不同选项卡时,可进行不同的编辑和操作。Excel 2007 选项卡有【开始】、【插入】、【页面布局】、【公式】、【数据】、【审阅】、【视图】和【加载项】等 8 个选项卡。选项卡下面是功能区,如图 10-5 所示。

其中不同于 Word 2007 选项卡的有【公式】选项卡和【数据】选项卡。

【公式】选项卡具有"函数库"组、"定义的名称"组、"公式审核"组和"计算"组功能,主要用于函数和公式的计算,如图 10-6 所示。

【数据】选项卡具有"获取外部数据"、"连接"、"排序和筛选"、"数据工具"和"分级显示"

图 10-5 "开始"选项卡

图 10-6 "公式"选项卡

功能,主要用于对表格中的数据进行排序,如图 10-7 所示。

图 10-7 "数据"选项卡

10.5 工作簿和工作表

1. 工作簿的编辑

1) 新建空白工作簿的方法有三种

(1) 双击"Excel 2007 图标"打开即是一个名为 Book1 新建的工作簿。

(2) 按 Ctrl+N 键即为新建工作簿。

(3) 单击 Office 按钮,选择【新建】命令,如图 10-8 所示。在打开的"新建工作簿"窗口单击【创建】按钮,然后单击【确定】,如图 10-9 所示。

图 10-8 "新建"工作簿步骤 1

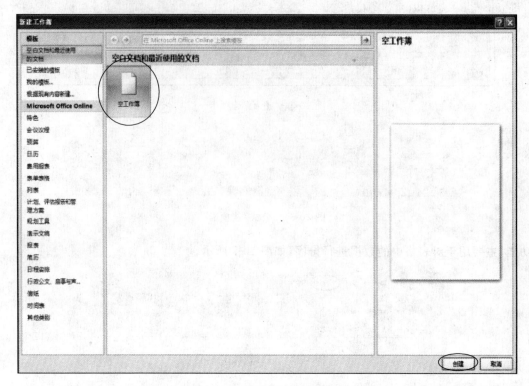

图 10-9　"新建"工作簿步骤 2

2）保存工作簿的方法有三种：

（1）单击左上角的"Office 快速访问工具栏"的保存图标。

（2）按 Ctrl＋S 键为保存。

（3）单击 Office 按钮，选择【保存】命令，如图 10-10 所示。或选择【另存为】命令，如图 10-11 所示，"另存为"可以选择新的路径。

图 10-10　"保存"工作簿

2．工作表的编辑

编辑工作表包括对工作表的插入、删除、移动或复制。

1）插入工作表

插入 Sheet4 工作表。在编辑工作表的时候，有时需要在已存在工作表之前或者之后再插入一张空白的工作表。插入工作表的方法有三种：

（1）单击工作表标签右侧的"插入工作表"键。在 Sheet3 后面单击【插入工作表】图标，如图 10-12 所示，效果如图 10-13 所示。

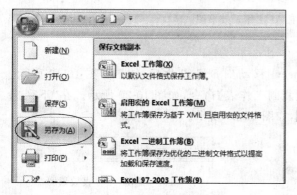

图 10-11　"另存为"工作簿

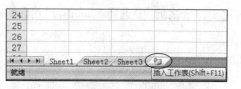

图 10-12　插入工作表

（2）按 Shift＋F11 键也可建立一个工作表。

（3）用菜单命令建立工作表。右击工作表标签，在弹出的菜单中选择【插入】命令，如图 10-14 所示。在弹出的"插入"窗口中，选择【常用】【工作表】，然后单击【确定】，如图 10-15 所示。就在 Sheet3 表之前插入了一个 Sheet4 工作表，如图 10-16 所示。

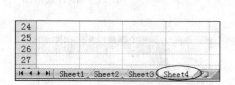

图 10-13　插入工作表效果

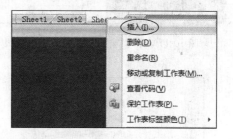

图 10-14　菜单"插入"工作表步骤 1

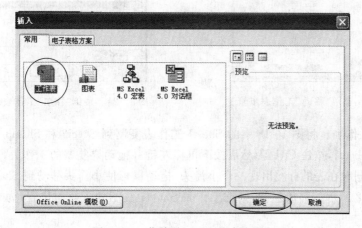

图 10-15　菜单"插入"工作表步骤 2

2）删除工作表 Sheet4

右击要删除的工作表，如单击图 10-16 的 Sheet4 工作表，在弹出的菜单中选择【删除】命令，如图 10-17 所示，效果如图 10-18 所示。

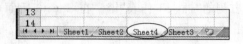

图 10-16　"插入"工作表效果图

3）移动或复制工作表

（1）移动工作表。将图 10-18 中的 Sheet1 移动到 Sheet2 之后，效果如图 10-19 所示。右击要移动的工作表 Sheet1，选择【移动或复制工作表】命令，如图 10-20 所示。在"下列选定工作表之前"中选择 Sheet3，单击【确定】，如图 10-21 所示。

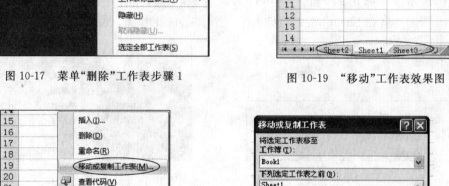

图 10-18　"删除"工作表效果图

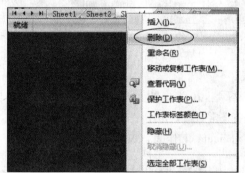

图 10-17　菜单"删除"工作表步骤 1

图 10-19　"移动"工作表效果图

图 10-20　菜单"移动"工作表步骤 1

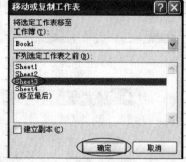

图 10-21　菜单"移动"工作表步骤 2

（2）复制工作表。将图 10-18 中的 Sheet1 工作表复制到 Sheet2 和 Sheet3 之间。单击要复制的工作表 Sheet1，按住 Ctrl 键，然后按下鼠标左键并拖动要复制的工作表，这时鼠标出现一个图标"＋"，同时在表的标签出现一个小箭头，拖动鼠标使小箭头移动到 Sheet2 和 Sheet3 之间，如图 10-22 所示。释放左键，则把工作表 Sheet1 复制到了新的位置，为 Sheet1(2)，如图 10-23 所示。

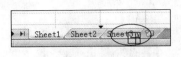

图 10-22 "复制"工作表

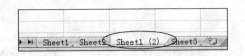

图 10-23 "复制"工作表效果图

4）工作表的重命名

右击工作表标签，在弹出的菜单中选择【重命名】命令，可对工作表进行重命名，如图 10-24 所示。

5）改变工作表标签颜色

右击工作表标签，在弹出的快捷菜单中选择【工作表标签颜色】命令，在打开的下拉菜单中选择一种颜色，如"红色"，如图 10-25 所示。所选工作表为"红色"，由于该工作表是活动工作表，大部分仍是白色，如图 10-26 所示。单击其他工作表时，即可看见改变了颜色的工作表标签，显示效果如图 10-27 所示。

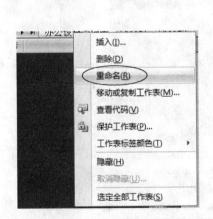

图 10-24 "重命名"工作表

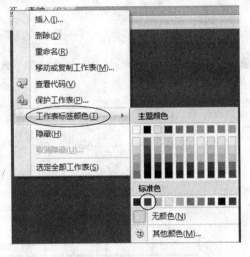

图 10-25 选择工作表标签颜色

图 10-26 工作表标签颜色效果图 1

图 10-27 工作表标签颜色效果图 2

【提示】

Excel 2007 工作簿的扩展名为 xlsx，凡是以 xlsx 为扩展名的文件为 Excel 2007 文件。

3．单元格的编辑

1）单元格的选定

（1）选中单元格，单击该单元格即可，如图 10-28 所示。选定某一行单元格，单击该行的行号，如图 10-29 所示。选定某一列，单击该列的列标，如图 10-30 所示。

（2）选中连续的单元格，按住鼠标左键拖动想要选定的区域即可，如图 10-31 所示。

图 10-28　选中单元格

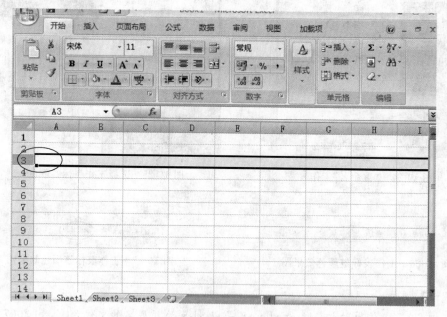

图 10-29　选中某行单元格

（3）选定不连续的单元格，按住 Ctrl 键，同时选定单元格，如图 10-32 所示。

2）单元格的移动

选定单元格，将鼠标指针放在单元格边框上，出现带箭头的"＋"形时，按住鼠标左键，将该单元格拖动到目的单元格，释放鼠标，如图 10-33 所示。

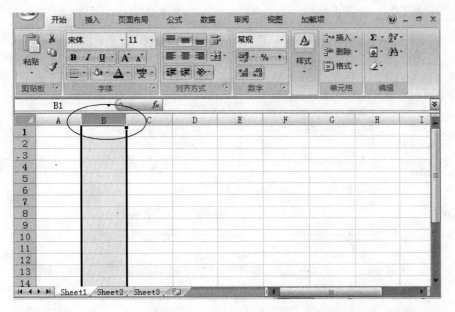

图 10-30 选中某列单元格

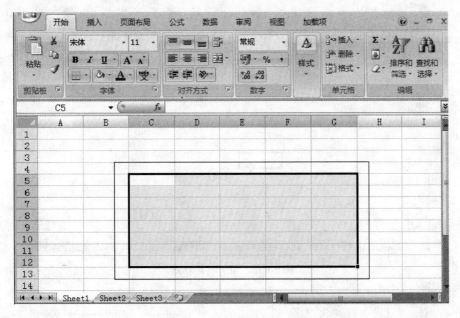

图 10-31 选中某区域单元格

3）单元格的复制与粘贴

单元格的复制和粘贴有三种：

（1）用鼠标拖动，选定要复制的单元格，按住 Ctrl 键不放，左键拖住单元格出现"＋"时，拖放到要复制的单元格之后，释放鼠标。

（2）用菜单命令，选择要复制的单元格，单击【开始】"剪贴板"组的【复制】，如图 10-34 所示。然后选择目的单元格，单击"剪贴板"组的"粘贴"图表，如图 10-35 所示。

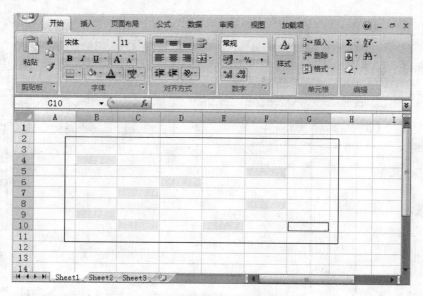

图 10-32　选中不连续的单元格

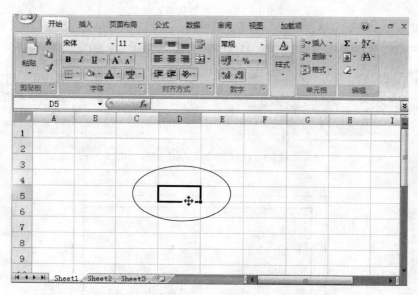

图 10-33　单元格的移动

图 10-34　"复制"单元格

图 10-35　"粘贴"单元格

（3）用快捷键,选中要复制的单元格,按Ctrl+C键复制,然后按Ctrl+V键粘贴到目的单元格。

4）单元格中内容的删除

单元格内容的删除有两种:

（1）选定要删除的单元格,单击【开始】"编辑"组的【清除】,如图10-36所示,在打开的下拉菜单中单击【清除内容】,如图10-37所示。

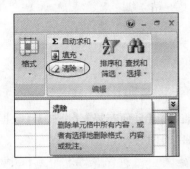

图10-36　"清除"单元格内容步骤1　　　　图10-37　"清除"单元格内容步骤2

（2）选定要删除的单元格,按Delete键,将所选的内容删除。

【提示】

① 工作表的删除是一件慎重的工作,它会将工作表的数据彻底地删除,所以请小心操作。

② 移动工作表也可以应用左键直接操作,单击任何一个工作表Sheet拖动到指定的位置即可。

10.6　关键词

bǎo cún
① 保　存

chā rù
② 插　入

cháng yòng
③ 常　用

chóng mìng míng
④ 重　命　名

chuàng jiàn
⑤ 创　建

dān yuán gé
⑥ 单　元　格

fù zhì
⑦ 复　制

gōng zuò biǎo
⑧ 工　作　表

gōng zuò biǎo biāo qiān
⑨ 工　作　表　标　签

gōng zuò biǎo biāo qiān yán sè
⑩ 工　作　表　标　签　颜　色

gōng zuò bù
⑪ 工　作　簿

gōng shì
⑫ 公　式

háng hào
⑬ 行　号

huó dòng dān yuán gé
⑭ 活　动　单　元　格

huó dòng gōng zuò biǎo
⑮ 活　动　工　作　表

kāi shǐ
⑯ 开　始

liè biāo
⑰ 列　标

lìng cún wéi
⑱ 另　存　为

qīng chú
⑲ 清　除

qīng chú nèi róng
⑳ 清　除　内　容

què dìng
㉑ 确　定

shān chú
㉒ 删　除

shù jù
㉓ 数　据

xīn jiàn
㉔ 新　建

yí dòng huò fù zhì gōng zuò biǎo
㉕ 移　动　或　复　制　工　作　表

zhān tiē
㉖ 粘　贴

10.7　课后练习

（1）说明 Excel 2007 主要新增的功能有哪些？

（2）认识 Excel 2007 操作界面，了解【开始】、【插入】、【页面布局】、【公式】、【数据】和【视图】选项卡，特别要熟悉【公式】和【数据】选项卡所包含的内容。

第11课

Excel 2007单元格设置

在这一课中将学到以下内容：

- 单元格中文本、数值、货币、日期、时间、百分比和科学记数法的设置；
- 单元格格式对齐方式的设置；
- 单元格格式字体的设置；
- 单元格格式边框的设置；
- 设置单元格的样式；
- 对 Excel 文档中页面背景的设置；
- 对 Excel 文档进行编辑等。

11.1　导读

设置单元格格式可以通过不同的方式控制页面的外观,使表格中的数据更有利于分析和管理,设置单元格格式包括单元格中数字的类型、文本的对齐方式、字体、单元格的边框、样式及页面的背景设置等。

11.2　知识要点

1.【开始】中的"单元格"组

【插入】在工作表或表格中插入单元格、行或列。

【删除】用来删除表格或工作表中的行或列。

【格式】用来更改行高或列宽、组织工作表或保护或隐藏单元格。

1)【格式】中【设置单元格格式】的【数字】组

【常规】常规单元格格式不包含任何特定的数字格式。

【数值】用于一般数字的表示。

【货币】用于一般货币数值的表示。

【日期】用于将日期和时间系列数值显示为日期值。

【时间】用于将日期和时间系列数值显示为时间值。

【百分比】将单元格中数值乘以 100,并以百分数形式显示。

【科学记数】将数值以科学记数法显示。表示很大或很小的数字的一种记数方法,如130 000 000 000,用科学记数法表示为 1.3E＋11。再如 0.000 000 000 013,用科学记数法表示为 1.3E-11。

【文本】数字作为文本处理,单元格显示的内容和输入的内容完全一致。

2)【格式】中【设置单元格格式】的【对齐】

对所选择的单元格中的文字设置对齐方式。

3)【格式】中【设置单元格格式】的【字体】

对所选择的单元格中的文字设置字体。

4)【格式】中【设置单元格格式】的【边框】

对所选择的单元格添加边框。

2.【开始】中的"对齐方式"组

【顶端对齐】沿单元格顶端对齐文字。

【垂直居中】对齐文本字,使其在单元格中上下居中。

【底端对齐】沿单元格底端对齐文字。

【文本左对齐】将文字左对齐。

【文本居中】将文字居中对齐。

【文本右对齐】将文字右对齐。

【合并后居中】将选中的多个单元格合并为一个单元格,同时将单元格中的内容居中。

3.【开始】中的"编辑"组

【填充】将模式扩展到一个或多个相邻单元格,可以在任意方向填充单元格,并可把单元格填充到任意范围的相邻单元格中。

【清除】删除单元格中所有内容,或有选择的删除格式、内容或批注。

4.【开始】中的"样式"组

【条件格式】根据条件使用数据条、色阶和图标集,以突出显示相关单元格,强调异常值,以及实现数据的可视化效果。

【单元格样式】通过选择预定义样式,快速设置单元格格式。

【套用表格格式】通过选择预定义样式,快速设置一组单元格的格式,并将其转换为表。

11.3　实战演练 11-1——制作商品销售表

创建一个某商场待出售啤酒的一览表,按要求输入不同格式的数据,如图 11-1 所示(参见"第 11 课\11-实例文件\ 11-E1")。

(1) 输入标题和表头。将光标放到编辑区的 A1,单击【开始】"单元格"组的【格式】【设置单元格格式】,如图 11-2 所示。选择【数字】,在"分类"中选择【文本】,单击【确定】,如图 11-3 所示。

在 A1 行开始输入标题,在 A4 行输入表头,在 A1 列输入商品名称,如图 11-4 所示(参见"第 11 课\11-原文件\ 11-S1")。

某商场3月待出售啤酒一览表						
2008年8月8日					9:47	
商品名称	编号	价格(元/瓶)	保质期(月)	酒精百分比	生产日期	库存量(瓶)
青岛	001	￥2.50	12.50	10.05%	2008-3-14	1.00E+04
雪花	002	￥2.40	13.00	12.50%	2008-5-6	2.00E+04
哈尔滨	003	￥2.30	15.30	13.00%	2007-12-15	2.50E+04
燕京	004	￥2.00	10.01	12.15%	2007-10-1	6.54E+04

图 11-1　某商场 3 月待销售啤酒一览表

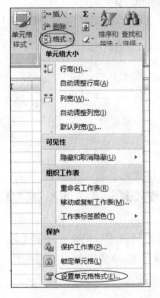

图 11-2　选择"文本"格式

图 11-3　设置单元格格式

某商场3月待出售啤酒一览表						
商品名称	编号	价格(元/瓶)	保质期(月)	酒精百分比	生产日期	库存量(瓶)
青岛						
雪花						
哈尔滨						
燕京						

图 11-4　输入标题和表头后的效果图

　　(2) 合并后标题居中。选中 A1～G1，单击【开始】，选择"对齐方式"组的【合并后居中】
如图 11-5 所示，效果如图 11-6 所示。

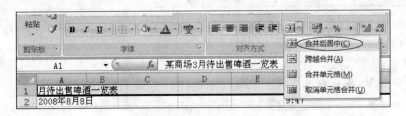

图 11-5　选择"合并后居中"

图 11-6　"合并后居中"效果图

（3）输入编号。将光标放到编辑区的 B5，选中 B5～B8，在图 11-2 的基础上选择【数字】，在"分类"中选择【文本】，单击【确定】。在 B5～B8 列输入编号，如图 11-7 所示。

	A	B	C	D	E	F	G
1			某商场3月待出售啤酒一览表				
2							
3							
4	商品名称	编号	价格(元/瓶)	保质期(月)	酒精百分比	生产日期	库存量(瓶)
5	青岛	001					
6	雪花	002					
7	哈尔滨	003					
8	燕京	004					

图 11-7　输入编号

【提示】

① 默认状态下输入的文字为"文本"型字段，一般情况下可直接输入。

②【开始】中的"对齐方式"组与【开始】"单元格"组中的【格式】【设置单元格格式】【对齐】具有相同的功能。

（4）输入价格。将光标放到编辑区的 C5，选中 C5～C8，在图 11-2 的基础上选择【数字】，在"分类"中选择【货币】，"小数位数（D）"输入 2，"负数（N）"选择其中的一种表示形式，单击【确定】，如图 11-8 所示。在 C5～C8 列输入价格，如图 11-9 所示。

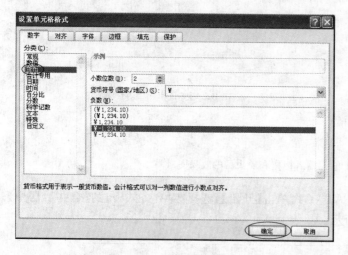

图 11-8　选择"货币"格式

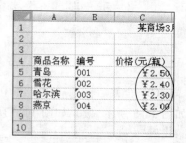

图 11-9　输入啤酒价格

【提示】

货币符号为¥，默认状态下的小数位数为 2，可以根据需要进行设置。

（5）输入保质期。将光标放到编辑区的 D5，选中 D5～D8，在图 11-2 的基础上选择【数字】，在"分类"中选择【数值】，"小数位数（D）"为 2，"负数（N）"可选择其中的一种形式，单击

【确定】,如图 11-10 所示。在 D5～D8 列输入保质期,如图 11-11 所示。

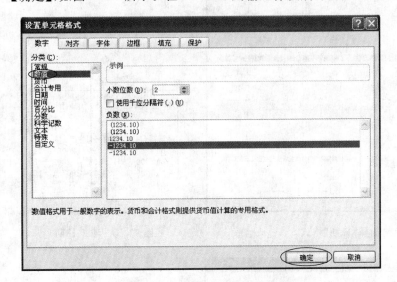

图 11-10 选择"数值"格式

图 11-11 输入保质期

(6)输入酒精百分比。将光标放到编辑区的 E5,选中 E5～E8,在图 11-2 的基础上选择【数字】,在"分类"中选择【百分比】,"小数位数"为 2,单击【确定】,如图 11-12 所示。然后在 E5～E8 列输入酒精百分比,见图 11-13。

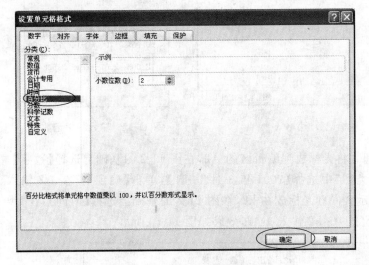

图 11-12 选择"百分比"格式

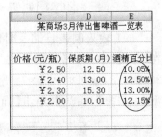

图 11-13 输入百分比

(7)输入生产日期。将光标放到编辑区的 F5,选中 F5～F8,在图 11-2 的基础上选择【数字】,在"分类"中选择【日期】,在"类型(T)"中选择其中的一种,单击【确定】,如图 11-14 所示。在 F5～F8 列输入生产日期,如图 11-15 所示。

(8)输入库存量。将光标放到编辑区的 G5,选中 G5～G8,在图 11-2 的基础上选择【数字】,在"分类"中选择【科学记数】,"小数位数(D)"选择 2,单击【确定】,如图 11-16 所示。在 G5～G8 列输入库存量,如图 11-17 所示。

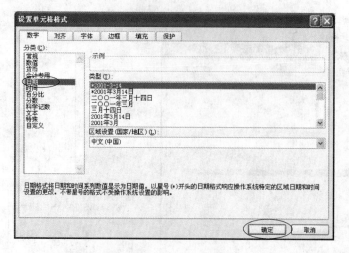

图 11-14　选择"日期"格式

图 11-15　输入日期

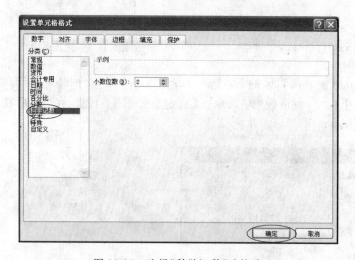

图 11-16　选择"科学记数"法格式

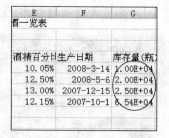

图 11-17　输入科学记数法

（9）输入制表日期及时间。将光标放到编辑区的 A2，在图 11-2 的基础上选择【数字】，在"分类"中选择【日期】，在"类型"中选择【2001 年 3 月 14 日】，单击【确定】。在 A2 输入 2008/8/8，效果如图 11-18 所示。同理光标放在 F2，在图 11-2 的基础上选择【时间】，在"类型"中选择【13:30】，单击【确定】。在 F2 输入 9:47，效果如图 11-19 所示。

图 11-18　输入日期

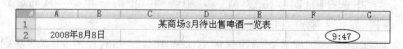

图 11-19　输入时间

（10）单元格中文字居中。选中所有单元格，单击【开始】“对齐方式”组的【居中】，如图 11-20 所示。

	A	B	C	D	E	F	G
1	某商场3月待出售啤酒一览表						
2	2008年8月8日					9:47	
3							
4	商品名称	编号	价格(元/瓶)	保质期(月)	酒精百分比	生产日期	库存量(瓶)
5	青岛	001	¥2.50	12.50	10.05%	2008-3-14	1.00E+04
6	雪花	002	¥2.40	13.00	12.50%	2008-5-6	2.00E+04
7	哈尔滨	003	¥2.30	15.30	13.00%	2007-12-15	2.50E+04
8	燕京	004	¥2.00	10.01	12.15%	2007-10-1	6.54E+04

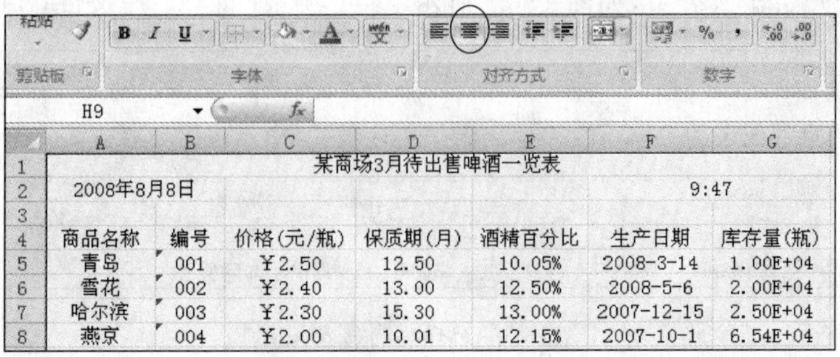

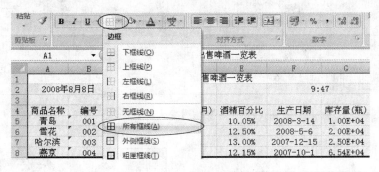

图 11-20　选择单元格文字居中

（11）给表格添加边框。选中要添加边框的所有单元格，单击【开始】“字体”组中的【边框】，选择【所有框线】，如图 11-21 所示。至此已经完成了一个某商场待出售啤酒的一览表的创建。制作好的效果图见图 11-1（参见“第 11 课\11-实例文件\ 11-E1”）。

图 11-21　添加“所有边框”

11.4　实战演练 11-2——制作某车队车辆使用登记表

利用数据的填充技术，快速创建一个某车队的车辆使用登记表，如图 11-22 所示（参见“第 11 课\11-实例文件\ 11-E2”）。

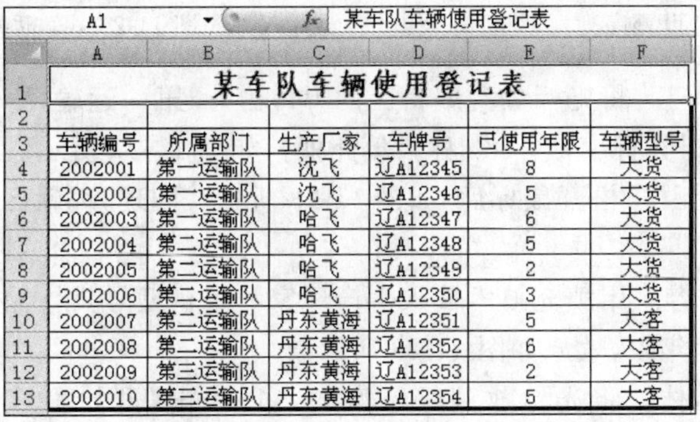

	A	B	C	D	E	F
1	某车队车辆使用登记表					
2						
3	车辆编号	所属部门	生产厂家	车牌号	已使用年限	车辆型号
4	2002001	第一运输队	沈飞	辽A12345	8	大货
5	2002002	第一运输队	沈飞	辽A12346	5	大货
6	2002003	第一运输队	哈飞	辽A12347	6	大货
7	2002004	第二运输队	哈飞	辽A12348	5	大货
8	2002005	第二运输队	哈飞	辽A12349	2	大货
9	2002006	第二运输队	哈飞	辽A12350	3	大货
10	2002007	第二运输队	丹东黄海	辽A12351	5	大客
11	2002008	第二运输队	丹东黄海	辽A12352	6	大客
12	2002009	第三运输队	丹东黄海	辽A12353	2	大客
13	2002010	第三运输队	丹东黄海	辽A12354	5	大客

图 11-22　某车队车辆使用登记表

（1）输入标题和表头。将光标放到编辑区的 A1，在图 11-2 和图 11-3 的基础上，在 A1 行开始输入标题，然后选中编辑区 A1～F1，单击【开始】中的"对齐方式"组的"合并后居中"。在 A3 行开始输入表头，如图 11-23 所示（参见"第 11 课\11-原文件\ 11-S2"）。

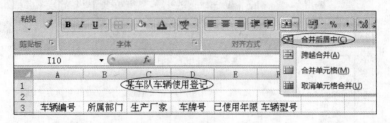

图 11-23　选择标题和表头居中

（2）输入车辆编号。将光标放到编辑区的 A4，输入 2002001，单击【开始】"编辑"组的【填充】【系列】，如图 11-24 所示。在"序列产生在"【列】，"步长值"选择 1，"终止值"填写 2002010，单击【确定】，如图 11-25 所示。填充好的效果如图 11-26 所示。

图 11-24　车辆编号输入及系列选择

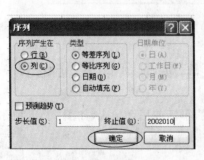

图 11-25　设置序列对话框

图 11-26　车辆编号填充

（3）输入所属部门。将光标放到编辑区的 B4，输入"第一运输队"，将鼠标指针移到 B4 单元格的右下角，这时光标变成"＋"（称为填充柄），如图 11-27 所示。按下鼠标左键并向下拖动填充柄至 B6 单元格，松开鼠标后，如图 11-28 所示。同理，编辑区的 B7～B11 和 B12～B13 做类似的操作。

（4）输入其他内容。用填充技术输入生产厂家和车辆型号具体操作类似步骤（3），然后输入车牌号和已使用年限，效果如图 11-29 所示。

（5）设置标题字体。将光标放到编辑区的 A1，单击【开始】"字体"组，选择【仿宋】、【16】、【加粗】，如图 11-30 所示。

图 11-27 显示"填充柄"

图 11-28 所属部门填充

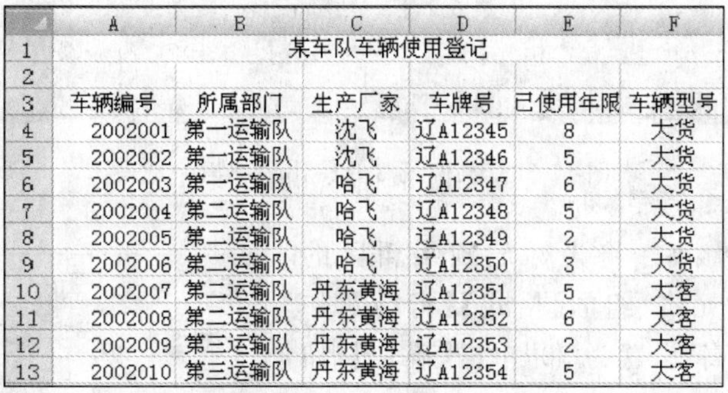

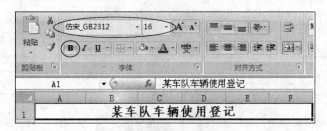

图 11-29 输入其他内容

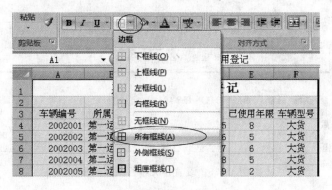

图 11-30 设置标题"字体"和"字号"

（6）添加边框。选中要添加边框的所有单元格，单击【开始】"字体"组中的【边框】【所有框线】，如图 11-31 所示。效果见图 11-22。

图 11-31 添加"所有边框"

11.5　实战演练 11-3——对 Excel 工作表的美化

为了使得工作表更加易看和美观，对该表进行样式化操作，如图 11-32 所示（参见"第 11 课\11-原文件\ 11-S3"）。

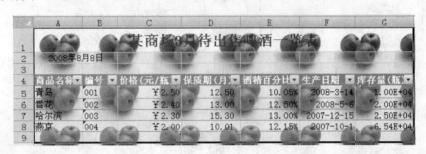

图 11-32　某商场 3 月待出售啤酒一览表

（1）设置标题行高。将光标放到编辑区的 A1，单击【开始】"单元格"组的【格式】【行高】，如图 11-33 所示。"行高"设置为 30，单击【确定】，如图 11-34 所示。其效果如图 11-35 所示。

（2）设置单元格样式。选中"A1"，单击【开始】"样式"组的【单元格样式】，选择"标题"，如图 11-36 所示。效果如图 11-37 所示。

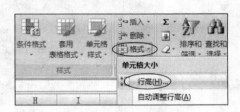

图 11-33　选择单元格"行高"

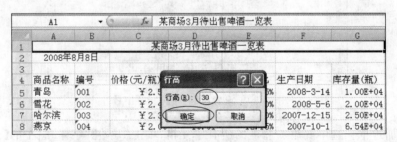

图 11-34　单元格行高对话框

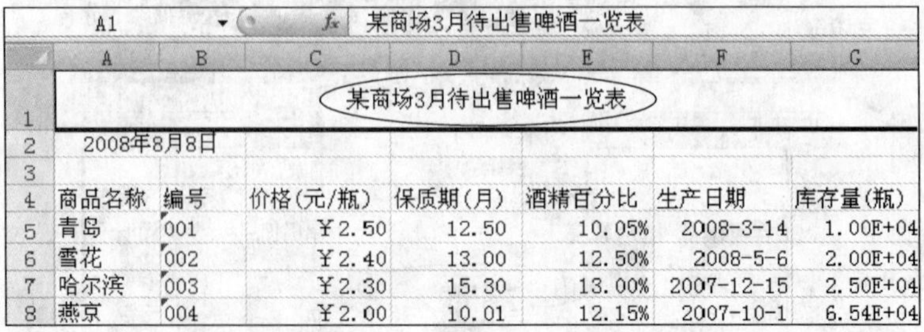

图 11-35　设置单元格行高效果图

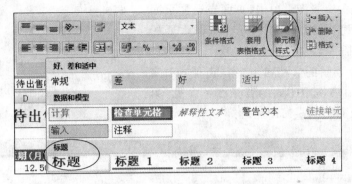

图 11-36 选择标题"单元格样式"

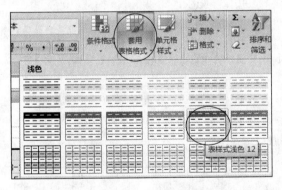

图 11-37 标题"单元格样式"效果图

（3）套用表格格式。选中单元格 A4～G8，单击【开始】"样式"组的【套用表格格式】，选择"表样式浅色 12"，如图 11-38 所示。选择"表包含标题"，单击【确定】，如图 11-39 所示。效果如图 11-40 所示。

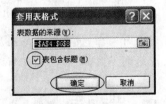

图 11-38 选择"套用表格格式"　　　　图 11-39 "套用表格式"窗口

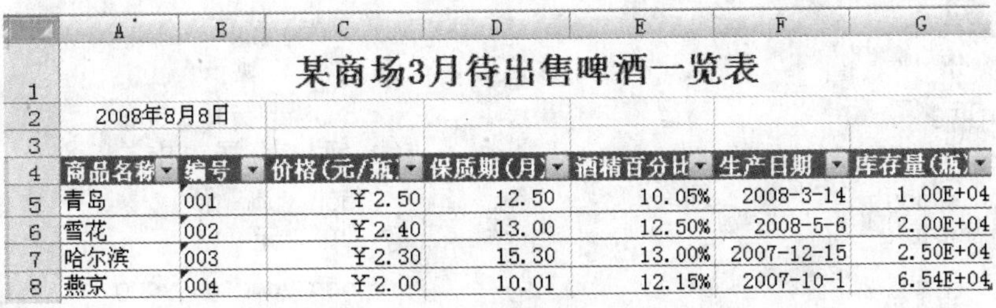

图 11-40 "套用表格格式"效果图

（4）设置表的背景图。单击【页面布局】"页面设置"组的【背景】，如图11-41所示。选择需要的背景图，选择【插入】，如图11-42所示。效果见图11-32（不同背景图的文档参见"第11课\11-实例文件\11-E3"；表格中不同的背景图可参见"第11课\11-素材文件\M1~M12"）。

图11-41　选择"背景"

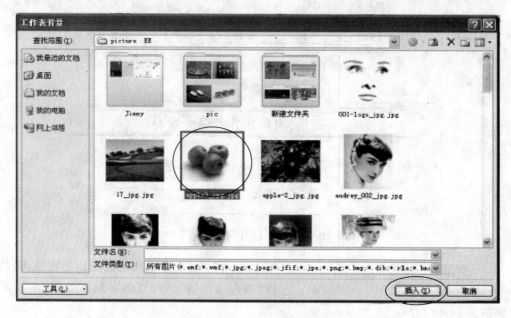

图11-42　选择背景图片

【提示】

① 本课主要介绍【页面布局】中"页面设置"组中【背景】的应用。【页面布局】中的"页面设置"内容将在第12课详细介绍。

② 表格的背景图颜色比较深，会影响数据的显示、若要表格美观，数据又清晰，可以将图片先进行处理，调整图片的亮度，然后再作为工作表的背景图即可，也可以用素材中提供的处理后的图片，这个问题就留给读者试试了。

11.6　关键词

bǎi fēn bǐ
① 百分比

bèi jǐng
② 背景

biān kuàng
③ 边框

chā rù
④ 插入

cháng guī
⑤ 常规

chuí zhí jū zhōng
⑥ 垂直居中

dān yuán gé
⑦ 单元格

dān yuán gé yàng shì
⑧ 单元格样式

dǐ duān duì qí
⑨ 底 端 对 齐

dǐng duān duì qí
⑩ 顶 端 对 齐

duì qí
⑪ 对 齐

gé shì
⑫ 格 式

gōng zuò biǎo
⑬ 工 作 表

háng gāo
⑭ 行 高

hé bìng hòu jū zhōng
⑮ 合 并 后 居 中

huò bì
⑯ 货 币

jiā cū
⑰ 加 粗

kāi shǐ
⑱ 开 始

kē xué jì shù
⑲ 科 学 记 数

lèi xíng
⑳ 类 型

qīng chú
㉑ 清 除

què dìng
㉒ 确 定

rì qī
㉓ 日 期

shān chú
㉔ 删 除

shè zhì dān yuán gé gé shì
㉕ 设 置 单 元 格 格 式

shí jiān
㉖ 时 间

shù zhí
㉗ 数 值

shù zì
㉘ 数 字

tào yòng biǎo gé gé shì
㉙ 套 用 表 格 格 式

tí shì
㉚ 提 示

tián chōng
㉛ 填 充

tiáo jiàn gé shì
㉜ 条 件 格 式

wén běn
㉝ 文 本

wén běn jū zhōng
㉞ 文 本 居 中

wén běn yòu duì qí
㉟ 文 本 右 对 齐

wén běn zuǒ duì qí
㊱ 文 本 左 对 齐

xì liè
㊲ 系 列

yè miàn bù jú
㊳ 页 面 布 局

zì hào
㊴ 字 号

zì tǐ
㊵ 字 体

11.7　课后练习

（1）创建一张某公司员工登记表，包括姓名、性别、出生日期、年龄、工资等。

（2）利用填充技术完成实战演练11-2的生产厂家、车牌号、车辆型号三列数据的填充及已使用年限数据的输入，并进行必要的编辑。

（3）为实战演练11-3添加不同的背景图，并调整背景图的亮度。

第 **12** 课

Excel 2007页面设置

在这一课中将学到以下内容：
- 设置页面的纸张大小；
- 设置页面的页边距；
- 设置页面的页脚和页眉；
- 页面中分隔符的应用；
- 页面设置中背景的应用；
- 页面设置中打印标题；
- 插入或删除工作表；
- 移动或复制工作表等。

12.1 导读

页面设置提供了制作精美而准确工作报表的方法。通过页面设置，可以实现对页面的纸张大小、页边距、页眉、页脚的设置，也可以在页面中根据需要设置分隔符以及页面的背景等，为打印出满意的工作报表打下了基础。

12.2 知识要点

1.【页面布局】中的"页面设置"组

【页边距】选择整个文档或当前节的边距大小。

【纸张方向】切换页面的纵向布局和横向布局。

【纸张大小】选择当前节的页面大小。

【打印区域】标记要打印的特定工作表区域。

【分隔符】指定打印副本的新页开始位置，将在所选内容的左上方插入分页符。

【背景】选择一幅作为工作表背景显示的图像。

【打印标题】指定要在每个打印页重复出现的行和列。

2.【页面布局】中的"调整为合适大小"组

【宽度】收缩打印输出的宽度，使之适合最多页数。

【高度】收缩打印输出的高度,使之适合最多页数。

【缩放比例】按实际大小的百分比拉伸或收缩打印输出,若要使用此功能,必须将最大宽度和最大高度设置为"自动"。

12.3 实战演练 12-1——某商场待售产品一览表的页面设置

某商场待售产品一览表,如图 12-1 所示(参见"第 12 课\12-原文件\12-S1"),并按要求进行页面设置,打印预览如图 12-2 所示(参见"第 12 课\12-实例文件\12-E1")。

图 12-1 某商场待售产品表

图 12-2 打印预览表

(1) 设置纸张大小。创建某商场待售产品一览表,添加边框,单击【页面布局】"页面设置"组的【纸张大小】【其他纸张大小】,如图 12-3 所示。默认纸张大小为 A4,如图 12-4 所示。选择【打印预览】,效果如图 12-5 所示。

(2) 设置纸张方向。单击【页面布局】"页面设置"组的【纸张方向】,选择【纵向】,显示效果如图 12-6 所示。选择【打印预览】,如图 12-7 所示。

(3) 设置页边距。单击【页面布局】"页面设置"组的【页边距】、【自定义边距】,如图 12-8 所示。选择【页边距】,"上"、"下"均为 4,"左"、"右"均为 2,"页眉"、"页脚"均为 2,"居中方式"为【水平】,单击【确定】,如图 12-9 所示。选择【打印预览】,效果如图 12-10 所示。

(4) 设置页眉。单击【页面布局】"页面设置"组的右下角图标【页面设置】,如图 12-11 所示。在"页面设置"中选择【页眉/页脚】,在页眉处选择【第 1 页,共？页】,如图 12-12 所示。设置页面效果如图 12-13 所示,单击【确定】,单击【打印预览】,效果如图 12-14 所示。

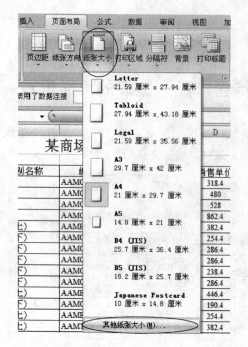

图 12-3　选择"纸张大小"

图 12-4　设置"纸张大小"

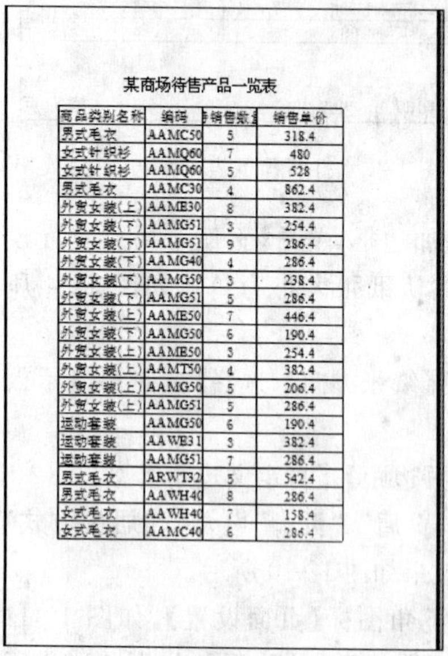

图 12-5　打印预览 1

图 12-6　选择"纸张方向"

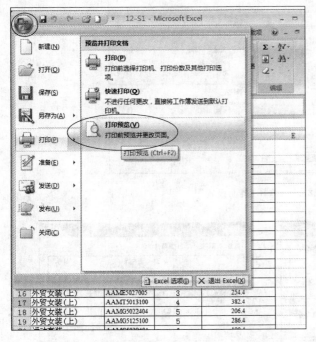

图 12-7　选择"打印预览"

图 12-8　选择"页边距"

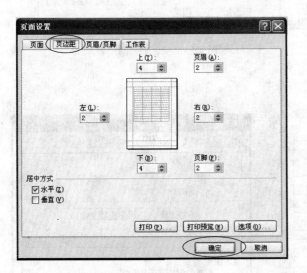

图 12-9　设置"页边距"

图 12-10　打印预览 2

【提示】

用【页面布局】中"页面设置"组的【页边距】按钮,可以根据需要设置自定义边距或普通边距或宽边距或窄边距等。

(5) 设置页脚。单击【页面布局】"页面设置"组的图标,如图 12-11 所示,在"页面设置"中选择【页眉/页脚】,在页脚处选择"制作人:sunny 2008-11-7,第 1 页",如图 12-15 所示。

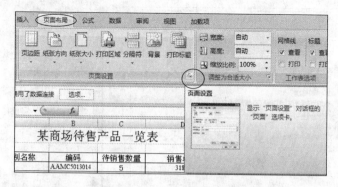

图 12-11　选择"页面设置"

图 12-12　设置"页眉"

图 12-13　设置"页眉"效果图

图 12-14　打印预览页眉效果图

图 12-15　设置"页脚"

效果如图 12-16 所示,选择【确定】,单击【打印预览】,见图 12-7,效果如图 12-17 所示。到这里已经完成了一个 Excel 文件的页面设置,效果见图 12-2。

图 12-16 设置"页脚"效果图

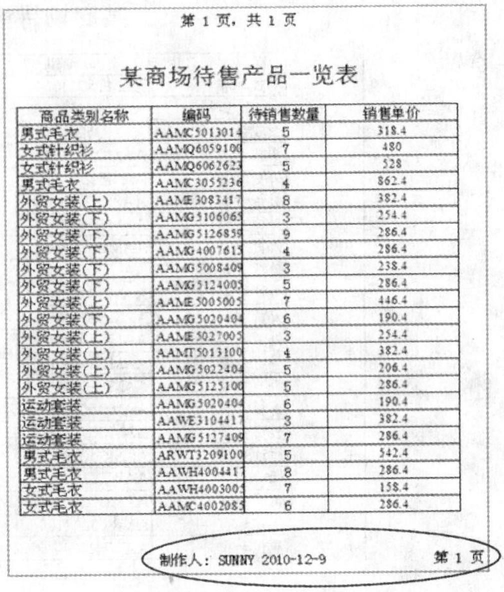

图 12-17 打印预览页脚效果图

【提示】

用【页面布局】中"页面设置"组 的【页眉/页脚】设置页面的页眉和页脚时,可以根据页面内容的需要,自定义页眉和页脚,在实战演练中 12-2 将做详细介绍。

12.4 实战演练 12-2——调整分页符

当打印的工作表内容多余一页时,Excel 2007 会自动在其中插入分页符,将工作表分成多页。如果系统自动设置的分页符不符合用户需求,用户可以调整分页符的位置,实现自主改变页面数据行的数量。自由插入分页符的工作表,打印预览如图 12-18 和图 12-19 所示(参见"第 12 课\12-实例文件\12-E2")。

(1) 为了便于分页,在表 12-1 的基础上,增加记录到 40 条,如图 12-20 所示(参见"第 12 课\12-原文件\12-S2")。

(2) 自定义页眉。单击【页面布局】"页面设置"组的图标,见图 12-11,在"页面设置"中选择【页眉/页脚】【自定义页眉】,如图 12-21 所示。然后输入页眉,在"左"输入"月份:10 月",在"右"输入"经理:李晔",单击【确定】,如图 12-22 所示。单击【确定】,如图 12-23 所示。

(3) 自定义页脚。单击【页面布局】"页面设置"组的图标,见图 12-11,在"页面设置"中选择【页眉/页脚】【自定义页脚】,如图 12-21 所示。然后输入页脚,在"左"输入"打印日期:"(单击【插入日期】),在"右"输入"制表人:严厉",单击【确定】,如图 12-24 所示。单击【确定】,如图 12-25 所示。打印预览图后如图 12-26 所示。

月份：10月　　　　　　　　　　　　　　　　　　　　　　　经理：李晔

某商场待售产品一览表

商品类别名称	编码	待销售数量	销售单价
男式毛衣	AAMC5013014	5	318.4
女式针织衫	AAMQ6059100	7	480
女式针织衫	AAMQ6062623	5	528
男式毛衣	AAMC3055236	4	862.4
外贸女装(上)	AAME3083417	8	382.4
外贸女装(下)	AAMG5106065	3	254.4
外贸女装(下)	AAMG5126859	9	286.4
外贸女装(下)	AAMG4007615	4	286.4
外贸女装(下)	AAMG5008409	3	238.4
外贸女装(下)	AAMG5124005	5	286.4
外贸女装(上)	AAME5005005	7	446.4
外贸女装(上)	AAMG5020404	6	190.4
外贸女装(上)	AAME5027005	3	254.4
外贸女装(上)	AAMT5013100	4	382.4
外贸女装(上)	AAMG5022404	5	206.4
外贸女装(上)	AAMG5125100	5	286.4
运动套装	AAMG5020404	6	190.4
运动套装	AAWE3104417	3	382.4
运动套装	AAMG5127409	7	286.4
男式毛衣	ARWT3209100	5	542.4
男式毛衣	AAWH4004417	8	286.4

打印日期：2010-12-9　　　　　　　　　　　　　　　　　　制表人：严厉

图 12-18　打印预览 1

月份：10月　　　　　　　　　　　　　　　　　　　　　　　经理：李晔

某商场待售产品一览表

女式毛衣	AAWH4003005	7	158.4
女式毛衣	AAMC4002085	6	286.4
女式毛衣	AAMC5008409	7	190.4
女式连衣裙	AAMD3029047	9	318.4
女式连衣裙	AAMD5015074	3	286.4
男式裤子	AAML3112005	1	382.4
男式裤子	AAMM3032417	2	318.4
男式裤子	AAMM5003409	3	286.4
女式皮鞋	AAML3113549	3	382.4
男式皮鞋	AAMH5002623	2	190.4
男式皮鞋	AAMH5002624	4	190.4
男式皮鞋	AAMH5002625	5	190.4
男式皮鞋	AAMH5002626	8	190.4
男式皮鞋	AAMH5002627	7	190.4
男式皮鞋	AAMH5002628	9	190.4
男式皮鞋	AAMH5002629	4	190.4

打印日期：2010-12-9　　　　　　　　　　　　　　　　　　制表人：严厉

图 12-19　打印预览 2

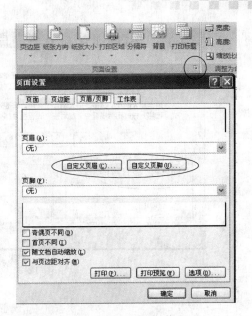

▲	A	B	C	D
19	外贸女装(上)	AAMG5125100	5	286.4
20	运动套装	AAMG5020404	6	190.4
21	运动套装	AAWE3104417	3	382.4
22	运动套装	AAMG5127409	7	286.4
23	男式毛衣	ARWT3209100	5	542.4
24	男式毛衣	AAWH4004417	8	286.4
25	女式毛衣	AAWH4003005	7	158.4
26	女式毛衣	AAMC4002085	6	286.4
27	女式毛衣	AAMC5008409	7	190.4
28	女式连衣裙	AAMD3029047	9	318.4
29	女式连衣裙	AAMD5015074	3	286.4
30	男式裤子	AAML3112005	1	382.4
31	男式裤子	AAMM3032417	2	318.4
32	男式裤子	AAMM5003409	3	286.4
33	女式皮鞋	AAML3113549	3	382.4
34	男式皮鞋	AAMH5002623	2	190.4
35	男式皮鞋	AAMH5002624	4	190.4
36	男式皮鞋	AAMH5002625	5	190.4
37	男式皮鞋	AAMH5002626	8	190.4
38	男式皮鞋	AAMH5002627	7	190.4
39	男式皮鞋	AAMH5002628	9	190.4
40	男式皮鞋	AAMH5002629	4	190.4

图 12-20 增加记录 图 12-21 "自定义页眉"设置

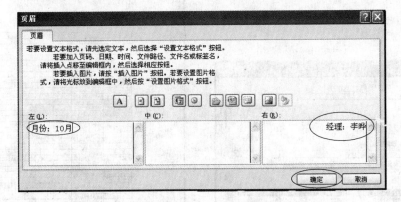

图 12-22 自定义"页眉"输入

图 12-23 自定义"页眉"效果

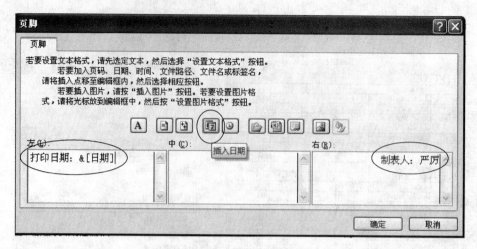

图 12-24　自定义"页脚"输入

图 12-25　自定义"页脚"效果

图 12-26　打印预览 3

（4）插入分页符。光标定位在另起一页左上角的单元格，单击【页面布局】"页面设置"组的【分隔符】【插入分页符】，如图 12-27 所示。效果如图 12-28 所示。打印预览图，如图 12-29 和图 12-30 所示。

（5）打印标题。当打印分页后，从第二页开始没有标题，如果想添加标题可以用"打印标题"设置。单击【页面布局】"页面设置"组的【打印标题】，单击【打印区域】后面的图标，如图 12-31 所示。选择要打印的区域为"＄A＄1：＄D＄40"（直接在表上拖动鼠标，选择要打

图 12-27　插入"分页符"

	A	B	C	D
13	外贸女装（下）	AAMG5124005	5	286.4
14	外贸女装（上）	AAME5005005	7	446.4
15	外贸女装（下）	AAMG5020404	6	190.4
16	外贸女装（上）	AAME5027005	3	254.4
17	外贸女装（上）	AAMT5013100	4	382.4
18	外贸女装（上）	AAMG5022404	5	206.4
19	外贸女装（上）	AAMG5125100	5	286.4
20	运动套装	AAMG5020404	6	190.4
21	运动套装	AAWE3104417	3	382.4
22	运动套装	AAMG5127409	7	286.4
23	男式毛衣	ARWT3209100	5	542.4
24	男式毛衣	AAWH4004417	8	286.4
25	女式毛衣	AAWH4003005	7	158.4
26	女式毛衣	AAMC4002085	6	286.4
27	女式毛衣	AAMC5008409	7	190.4
28	女式连衣裙	AAMD3029047	9	318.4
29	女式连衣裙	AAMD5015074	3	286.4
30	男式裤子	AAML3112005	1	382.4
31	男式裤子	AAMM3032417	2	318.4

图 12-28　插入"分页符"效果图

印的区域）如图 12-32 所示。同理，设置顶端标题行为"＄1：＄1"，如图 12-33 所示。选择
【确定】，如图 12-34 所示。

　　（6）添加背景图。单击【页面布局】"页面设置"组的【背景】（参见"第 12 课\12-素材文件\12-M2"），如图 12-35 所示。选择背景图，单击【插入】，如图 12-36 所示。效果如图 12-37 所示。其他背景图参见"第 12 课\12-素材文件 M1～M5"。

　　【提示】

　　可以根据需要，选择插入"分页符"的位置。

图 12-29　打印预览 4　　　　　　　　　图 12-30　打印预览 5

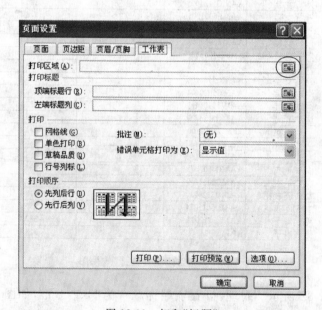

图 12-31　打印"标题"

图 12-32　选择"打印区域"

图 12-33 设置"顶端标题"

图 12-34 确定"打印区域"

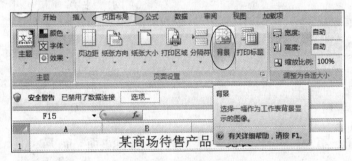

图 12-35 选择"背景"

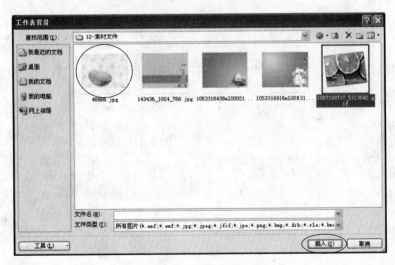

图 12-36 选择背景图片

	A	B	C	D
	某商场待售产品一览表			
	商品类别名称	编码	待销售数量	销售单价
	男式毛衣	AAMC5013014	5	318.4
	女式针织衫	AAMQ6059100	7	480
	女式针织衫	AAMQ6062623	5	528
	男式毛衣	AAMC3055236	4	862.4
	外贸女装(上)	AAME3083417	8	382.4
	外贸女装(下)	AAMG5106065	3	254.4
	外贸女装(下)	AAMG5126859	9	286.4
	外贸女装(下)	AAMG4007615	4	286.4
	外贸女装(下)	AAMG5008409	3	238.4
	外贸女装(下)	AAMG5124005	5	286.4
	外贸女装(上)	AAME5005005	7	446.4
	外贸女装(下)	AAMG5020404	6	190.4
	外贸女装(上)	AAME5027005	3	254.4
	外贸女装(上)	AAMT5013100	4	382.4

图 12-37　选择背景图片效果

12.5　关键词

bèi jǐng
① 背景

chā rù fēn yè fú
② 插入分页符

chā rù gōng zuò biǎo
③ 插入工作表

chā rù rì qī
④ 插入日期

dǎ yìn biāo tí
⑤ 打印标题

dǎ yìn qū yù
⑥ 打印区域

dǎ yìn yù lǎn
⑦ 打印预览

fēn gé fú
⑧ 分隔符

gāo dù
⑨ 高度

kuān dù
⑩ 宽度

qí tā zhǐ zhāng dà xiǎo
⑪ 其他纸张大小

què dìng
⑫ 确定

shān chú
⑬ 删除

shuǐ píng
⑭ 水平

suō fàng bǐ lì
⑮ 缩放比例

yè biān jù
⑯ 页边距

yè méi yè jiǎo
⑰ 页眉页脚

yè miàn bù jú
⑱ 页面布局

yè miàn shè zhì
⑲ 页面设置

yí dòng huò fù zhì gōng zuò biǎo
⑳ 移动或复制工作表

zhǐ zhāng dà xiǎo
㉑ 纸张大小

zhǐ zhāng fāng xiàng
㉒ 纸张方向

zì dìng yì biān jù
㉓ 自定义边距

zì dìng yì yè jiǎo
㉔ 自定义页脚

zì dìng yì yè méi
㉕ 自定义页眉

zòng xiàng
㉖ 纵向

12.6　课后练习

（1）创建实战演练 12-1 中的某商场待售产品一览表。

（2）对图 12-2 某商场代售产品一览表，自定义表的页眉为"北京市　第一页"，页脚为"制作人：jarry 2010 年 12 月 30 日"，打印预览并输出。

第13课

Excel 2007的相对引用和绝对引用

在这一课中将学到以下内容：

- 在 Excel 中相对地址引用的应用；
- 在 Excel 中绝对地址引用的应用；
- 在 Excel 中混合地址引用的应用；
- 设置单元格中字体的颜色等。

13.1 导读

1. 相对引用

相对引用也称相对地址引用。单元格中的相对地址引用（如 C5）是基于包含公式和单元格引用的单元格的相对位置。在公式中使用相对引用时，如果公式所在单元格的位置改变，引用也随之改变。如果多行或多列地复制公式，引用会自动调整。

2. 绝对引用

绝对引用也称绝对地址引用。单元格中的绝对地址引用（如 C5）总是在指定位置引用单元格 C5。如果公式所在单元格的位置改变，绝对引用的单元格始终保持不变。如果多行或多列地复制公式，绝对引用将不作调整。

3. 混合引用

混合引用也称混合地址引用。具有绝对列和相对行，或是绝对行和相对列。绝对引用列是采用 $C5、$D5 等形式。绝对引用行采用 B$1、C$2 等形式。如果公式所在单元格的位置改变，则相对引用改变，而绝对引用不变。如果多行或多列地复制公式，相对引用自动调整，而绝对引用不作调整。

在使用公式和函数时，需要引用单元格的内容，因此单元格的引用是 Excel 中最重要的问题，单元格的引用分为相对引用、绝对引用和混合引用。本课主要介绍单元格的相对引用、绝对引用和混合引用的应用和编辑。

13.2 知识要点

1. 相对地址和绝对地址

在 Excel 中输入公式时，只要正确使用 F4 键，就能简单地对单元格的相对引用、绝对引用和混合引用方式之间快速切换。

2.【开始】中的"字体"组

【字体颜色】改变所选文字的颜色。

3.【公式】中的"函数库"组

【插入函数】通过选择函数并编辑参数，可编辑当前单元格的公式。

13.3 实战演练 13-1——相对引用在统计表中的应用

创建一个某商场冰箱销售统计表，在"总计"一列和"平均值"一行应用相对引用，可以方便地进行计算，结果如图 13-1 所示（参见"第 13 课\13-实例文件\13-E1"）。

	A	B	C	D	E	F	G	H
1		某商场冰箱销售统计表（台）						
2								
3		海尔	海信	TCL	LG	西门子	三星	总计
4	第一季度	8000	6000	6000	5000	7000	6000	38000
5	第二季度	10000	8000	8000	6500	7500	7000	47000
6	第三季度	18000	15000	10000	14000	12000	9000	78000
7	第四季度	9000	7000	5500	6000	7500	7200	42200
8								
9	平均值	11250	9000	7375	7875	8500	7300	

图 13-1 某商场冰箱销售统计表

（1）创建统计表。按照实战演练 13-1 的形式创建"某商场冰箱销售统计表"，如图 13-2 所示（参见"第 13 课\13-原文件\13-S1"）。

	A	B	C	D	E	F	G	H
1		某商场冰箱销售统计表（台）						
2								
3		海尔	海信	TCL	LG	西门子	三星	总计
4	第一季度	8000	6000	6000	5000	7000	6000	
5	第二季度	10000	8000	8000	6500	7500	7000	
6	第三季度	18000	15000	10000	14000	12000	9000	
7	第四季度	9000	7000	5500	6000	7500	7200	
8								
9	平均值							

图 13-2 创建统计表

【提示】

在实战演练 13-1 中，计算"总计"和"平均值"所使用的是"相对引用"，第 11 和第 12 课所涉及的计算均为相对地址的引用。

（2）计算第一季度的总计。将光标放在编辑区 H4 处，单击【公式】"函数库"组的【插入函数】，如图 13-3 所示。选择"选择函数"的【SUM】，单击【确定】，如图 13-4 所示。在 SUM 中的 Number1 显示 B4：G4，单击【确定】，如图 13-5 所示。效果如图 13-6 所示。

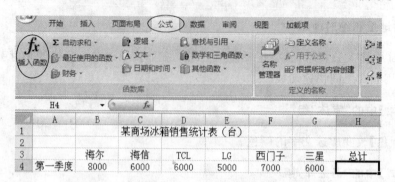

图 13-3　选择"插入函数"

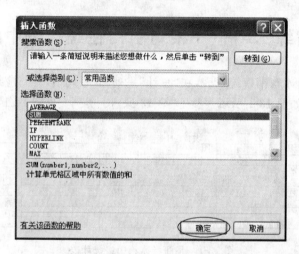

图 13-4　选择 SUM 函数

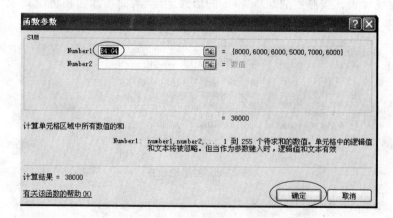

图 13-5　确定函数计算区域

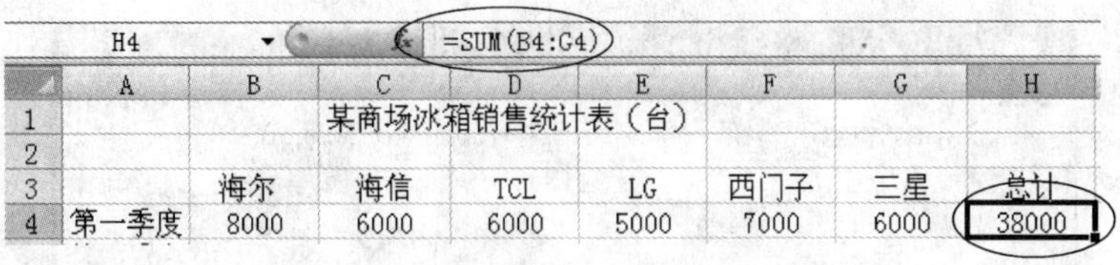

图 13-6　应用 SNM 函数计算后效果

（3）计算所有季度的总计。将光标放到编辑区的 H4，将鼠标指针移到 H4 单元格的右下角，这时光标变成"＋"（称为填充柄），如图 13-7 所示。按下左键并向下拖动填充柄至"H7"单元格，松开左键后，如图 13-8 所示。

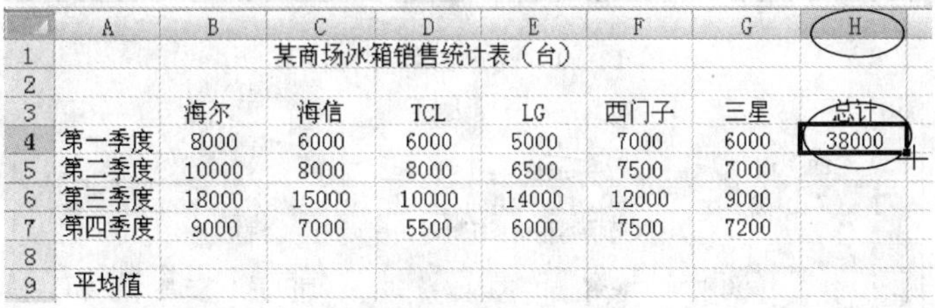

图 13-7　拖动"填充柄"计算

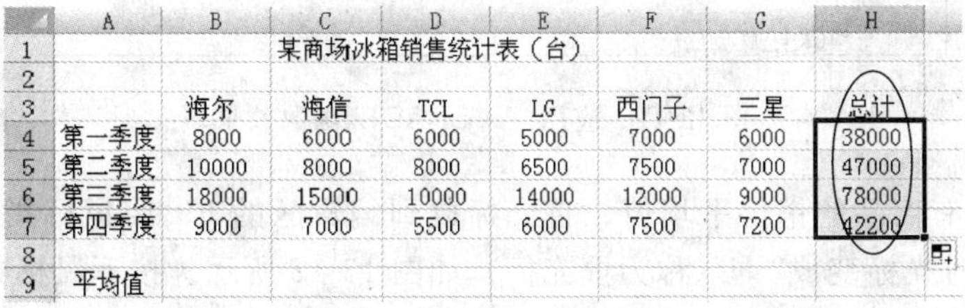

图 13-8　拖动"填充柄"计算效果

（4）计算"海尔"的销售平均值。将光标放在编辑区 B9 处，单击【公式】"函数库"组的【插入函数】，如图 13-3 所示。选择"选择函数"的【AVERAGE】，单击【确定】，如图 13-9 所示。在 AVERAGE 中的 Number1 显示 B4：B8，单击【确定】，如图 13-10 所示。效果如图 13-11 所示。

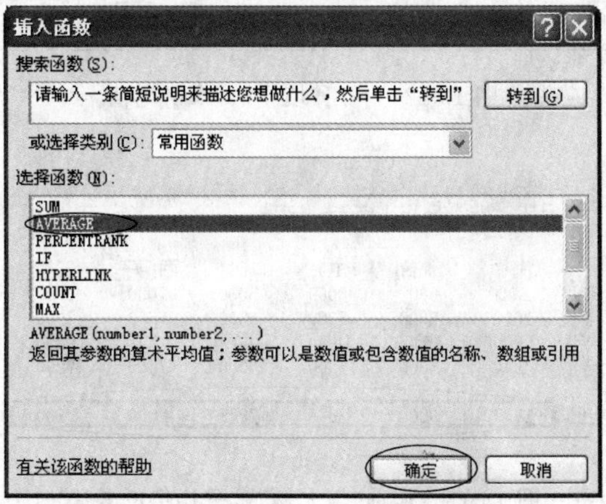

图 13-9　选择"AVERAGE"函数

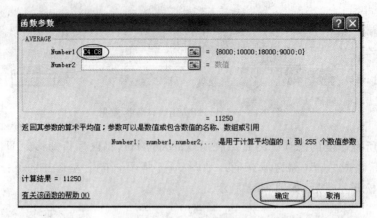

图 13-10   确定函数计算区域

	A	B	C	D	E	F	G	H
1				某商场冰箱销售统计表（台）				
2								
3		海尔	海信	TCL	LG	西门子	三星	总计
4	第一季度	8000	6000	6000	5000	7000	6000	38000
5	第二季度	10000	8000	8000	6500	7500	7000	47000
6	第三季度	18000	15000	10000	14000	12000	9000	78000
7	第四季度	9000	7000	5500	6000	7500	7200	42200
8								
9	平均值	11250						

B9 =AVERAGE(B4:B8)

图 13-11   应用"AVERAGE"函数效果

(5) 计算所有商品的销售平均值。将光标放到编辑区的 B9，将鼠标指针移到 B9 单元格的右下角，这时光标变成"＋"（称为填充柄），如图 13-12 所示。按下鼠标并向右拖动填充柄至 G9 单元格，松开鼠标后，如图 13-13 所示。

	A	B	C	D	E	F	G	H
1				某商场冰箱销售统计表（台）				
2								
3		海尔	海信	TCL	LG	西门子	三星	总计
4	第一季度	8000	6000	6000	5000	7000	6000	38000
5	第二季度	10000	8000	8000	6500	7500	7000	47000
6	第三季度	18000	15000	10000	14000	12000	9000	78000
7	第四季度	9000	7000	5500	6000	7500	7200	42200
8								
9	平均值	11250						

图 13-12   利用"填充柄"求平均值

	A	B	C	D	E	F	G	H
1				某商场冰箱销售统计表（台）				
2								
3		海尔	海信	TCL	LG	西门子	三星	总计
4	第一季度	8000	6000	6000	5000	7000	6000	38000
5	第二季度	10000	8000	8000	6500	7500	7000	47000
6	第三季度	18000	15000	10000	14000	12000	9000	78000
7	第四季度	9000	7000	5500	6000	7500	7200	42200
8								
9	平均值	11250	9000	7375	7875	8500	7300	
10								

图 13-13   拖动"填充柄"求平均值的效果

（6）设置总计一列数字的颜色。选中编辑区 H4～H7，单击【开始】"字体"组的【字体颜色】【其他颜色】，如图 13-14 所示。选择【蓝色】，单击【确定】，如图 13-15 所示，效果如图 13-16 所示。

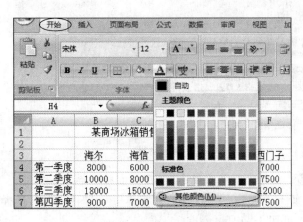

图 13-14　选择"字体颜色"

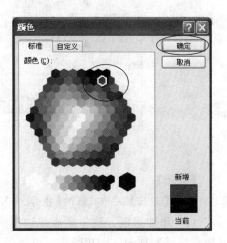

图 13-15　选择"颜色"

	A	B	C	D	E	F	G	H
1		某商场冰箱销售统计表（台）						
2								
3		海尔	海信	TCL	LG	西门子	三星	总计
4	第一季度	8000	6000	6000	5000	7000	6000	38000
5	第二季度	10000	8000	8000	6500	7500	7000	47000
6	第三季度	18000	15000	10000	14000	12000	9000	78000
7	第四季度	9000	7000	5500	6000	7500	7200	42200
8								
9	平均值	11250	9000	7375	7875	8500	7300	

图 13-16　选择颜色后效果

（7）设置平均值一行数字的颜色。用步骤（6）的方法对单元格 B9～G9 添加相同的颜色。选中 B9～G9，单击【开始】"字体"组的【字体颜色】【蓝色】，如图 13-17 所示。

	A	B	C	D	E	F	G	H
	B9			=AVERAGE(B4:B8)				
	A	B	C	D	E	F	G	H
1		某商场冰箱销售统计表（台）						
2								
3		海尔	海信	TCL	LG	西门子	三星	总计
4	第一季度	8000	6000	6000	5000	7000	6000	38000
5	第二季度	10000	8000	8000	6500	7500	7000	47000
6	第三季度	18000	15000	10000	14000	12000	9000	78000
7	第四季度	9000	7000	5500	6000	7500	7200	42200
8								
9	平均值	11250	9000	7375	7875	8500	7300	

图 13-17　改变"平均值"颜色

（8）设置标题居中。选中标题行 A1～H1，单击【开始】"对齐方式"组的【合并】【合并后居中】，如图 13-18 所示。

图 13-18　标题选择"合并后居中"

【提示】

　如果【开始】"字体"组的【字体颜色】中含有所需要的颜色，则可以直接选择。

（9）添加边框。选中要添加边框的所有单元格，单击【开始】"字体"组中的【边框】，选择【所有框线】，如图 13-19 所示。最终效果见图 13-1。

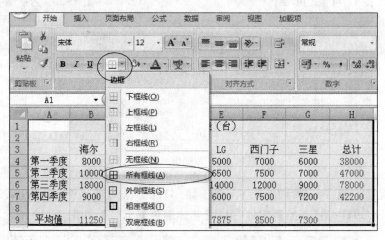

图 13-19　添加"所有边框"

13.4　实战演练 13-2——绝对引用在收费表中的应用

　应用绝对地址引用创建一个加华小城 6 号楼 3 单元燃气、电费收费表，如图 13-20 所示（参见第 13 课\13-实例文件\13-E2）。

（1）计算本月燃气费。创建加华小城 6 号楼 3 单元燃气电费表，如图 13-21 所示（参见"第 13 课\13-原文件\13-S2"），将光标放在"E7"单元格，写入"＝D7 ＊ E3"，如图 13-22 所示。按 F4 键在组合中切换，使公式变为"＝D7 ＊ ＄E＄3"，如图 13-23 所示。按 Enter 键后效果如图 13-24 所示。

（2）计算所有用户的燃气费。将光标选中单元格 E7，将鼠标指针移到该单元格右下角，这时光标变成"＋"（称为填充柄），如图 13-24 所示。按下鼠标并向下拖动填充柄至 E16 单元格，松开鼠标后，如图 13-25 所示。

	A	B	C	D	E	F	G	H	I	J
1	燃气、电费收费标准									
2					燃气费（元/立）		电费（元/度）			
3					2.40		0.50			
4										
5	加华小城6号楼3单元燃气电费表									
6	门牌号	燃气上月	燃气本月	用气量（立）	本月燃气费（元）	电上月字数	电本月字数	用电量（度）	本月电费（元）	燃气电费合计（元）
7	101	960	980	20	48.00	8985	9099	114	57	**105.00**
8	102	873	880	7	16.80	7893	7958	65	32.5	**49.30**
9	201	789	801	12	28.80	6898	6956	58	29	**57.80**
10	202	567	578	11	26.40	5945	5999	54	27	**53.40**
11	301	675	689	14	33.60	6521	6589	68	34	**67.60**
12	302	834	850	16	38.40	9112	9224	112	56	**94.40**
13	401	598	606	8	19.20	6067	6113	46	23	**42.20**
14	402	367	375	8	19.20	5023	5098	75	37.5	**56.70**
15	501	479	491	12	28.80	5889	5934	45	22.5	**51.30**
16	502	612	628	16	38.40	6981	7056	75	37.5	**75.90**
17	合计			124	297.60			712	356	**653.60**

图 13-20 加华小城 6 号楼 3 单元燃气和电费统计表

	A	B	C	D	E	F	G	H	I	J
1	燃气、电费收费标准									
2					燃气费（元/立）		电费（元/度）			
3					2.40		0.50			
4										
5	加华小城6号楼3单元燃气电费表									
6	门牌号	燃气上月	燃气本月	用气量（立）	本月燃气费（元）	电上月字数	电本月字数	用电量（度）	本月电费（元）	燃气电费合计（元）
7	101	960	980	20		8985	9099	114		
8	102	873	880	7		7893	7958	65		
9	201	789	801	12		6898	6956	58		
10	202	567	578	11		5945	5999	54		
11	301	675	689	14		6521	6589	68		
12	302	834	850	16		9112	9224	112		
13	401	598	606	8		6067	6113	46		
14	402	367	375	8		5023	5098	75		
15	501	479	491	12		5889	5934	45		
16	502	612	628	16		6981	7056	75		
17	合计									

图 13-21 计算“本月燃气费”

SUM =D7*E3

	A	B	C	D	E
1					燃
2					燃气费（元
3					2.40
4					
5					加华小城
6	门牌号	燃气上月	燃气本月	用气量（立）	本月燃气费（元）
7	101	960	980	20	=D7*E3
8	102	873	880	7	
9	201	789	801	12	
10	202	567	578	11	
11	301	675	689	14	
12	302	834	850	16	
13	401	598	606	8	
14	402	367	375	8	
15	501	479	491	12	
16	502	612	628	16	
17	合计				

图 13-22 选择燃气费“单价”

SUM =D7*E3

	A	B	C	D	E
1					燃
2					燃气费（元
3					2.40
4					
5					加华小城
6	门牌号	燃气上月	燃气本月	用气量（立）	本月燃气费（元）
7	101	960	980	20	=D7*E3
8	102	873	880	7	
9	201	789	801	12	
10	202	567	578	11	
11	301	675	689	14	
12	302	834	850	16	
13	401	598	606	8	
14	402	367	375	8	
15	501	479	491	12	
16	502	612	628	16	
17	合计				

图 13-23 选择燃气“用气量”

(3) 计算本月电费。将光标放在单元格 I7，写入“＝H7 * G3”，如图 13-26 所示，按 F4 键在组合中切换，使公式变为“＝H7 * G3”，如图 13-27 所示。按 Enter 键后效果如图 13-28 所示。

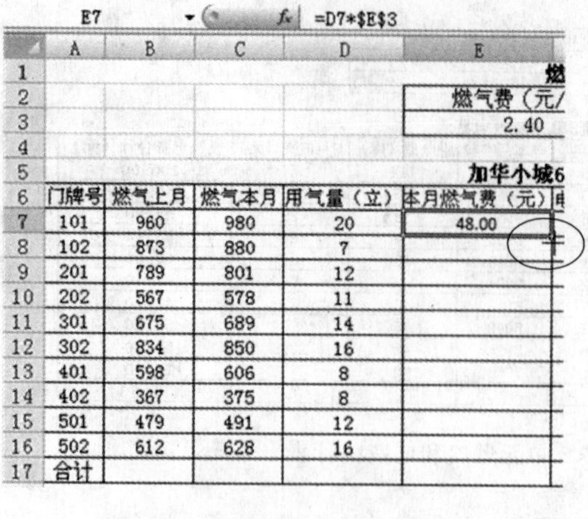

图 13-24　计算 101 号本月燃气费

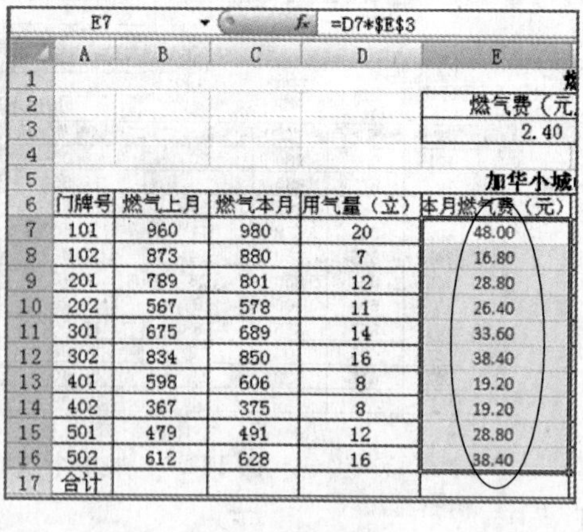

图 13-25　拖动填充柄后的效果

图 13-26　选取电费的"单价"

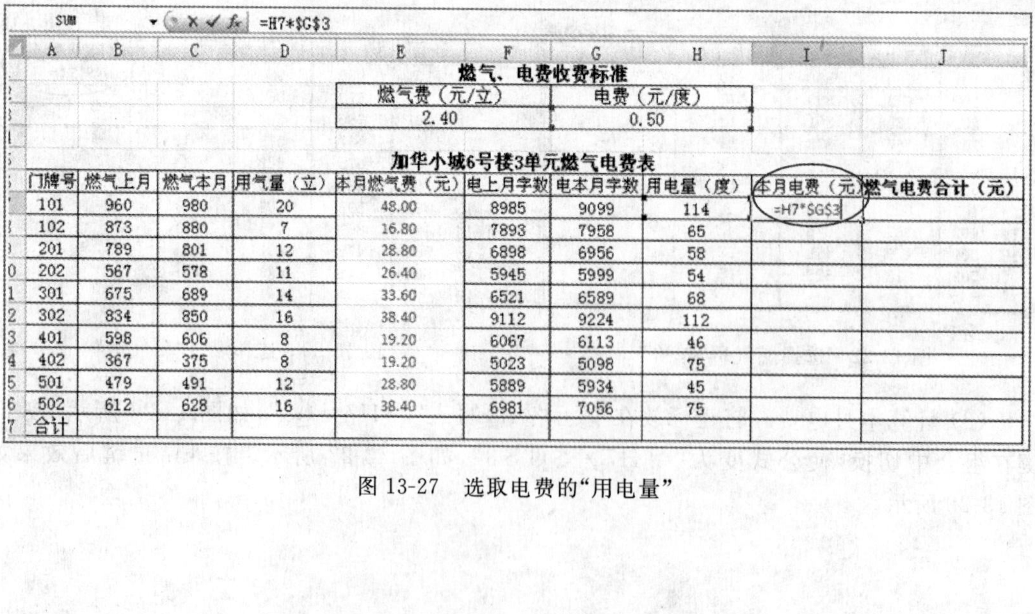

图 13-27　选取电费的"用电量"

（4）计算所有用户的电费。将光标选中单元格 I7，将鼠标指针移到该单元格右下角，这时光标变成"＋"，如图 13-28 所示。按下左键并向下拖动填充柄至 I16 单元格，松开左键后，如图 13-29 所示。

	I7			fx	=H7*G3				
	A	B	C	D	E	F	G	H	I	J
1					燃气、电费收费标准					
2					燃气费（元/立）		电费（元/度）			
3					2.40		0.50			
4										
5					加华小城6号楼3单元燃气电费表					
6	门牌号	燃气上月	燃气本月	用气量（立）	本月燃气费（元）	电上月字数	电本月字数	用电量（度）	本月电费（元）	燃气电费合计（元）
7	101	960	980	20	48.00	8985	9099	114	57	
8	102	873	880	7	16.80	7893	7958	65		
9	201	789	801	12	28.80	6898	6956	58		
10	202	567	578	11	26.40	5945	5999	54		
11	301	675	689	14	33.60	6521	6589	68		
12	302	834	850	16	38.40	9112	9224	112		
13	401	598	606	8	19.20	6067	6113	46		
14	402	367	375	8	19.20	5023	5098	75		
15	501	479	491	12	28.80	5889	5934	45		
16	502	612	628	16	38.40	6981	7056	75		
17	合计									

图 13-28　计算 101 号用户当月电费

	I7			fx	=H7*G3				
	A	B	C	D	E	F	G	H	I	J
1					燃气、电费收费标准					
2					燃气费（元/立）		电费（元/度）			
3					2.40		0.50			
4										
5					加华小城6号楼3单元燃气电费表					
6	门牌号	燃气上月	燃气本月	用气量（立）	本月燃气费（元）	电上月字数	电本月字数	用电量（度）	本月电费（元）	燃气电费合计（元）
7	101	960	980	20	48.00	8985	9099	114	57	
8	102	873	880	7	16.80	7893	7958	65	32.5	
9	201	789	801	12	28.80	6898	6956	58	29	
10	202	567	578	11	26.40	5945	5999	54	27	
11	301	675	689	14	33.60	6521	6589	68	34	
12	302	834	850	16	38.40	9112	9224	112	56	
13	401	598	606	8	19.20	6067	6113	46	23	
14	402	367	375	8	19.20	5023	5098	75	37.5	
15	501	479	491	12	28.80	5889	5934	45	22.5	
16	502	612	628	16	38.40	6981	7056	75	37.5	
17	合计									

图 13-29　拖动"填充柄"后效果

（5）计算本月燃气费和电费的合计。将光标放在编辑区 J7，写入"＝E7＋I7"，如图 13-30 所示，按 Enter 键后效果如图 13-31 所示。然后将光标放到单元格 J7，将鼠标指针移到该单元格的右下角，这时光标变成"＋"，如图 13-31 所示。按下鼠标并向下拖动填充柄至 J16，松开左键后，如图 13-32 所示。

（6）计算合计一行。参考本课实战演练 13-1，计算"合计"一行，效果见图 13-20。

【提示】

① 绝对地址引用是指引用工作表中固定不变的单元格。如果在引用公式时，不希望引用发生改变，则使用绝对地址引用。

② 混合引用可根据具体情况选择应用。

	A	B	C	D	E	F	G	H	I	J
	SUM			f_x =E7+I7						
1					燃气、电费收费标准					
2					燃气费（元/立）		电费（元/度）			
3					2.40		0.50			
4										
5					加华小城6号楼3单元燃气电费表					
6	门牌号	燃气上月	燃气本月	用气量（立）	本月燃气费（元）	电上月字数	电本月字数	用电量（度）	本月电费（元）	燃气电费合计（元）
7	101	960	980	20	48.00	8985	9099	114	57	=E7+I7
8	102	873	880	7	16.80	7893	7958	65	32.5	
9	201	789	801	12	28.80	6898	6956	58	29	
10	202	567	578	11	26.40	5945	5999	54	27	
11	301	675	689	14	33.60	6521	6589	68	34	
12	302	834	850	16	38.40	9112	9224	112	56	
13	401	598	606	8	19.20	6067	6113	46	23	
14	402	367	375	8	19.20	5023	5098	75	37.5	
15	501	479	491	12	28.80	5889	5934	45	22.5	
16	502	612	628	16	38.40	6981	7056	75	37.5	
17	合计									

图 13-30　计算 101 号用户当月燃气费和电费

	A	B	C	D	E	F	G	H	I	J
	J7			f_x =E7+I7						
1					燃气、电费收费标准					
2					燃气费（元/立）		电费（元/度）			
3					2.40		0.50			
4										
5					加华小城6号楼3单元燃气电费表					
6	门牌号	燃气上月	燃气本月	用气量（立）	本月燃气费（元）	电上月字数	电本月字数	用电量（度）	本月电费（元）	燃气电费合计（元）
7	101	960	980	20	48.00	8985	9099	114	57	105.00
8	102	873	880	7	16.80	7893	7958	65	32.5	
9	201	789	801	12	28.80	6898	6956	58	29	
10	202	567	578	11	26.40	5945	5999	54	27	
11	301	675	689	14	33.60	6521	6589	68	34	
12	302	834	850	16	38.40	9112	9224	112	56	
13	401	598	606	8	19.20	6067	6113	46	23	
14	402	367	375	8	19.20	5023	5098	75	37.5	
15	501	479	491	12	28.80	5889	5934	45	22.5	
16	502	612	628	16	38.40	6981	7056	75	37.5	
17	合计									

图 13-31　显示 101 号本月燃气电费之和

	A	B	C	D	E	F	G	H	I	J
	J7			f_x =E7+I7						
1					燃气、电费收费标准					
2					燃气费（元/立）		电费（元/度）			
3					2.40		0.50			
4										
5					加华小城6号楼3单元燃气电费表					
6	门牌号	燃气上月	燃气本月	用气量（立）	本月燃气费（元）	电上月字数	电本月字数	用电量（度）	本月电费（元）	燃气电费合计（元）
7	101	960	980	20	48.00	8985	9099	114	57	105.00
8	102	873	880	7	16.80	7893	7958	65	32.5	49.30
9	201	789	801	12	28.80	6898	6956	58	29	57.80
10	202	567	578	11	26.40	5945	5999	54	27	53.40
11	301	675	689	14	33.60	6521	6589	68	34	67.60
12	302	834	850	16	38.40	9112	9224	112	56	94.40
13	401	598	606	8	19.20	6067	6113	46	23	42.20
14	402	367	375	8	19.20	5023	5098	75	37.5	56.70
15	501	479	491	12	28.80	5889	5934	45	22.5	51.30
16	502	612	628	16	38.40	6981	7056	75	37.5	75.90
17	合计									

图 13-32　拖动"填充柄"后效果

13.5 关键词

biān kuàng
① 边 框

chā rù hán shù
② 插 入 函 数

gōng shì
③ 公 式

hé bìng
④ 合 并

hé bìng hòu jū zhōng
⑤ 合 并 后 居 中

hùn hé yǐn yòng
⑥ 混 合 引 用

jué duì yǐn yòng
⑦ 绝 对 引 用

kāi shǐ
⑧ 开 始

lán sè
⑨ 蓝 色

qí tā yán sè
⑩ 其 他 颜 色

què dìng
⑪ 确 定

suǒ yǒu kuàng xiàn
⑫ 所 有 框 线

xiāng duì yǐn yòng
⑬ 相 对 引 用

zì tǐ yán sè
⑭ 字 体 颜 色

13.6 课后练习

（1）完成实战演练13-2的步骤（6），即计算该实战演练中的最后一行的合计。

（2）完成练习（参见"第13课\13-练习文件\13-L1"）

应用绝对引用完成：

计算本月各家用水量；

计算本月各家水费；

计算本月各家用电量；

计算本月各家电费；

计算本月各家水电费合计；

计算本月全体用户用水量合计；

计算本月全体用户水费合计；

计算本月全体用户用电量合计；

计算本月全体用户电费合计；

计算本月全体用户水电费合计。

第 14 课

Excel 2007用图表分析数据

在这一课中将学到以下内容：

- 学习创建图表；
- 插入不同的图表；
- 用图表分析数据；
- 更改图表的类型等。

14.1 导读

图表是 Excel 中重要的数据分析工具，可将工作表中枯燥的数据以图表的方式显示，使其具有很好的视觉效果，清晰明了，容易理解，为用户提供直观、准确的信息。

14.2 知识要点

1.【插入】中的"图表"组

【柱形图】用于比较相交于类别轴上的数值大小。

【折线图】用于显示随时间变化的趋势。

【饼图】用于显示每个值占总值的比例。

【条形图】用于比较多个值的最佳图表类型。

【面积图】突出一段时间内几组数据间的差异。

【散点图】用于比较成对的数值。

【其他图表】除上述图表外，还可插入股价图、曲面图、圆环图、气泡图或雷达图。

2.【图表工具】【设计】中的"类型"组

【更改图表类型】更改为其他类型的图表。

【另存为模板】将此图表的格式和布局另存为可应用于将来图表的模板。

3.【图表工具】【设计】中的"数据"组

【切换行/列】交换坐标轴上的数据。

【选择数据】更改图表中包含的数据区域。

4. 【图表工具】【设计】中的"图表布局"组

用于更改图表的整体布局，可以显示 11 种不同的整体布局方式。

5. 【图表工具】【布局】中的"标签"组

【图表标题】添加、删除或设置图表标题。

【坐标轴标题】添加、删除或设置用于每个坐标轴标签的文本。

【图例】添加、删除或设置图表图例。

【数据标签】添加、删除或设置数据标签。

【数据表】在图表中添加数据表。

【提示】

在 14.2 节中的 2～5 只有选中图表后，方可显示【图表工具】，在【图表工具】下有【设计】、【布局】和【格式】。

14.3 实战演练 14-1——创建冰箱销售图表

创建一个某商场冰箱销售表，如图 14-1 所示（参见"第 14 课\14-原文件\ 14-S1"）并创建相应的柱形图，如图 14-2 所示。通过创建各种不同类型的图表，为分析冰箱的各季度的销售状况提供更加直观的结果。

	A	B	C	D	E	F	G	H
1		某商场冰箱销售统计表						
2								
3		海尔	海信	TCL	LG	西门子	三星	总计
4	第一季度	8000	6000	6000	5000	7000	6000	38000
5	第二季度	10000	8000	8000	6500	7500	7000	47000
6	第三季度	18000	15000	10000	14000	12000	9000	78000
7	第四季度	9000	7000	5500	6000	7500	7200	42200
8								
9	平均值	11250	9000	7375	7875	8500	7300	

图 14-1 某商场冰箱销售统计表

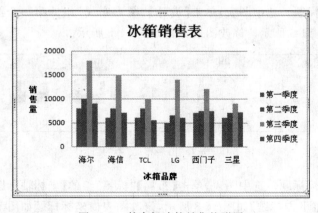

图 14-2 某商场冰箱销售柱形图

（1）创建柱形图。按照第 13.3 节创建某商场冰箱销售统计表中，选中 B4～G7，单击
【插入】"图表"组的【柱形图】"二维柱形图"中【簇状柱形图】，如图 14-3 所示。效果如图 14-4
所示（参见"第 14 课\14-实例文件\ 14-E1"）。

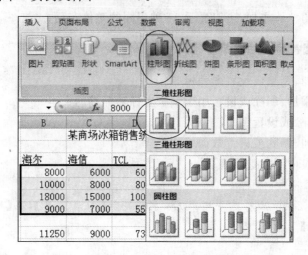

图 14-3　插入"柱形图"

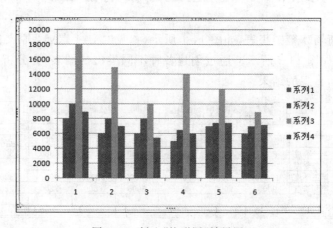

图 14-4　插入"柱形图"效果图

（2）设置图表标题。选中图表，单击【设计】"图表布局"组的第一个图表，如图 14-5 所
示。出现图表如图 14-6 所示。修改图表标题如图 14-7 所示。

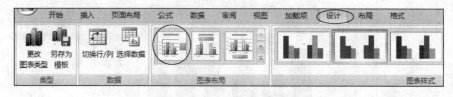

图 14-5　选择"图表布局"中的"设计"

（3）设置横坐标标题。选中图表，单击【布局】"标签"组的【坐标轴标题】【主要横坐标轴
标题】，选择【坐标轴下方标题】如图 14-8 所示，修改图表横坐标标题如图 14-9 所示。

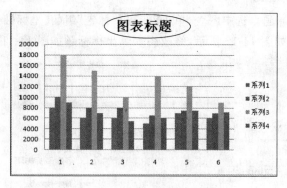

图 14-6 选择图表标题"布局1"

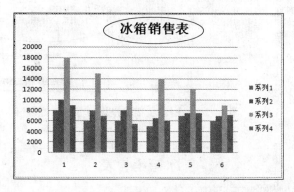

图 14-7 修改"图表标题"

图 14-8 选择"主要横坐标轴标题"

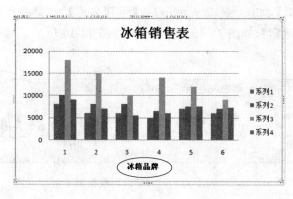

图 14-9 修改"坐标轴下方标题"

（4）设置纵坐标标题。选中图表，单击【布局】"标签"组的【坐标轴标题】【主要纵坐标标题】，选择【竖排标题】如图 14-10 所示，修改图表纵坐标标题如图 14-11 所示。

图 14-10　选择"主要纵坐标轴标题"

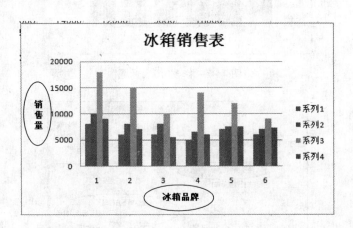

图 14-11　修改"竖排标题"

（5）设置系列。选中图表 B4～G7，单击【设计】"数据"组的【选择数据】，如图 14-12 所示，选择【系列 1】【编辑】，如图 14-13 所示，修改【系列名称】为"第一季度"，单击【确定】，如图 14-14 所示，单击【确定】，如图 14-15 所示，效果如图 14-16 所示。"系列 2"到"系列 4"参照此办法设置。

图 14-12　选择"选择数据"

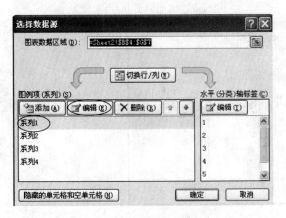

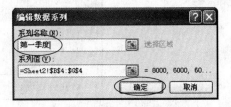

图 14-13　编辑"系列 1"　　　　　　　图 14-14　修改"系列名称"

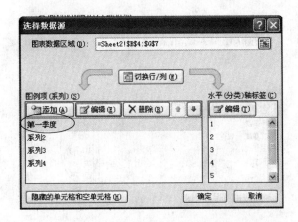

图 14-15　系列名称修改后效果

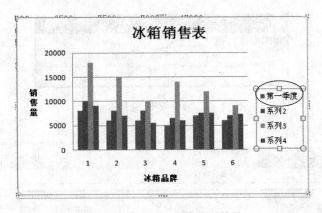

图 14-16　系列名称修改后效果

（6）水平轴标签。选中图表，单击【设计】"数据"组的【选择数据】；选择【编辑】，如图 14-17 所示；输入标签，单击【确定】，如图 14-18 所示；单击【确定】，如图 14-19 所示。单击【确定】。

（7）选择创建图表的区域。选定"A3：G7"，如图 14-20 所示。

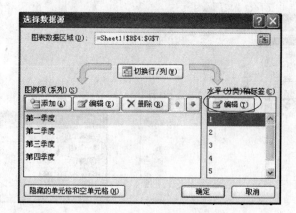

图 14-17　编辑"水平轴标签"

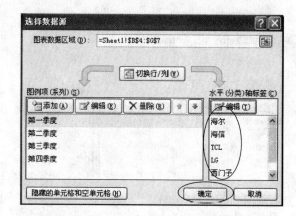

图 14-18　水平轴标签

图 14-19　确定水平"轴标签区域"

图 14-20　选中创建表的区域

（8）选择柱形图。单击【插入】"图表"组的【柱形图】【簇状柱形图】，如图 14-21 所示；效果如图 14-22 所示。选择不同的图表，可以得到不同类型的图表（参见"第 14 课\14-实例文件\ 14-E1"）。

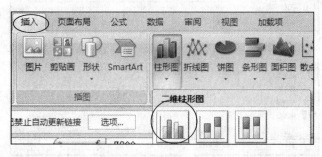

图 14-21　选择"柱形图"

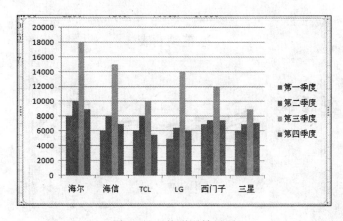

图 14-22　柱形图效果图

【提示】

创建图表，除实战演练 14-1 外，还可通过快速创建方式创建图表，具体操作参考步骤（7）和（8）。

14.4　实战演练 14-2——更改图表类型

（1）创建折线图，选中图表，单击【设计】"类型"组的【更改图表类型】，如图 14-23 所示，选择【折线图】【带数据标记的折线图】，如图 14-24 所示，单击【确定】，效果如图 14-25 所示（参见"第 14 课\14-实例文件\ 14-E2"）。

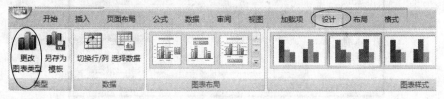

图 14-23　选择"更改图表类型"

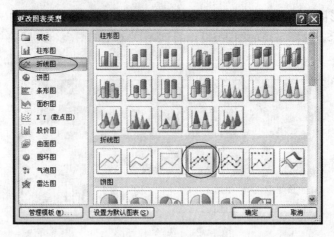

图 14-24　选择"折线图"

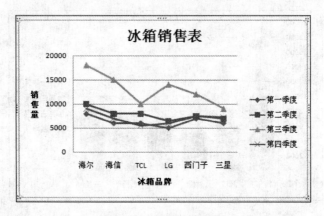

图 14-25　折线图效果图

（2）设置饼图。选中图表，单击【设计】"类型"组的【更改图表类型】，选择【饼图】【三维饼图】，如图 14-26 所示，单击【确定】，效果如图 14-27 所示。选择不同类型的饼图，效果如图 14-28 和图 14-29 所示（参见"第 14 课\14-实例文件\ 14-E2"）。

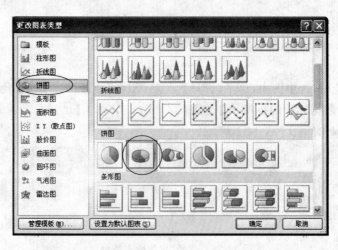

图 14-26　选择"饼图"

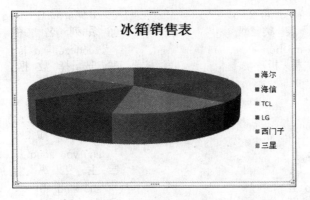

图 14-27　饼图效果图 1

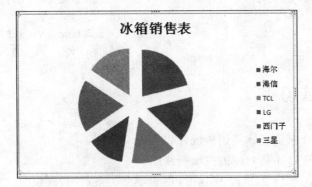

图 14-28　饼图效果图 2

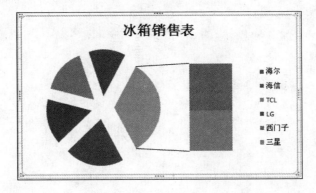

图 14-29　饼图效果图 3

14.5　关键词

biān jí
① 编 辑

bǐng tú
② 饼 图

bù jú
③ 布 局

chā rù
④ 插 入

cù zhuàng zhù xíng tú
⑤ 簇 状 柱 形 图

èr wéi zhù xíng tú
⑥ 二 维 柱 形 图

gēng gǎi tú biǎo lèi xíng
⑦ 更 改 图 表 类 型

lìng cún wéi mó bǎn
⑧ 另 存 为 模 板

què dìng
⑨ 确　定

shè jì
⑩ 设 计

shù pái biāo tí
⑪ 竖 排 标 题

tú biǎo biāo tí
⑫ 图 表 标 题

tú biǎo gōng jù
⑬ 图 表 工 具

xì liè
⑭ 系 列

xì liè míng chēng
⑮ 系 列 名　称

xuǎn zé shù jù
⑯ 选 择 数 据

zhé xiàn tú
⑰ 折 线 图

zhǔ yào héng zuò biāo biāo tí
⑱ 主 要 横 坐 标 标 题

zhǔ yào zòng zuò biāo biāo tí
⑲ 主 要 纵 坐 标 标 题

zhù xíng tú
⑳ 柱 形 图

zuò biāo zhóu biāo tí
㉑ 坐 标 轴 标 题

zuò biāo zhóu xià fāng biāo tí
㉒ 坐 标 轴 下 方 标 题

14.6　课后练习

（1）创建图 14-1 某商场冰箱销售统计表。

（2）快速创建图 14-1 所对应的三维折线图。

（3）按照实战演练 14-2，更改图 14-25 图表类型为条形图、面积图。

第 15 课
Excel 2007数据的排序和筛选

在这一课中将学到以下内容：

- 对指定的多行数据进行排序；
- 对指定的多行数据进行筛选；
- 对排序或筛选后的数据进行分析；
- 对排序或筛选后的数据进行管理。

15.1　导读

本课重点介绍 Excel 中数据排序和筛选的相关知识，"排序和筛选"是指按照指定的规则排列工作表中的数据或筛选出特定值的数据，以方便对数据进行分析。

通过数据排序，可以按照一定的要求将数据按照升序或降序排列，以达到预设的功能。通过数据筛选，可以只显示满足一定查询条件的数据，隐藏那些不常用的数据，这样可以从大量的数据中，快速找到所需要的数据。

15.2　知识要点

1.【开始】中"编辑"组的【排序和筛选】

【升序】对所选内容进行排序，使最小值位于列的顶端，即按照从小到大的顺序排列。

【降序】对所选内容进行排序，使最大值位于列的顶端，即按照从大到小的顺序排列。

【自定义排序】显示"排序"对话框，使用排序对话框可以按照事先确定的条件进行排序，使排序规则更加灵活。

【筛选】对所选单元格中，显示符合条件的数据，隐藏那些不符合条件的数据。

【清除】清除当前数据范围的筛选和排序状态。

【重新应用】在当前范围内，重新应用筛选器并进行排列。

2.【开始】中"编辑"组的【清除】

【清除】删除单元格中所有内容，或有选择地删除格式、内容或批注。

【提示】

①【数据】中"排序和筛选"组的【排序】

【$\frac{A}{Z}$↓】功能与【开始】中"编辑"组的【排序和筛选】【升序】一致。

【$\frac{Z}{A}$↓】功能与【开始】中"编辑"组的【排序和筛选】【降序】一致。

②【数据】中"排序和筛选"组的【筛选】

【筛选】功能相当于【开始】中"编辑"组的【排序和筛选】【筛选】一致。

15.3　实战演练 15-1——员工能力考查表的排序

创建"东方公司员工能力考查表",根据要求,完成排序操作,如图 15-1 所示(参见"第15 课\15-原文件\15-S1")。

序号	姓名	性别	销售	沟通	组织	部门
1	李会	女	86	87	80	营销部
2	张强	男	50	91	90	营销部
3	李强	男	86	46	74	营销部
4	王亮	男	52	73	26	营销部
5	衣静	女	85	84	45	营销部
6	王磊	男	82	72	60	营销部
7	刘京	女	58	70	60	营销部
8	黄祥	男	78	87	90	营销部
9	王晶	女	75	42	90	营销部
10	孙岩	女	85	92	78	营销部
11	张慧	女	70	50	60	行政部
12	赵金	男	70	75	59	行政部
13	石亮亮	男	80	72	53	行政部
14	李小雨	女	88	98	86	行政部
15	孟灵灵	女	59	60	59	行政部
16	韩兵	女	50	56	87	行政部
17	张雷	女	68	78	90	行政部
18	王小波	女	53	80	46	行政部
19	高玉琴	女	76	84	85	营销部

图 15-1　东方公司员工能力考察表

1. 按照"组织"能力分数进行降序排列

(1) 选中所排数据列。选中"组织"所在列的某个单元格(如 F2),如图 15-2 所示。

(2) 按"组织"能力排序。单击【数据】"排列和筛选"组中的【降序】,如图 15-3 所示。排序效果如图 15-4 所示(参见"第 15 课\15-实例文件\15-E1")。

2. 按照"组织"能力降序排列,同时按照"沟通"能力升序排列

(1) 选中所排数据列。选中"组织"所在列的某个单元格(如 F2),如图 15-2 所示。

(2) 按"组织"能力排序。单击【数据】"排列和筛选"组中的【降序】,如图 15-3 所示。排序效果如图 15-4 所示(参见第 15 课\15-实例文件\15-E1)。

图 15-2　选中"组织"单元格

图 15-3　按"组织"字段排序

序号	姓名	性别	销售	沟通	组织	部门
东方公司员工能力考查表						
2	张强	男	50	91	90	营销部
8	黄祥	男	78	87	90	营销部
9	王晶	女	75	42	90	营销部
17	张霞	女	68	78	90	行政部
16	韩兵	女	50	56	87	行政部
14	李小丽	女	88	98	86	行政部
19	高玉琴	女	76	84	85	营销部
1	李会	女	86	87	80	营销部
10	孙岩	女	85	92	78	营销部
3	李强	男	86	46	74	营销部
6	王磊	男	82	72	60	营销部
7	刘京	女	58	70	60	营销部
11	张慧	女	70	50	60	行政部
12	赵金	男	70	75	59	行政部
15	孟灵灵	女	59	60	59	行政部
13	石亮亮	男	80	72	53	行政部
18	王小波	女	53	80	46	行政部
5	衣静	女	85	84	45	营销部
4	王亮	男	52	73	26	营销部

图 15-4 "组织"字段排序效果

(3) 添加排序条件。单击【数据】"排序和筛选"组的【排序】，在"排序"对话框中，单击【添加条件】，在"次要关键字"选择【沟通】，"排序依据"选择【数值】，"次序"选择【升序】，如图 15-5 所示。单击【确定】，排序后的效果如图 15-6 所示(参见第 15 课\15-实例文件\15-E2)。

图 15-5 设置"排序"条件

序号	姓名	性别	销售	沟通	组织	部门
东方公司员工能力考查表						
9	王晶	女	75	42	90	营销部
17	张霞	女	68	78	90	行政部
8	黄祥	男	78	87	90	营销部
2	张强	男	50	91	90	营销部
16	韩兵	女	50	56	87	行政部
14	李小丽	女	88	98	86	行政部
19	高玉琴	女	76	84	85	营销部
1	李会	女	86	87	80	营销部
10	孙岩	女	85	92	78	营销部
3	李强	男	86	46	74	营销部
11	张慧	女	70	50	60	行政部
7	刘京	女	58	70	60	营销部
6	王磊	男	82	72	60	营销部
15	孟灵灵	女	59	60	59	行政部
12	赵金	男	70	75	59	行政部
13	石亮亮	男	80	72	53	行政部
18	王小波	女	53	80	46	行政部
5	衣静	女	85	84	45	营销部
4	王亮	男	52	73	26	营销部

图 15-6 设置排序条件后效果

15.4   实战演练 15-2——员工能力考查表的筛选

将图 15-1 中,筛选出"营销部"且"女"员工中,"沟通"能力分数"大于或等于 60"的;"组织"能力分数"大于或等于 60 且小于等于 90"的名单,然后按照"销售"能力分数降序排列(参见"第 15 课\15-原文件\15-S1")。

(1)选中数据区域。选中数据区域内的某个单元格,单击【数据】"排序和筛选"组中的【筛选】,如图 15-7 所示。显示效果如图 15-8 所示。

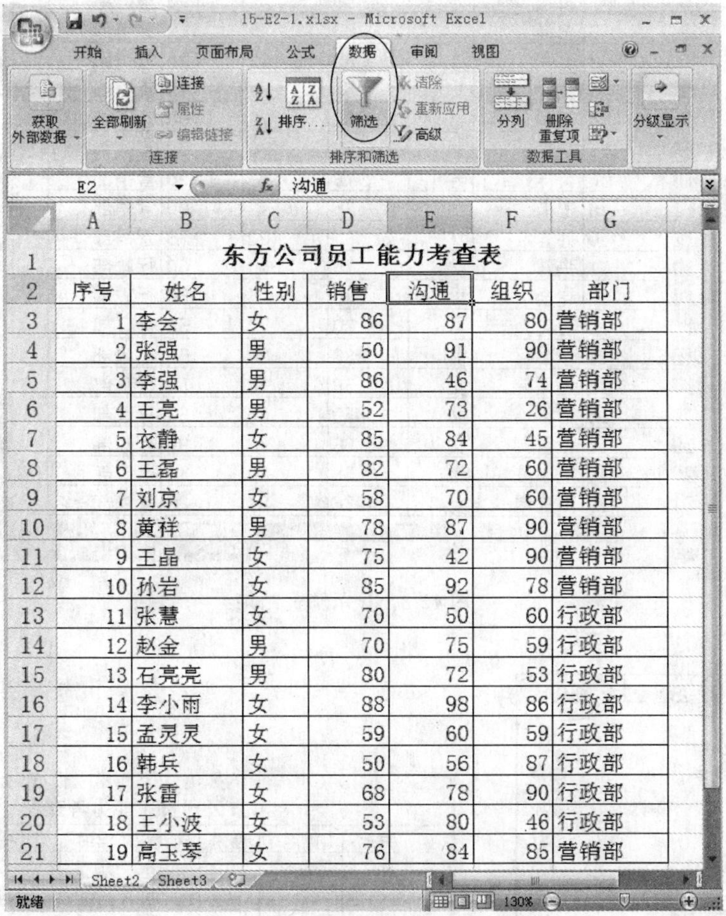

图 15-7   选中"数据"中的"筛选"

(2)选择筛选条件 1。单击"部门"单元格右侧的下拉箭头,在弹出的下拉菜单中选中"营销部",如图 15-9 所示。单击【确定】,筛选出部门为"营销部"的员工名单,效果如图 15-10 所示。

(3)选择筛选条件 2。单击"性别"单元格右侧的下拉箭头,在弹出的下拉菜单中选中"女",如图 15-11 所示。单击【确定】,显示"营销部"且"性别"为"女"的名单,效果如图 15-12 所示。

图 15-8　显示筛选结果

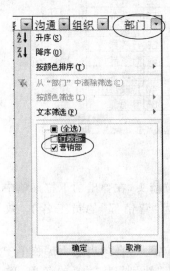

图 15-9　选择筛选条件 1

图 15-10　显示筛选结果 1

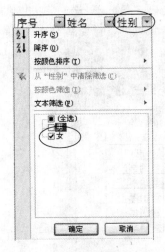

图 15-11 选择筛选条件 2

图 15-12 显示筛选结果 2

（4）选择自定义筛选方式 1。筛选出"沟通"能力分数"大于或等于 60"的名单。单击"沟通"中的【数字筛选】，选择【自定义筛选】，如图 15-13 所示。

（5）选择筛选条件 3。在"自定义自动筛选方式"对话框中，选择【大于或等于】后输入 60，如图 15-14 所示。单击【确定】，效果如图 15-15 所示。

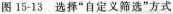

图 15-13 选择"自定义筛选"方式

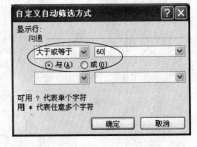

图 15-14 选择筛选条件 3

（6）选择筛选条件 4。筛选出"组织"能力分数"大于或等于 60 且小于等于 90"的名单。单击"组织"单元格右侧的下拉箭头，在弹出的下拉菜单中选择【数字筛选】【介于】，如图 15-16 所示。

在弹出的"自定义自动筛选方式"对话框中，选择【大于或等于】后输入 60，选中【与】，在【小于或等于】后输入 90，如图 15-17 所示。单击【确定】，效果如图 15-18 所示。

（7）按照"销售"能力分数降序排列。选中"销售"右侧的下拉箭头，单击【降序】，如图 15-19 所示。最终效果如图 15-20 所示（参见"第 15 课\15-实例文件\15-E3"）。

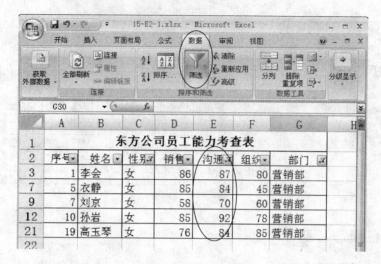

图 15-15　显示筛选结果 3

图 15-16　选择"数字筛选"中"介于"

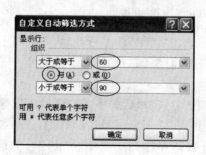

图 15-17　选择筛选条件 4

图 15-18　显示筛选结果 4

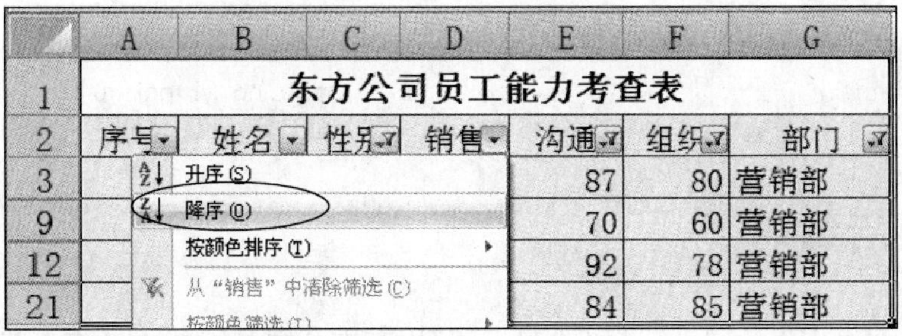

图 15-19　选择"销售"能力"降序"

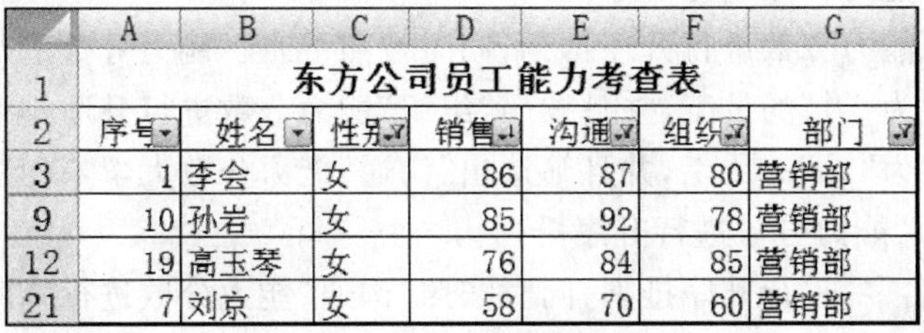

图 15-20　显示"销售"能力排序结果

【提示】

　① 当数据表中加入新数据或者修改数据值的时候，需要【数据】"排列和筛选"组中的【重新应用】。这样才能把修改后的数据表按要求重新排序和筛选。

　② 选择【数据】"排列和筛选"组中的【清除】，可以清除所有筛选，显示数据表的全部内容。

　③【筛选和排序】的相关功能也可以在【开始】"编辑"组中找到。

15.5 关键词

biān jí
① 编辑

cì yào guān jiàn zì
② 次要关键字

chóng xīn yìng yòng
③ 重新应用

dà yú
④ 大于

dà yú huò děng yú
⑤ 大于或等于

gāo jí
⑥ 高级

jiàng xù
⑦ 降序

jiè yú
⑧ 介于

kāi shǐ
⑨ 开始

pái xù hé shāi xuǎn
⑩ 排序和筛选

qīng chú
⑪ 清除

shāi xuǎn fāng shì
⑫ 筛选方式

shēng xù
⑬ 升序

shù jù
⑭ 数据

shù zì shāi xuǎn
⑮ 数字筛选

tiān jiā tiáo jiàn
⑯ 添加条件

wén běn shāi xuǎn
⑰ 文本筛选

zì dìng yì pái xù
⑱ 自定义排序

15.6 课后练习

根据实战演练 15-1 和 15-2 讲解的知识,利用东方公司员工能力考查表进行如下排序和筛选练习(参见第 15 课\ 15-源文件\15-S2)。

① 按照"销售"能力分数进行升序排列。

② 按照"销售"能力分数进行升序排列,同时按照"沟通"能力分数进行降序排列。

③ 筛选出性别为"男"的员工,并且按照"组织"能力分数进行升序排列。

④ 筛选出性别为"男"的员工,并且筛选出"沟通"能力分数大学 60 且小于 90 的员工名单。并且按照"组织"能力分数进行升序排列。

⑤ 按照"中文名字"进行升序排列,同时按照"沟通"能力分数进行降序排列。

第16课

Excel 2007数据组合和分类汇总

在这一课将学到以下内容：

- 创建数据的分类汇总；
- 显示或隐藏数据的分类汇总；
- 对数据表中的数据进行组合；
- 分类汇总工作表中的数据。

16.1 导读

数据组合功能，可以把有关联的数据合并起来，并可以隐藏一组数据的细节，可以使数据变得清晰明了，也可以根据需要随时打开隐藏的数据。

数据分类汇总可以按照某一字段进行排序分类之后，对同一类记录中的数据进行统计计算，如求和、平均值、最大最小值等。通过分类汇总的功能，可以对一组数据按照预先的要求进行统计和计算，并显示汇总结果。

在实际工作中，企业主管一般喜欢看到汇总后的数据，而对详细复杂的数据细节并不关心。所以在制作工作报表时，把那些需要隐藏的数据折叠起来，这样可以使数据表更加简洁明了。当需要了解详细数据时，可将折叠的数据打开，操作方便，有利于对汇总的结果进行编辑、处理和应用。

16.2 知识要点

【数据】的"分级显示"组

【组合】选中某个范围有关联的单元格，从而可将它们折叠或展开。

【取消组合】将已经组合的一组单元格的组合功能取消。

【分类汇总】通过为所选单元格自动插入小计和合计，汇总多个相关的数据行。

【显示明细数据】展开汇总后的一组折叠的单元格。

【隐藏明细数据】折叠汇总后的一组单元格。

16.3 实战演练 16-1——对公司销售报表进行组合

根据东方公司第一季度销售报表，对“一月”的销售数据进行组合，并隐藏一月中“销售员”为“王小平”的销售记录。创建一个东方公司的第一季度销售报表，数据表结构和部分数据如图 16-1 所示（参见“第 16 课\16-原文件\16-S1”）。

东方公司第一季度销售报表

电脑代码	销售员	月份	数量	销售金额
ST-3	李刚	一月	25	37500
ST-4	李刚	一月	21	31500
ST-1	王小平	一月	15	22500
ST-2	王小平	一月	20	30000
ST-3	李刚	二月	47	40500
ST-4	李刚	二月	15	22500
ST-1	王小平	二月	15	24000
ST-2	王小平	二月	16	27200
ST-3	李刚	三月	25	37500
ST-4	李刚	三月	26	41600
ST-1	王小平	三月	13	20800
ST-2	王小平	三月	36	61200

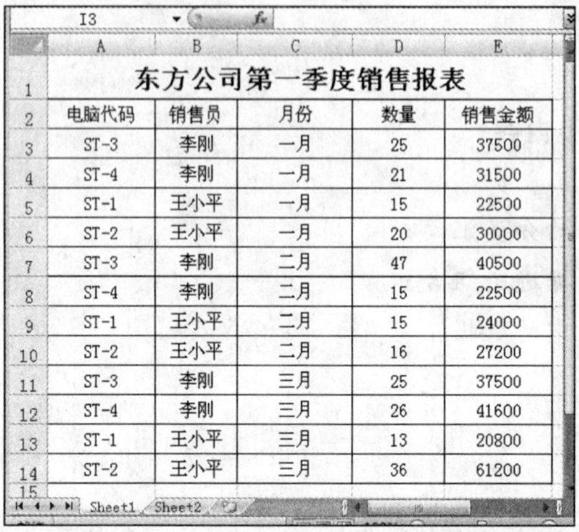

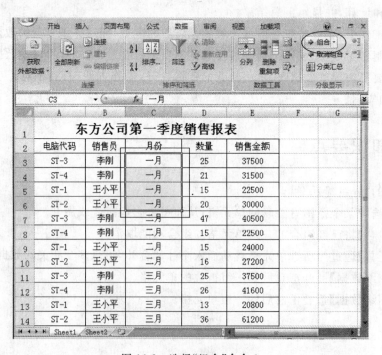

图 16-1　东方公司第一季度销售报表

（1）数据组合“月份”。选中图 16-1 中“月份”为“一月”所在行的所有单元格，并单击【数据】“分级显示”组中的【组合】，如图 16-2 所示。

东方公司第一季度销售报表

电脑代码	销售员	月份	数量	销售金额
ST-3	李刚	一月	25	37500
ST-4	李刚	一月	21	31500
ST-1	王小平	一月	15	22500
ST-2	王小平	一月	20	30000
ST-3	李刚	二月	47	40500
ST-4	李刚	二月	15	22500
ST-1	王小平	二月	15	24000
ST-2	王小平	二月	16	27200
ST-3	李刚	三月	25	37500
ST-4	李刚	三月	26	41600
ST-1	王小平	三月	13	20800
ST-2	王小平	三月	36	61200

图 16-2　选择“组合”命令 1

（2）选择组合行。在弹出"创建组"的对话框中选择【行】，如图16-3所示，单击【确定】，效果如图16-4所示（"显示明细数据"状态）。

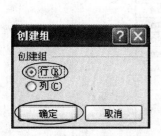

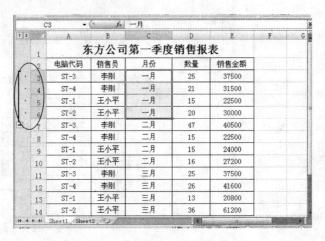

图16-3 选择"创建组"方式　　　　　　　　　图16-4 显示明细数据效果

（3）隐藏明细数据。单击被组合的任一单元格，如C3，单击【数据】"分级显示组"中的【隐藏明细数据】，如图16-5所示。将一月销售情况隐藏起来，效果如图16-6所示。

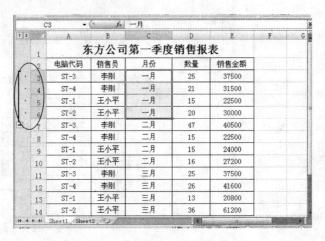

图16-5 隐藏明细数据1

（4）显示明细数据。选中被组合单元格的相邻单元格，如C7，单击【数据】"分级显示"组中的【显示明细数据】，显示"一月"的销售记录，如图16-7所示。

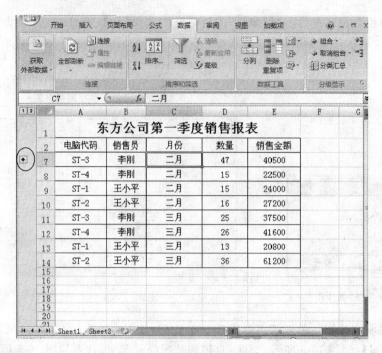

图 16-6　隐藏明细数据效果 1

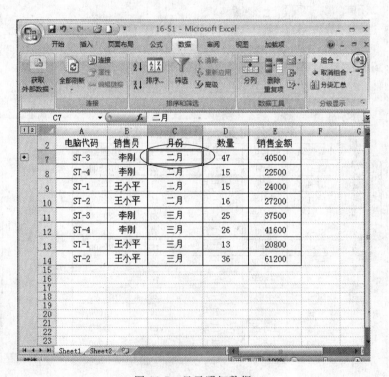

图 16-7　显示明细数据

　　（5）对"一月"且"王小平"进行组合。选中图 16-8 中"一月"且"销售员"为"王小平"的单元格，单击【数据】"分级显示"组的【组合】，如图 16-8 所示。

（6）选择行。在弹出的"创建组"对话框中选择【行】，并单击【确定】。效果如图 16-9
所示。

图 16-8　选择"组合"命令 2

图 16-9　隐藏明细数据 2

（7）隐藏明细数据。选中被组合的任一单元格，如 B5，单击【数据】“分级显示”组中的【隐藏明细数据】，隐藏“王小平”的销售细节记录，效果如图 16-10 所示（参见“第 16 课\16-实例文件\16-E1”）。

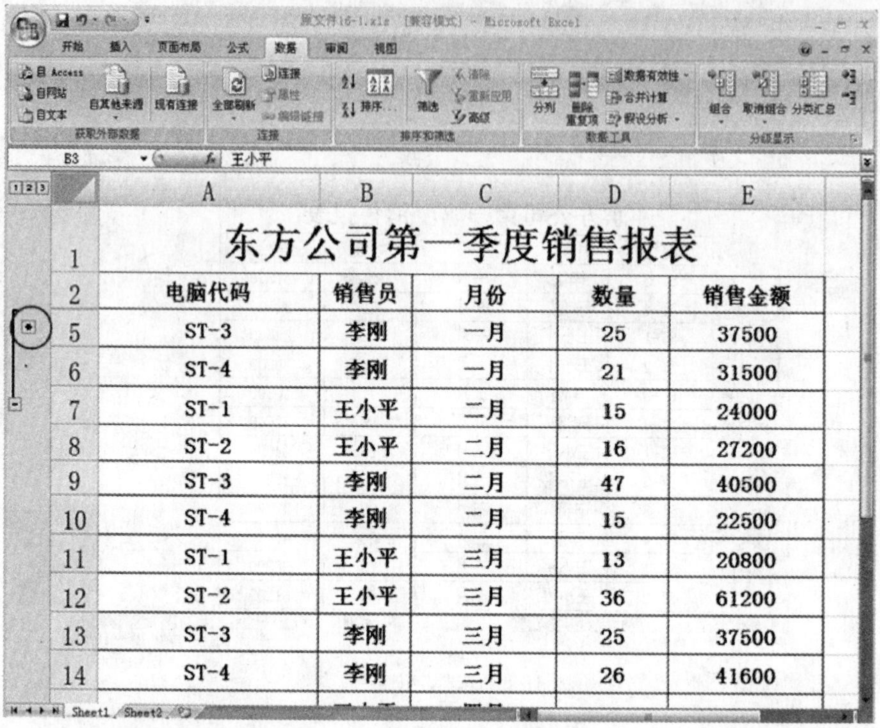

东方公司第一季度销售报表

电脑代码	销售员	月份	数量	销售金额
ST-3	李刚	一月	25	37500
ST-4	李刚	一月	21	31500
ST-1	王小平	二月	15	24000
ST-2	王小平	二月	16	27200
ST-3	李刚	二月	47	40500
ST-4	李刚	二月	15	22500
ST-1	王小平	三月	13	20800
ST-2	王小平	三月	36	61200
ST-3	李刚	三月	25	37500
ST-4	李刚	三月	26	41600

图 16-10　隐藏明细数据效果图 2

【提示】

① 如果需要组合的数据是按“列”排列的，在“创建组”对话框中要选择【列】。

② 隐藏明细数据和显示明细数据的快捷方式是，单击工作表中左侧的“－”表示“隐藏明细数据”，单击工作表左侧的“＋”表示“显示明细数据”。

16.4　实战演练 16-2——对公司销售报表进行汇总

利用图 16-1 的东方公司第一季度销售报表，完成下列操作（参见“第 16 课\16-原文件\16-S1”）。

1. 按照“月份”汇总各月的销售数量和销售金额

（1）分类汇总。选中数据区域内的某个单元格，单击【数据】“分级显示”组中的【分类汇总】，如图 16-11 所示。

（2）选择汇总条件。在弹出的“分类汇总”对话框中，“分类字段”选择【月份】、“汇总方式”选择【求和】、“选定汇总项”选择【数量】和【销售金额】。在下面选中【替换当前分类汇总】及【分类汇总结果显示在数据下方】，单击【确定】，如图 16-12 所示。显示效果如图 16-13 所示。

图 16-11　选择"分类汇总"命令 1

图 16-12　选择"分类汇总"字段 1

图 16-13　选择"隐藏明细数据"

（3）隐藏"一月"明细数据。选中"一月汇总"区域内的任一单元格，如 C4，然后单击【数据】"分级显示"组中的【隐藏明细数据】。显示效果如图 16-14 所示。

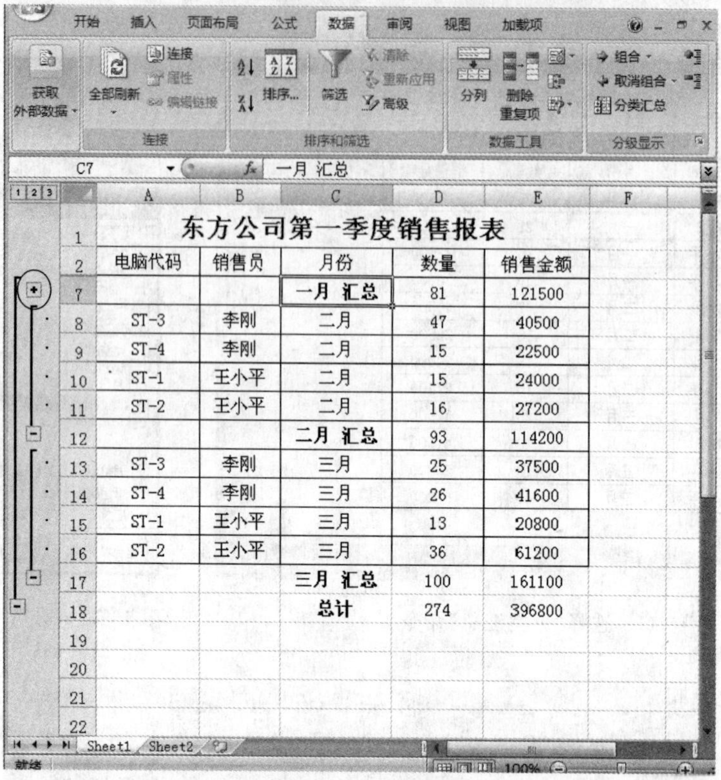

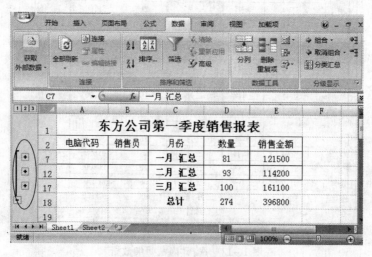

图 16-14　隐藏"一月"明细数据

（4）隐藏其他明细数据。隐藏"二月"和"三月"的销售明细数据，只显示每月的"汇总"数据和本季度"总计"。单击图 16-13 左侧的"－"，如图 16-15 所示。图 16-16 所示为完全隐藏，只显示三个月的总计（参见"第 16 课\16-实例文件\16-E2"）。

图 16-15　隐藏二、三月明细数据

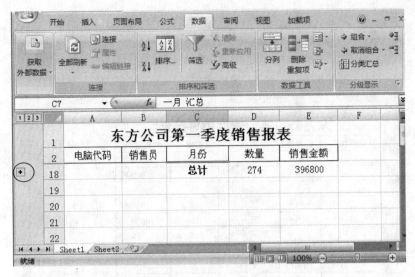

图 16-16　只显示三个月总计

2．汇总某销售员每月的销售情况和第一季度总销售情况

（1）按照"销售员"降序排列。打开"第 16 课\16-原文件\16-S1"文件，选中"销售员"数据列的某个单元格，如 B3，单击【数据】"排序和筛选"组的【降序】，如图 16-17 所示，效果如图 16-18 所示。

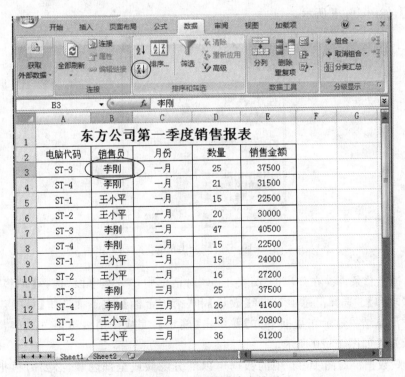

图 16-17　"销售员"降序排列

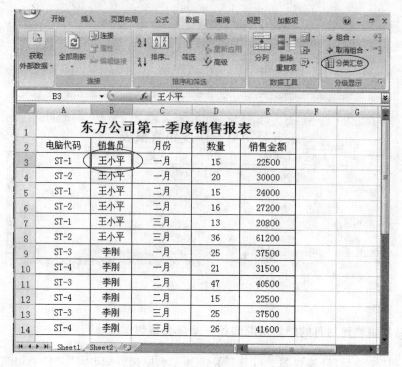

图 16-18　选择"分类汇总"命令

（2）分类汇总。选择数据区域内的某个单元格，如 B3，单击【数据】"分级显示"组中的【分类汇总】，如图 16-19 所示。

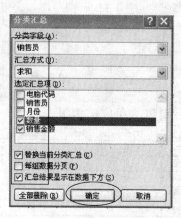

图 16-19　选择"分类汇总"字段

（3）选择汇总条件。在弹出的"分类汇总"对话框中，"分类字段"选择【销售员】、"汇总方式"选择【求和】、"选择汇总项"选择【数量】和【销售金额】，在下面选中【替换当前分类汇总】及【分类汇总结果显示在数据下方】并单击【确定】，完成按销售员汇总操作，如图 16-19 所示。显示效果如图 16-20 所示。

（4）隐藏数据。对图 16-20 中的数据可以部分隐藏或全部隐藏，必要时再把折叠的数据打开，隐藏数据如图 16-21 和图 16-22 所示（参见"第 16 课\16-实例文件\16-E3"）。

东方公司第一季度销售报表

电脑代码	销售员	月份	数量	销售金额
ST-1	王小平	一月	15	22500
ST-2	王小平	一月	20	30000
ST-1	王小平	二月	15	24000
ST-2	王小平	二月	16	27200
ST-1	王小平	三月	13	20800
ST-2	王小平	三月	36	61200
王小平 汇总			115	185700
ST-3	李刚	一月	25	37500
ST-4	李刚	一月	21	31500
ST-3	李刚	二月	47	40500
ST-4	李刚	二月	15	22500
ST-3	李刚	三月	25	37500
ST-4	李刚	三月	26	41600
李刚 汇总			159	211100
总计			274	396800

图 16-20　隐藏明细数据 1

东方公司第一季度销售报表

电脑代码	销售员	月份	数量	销售金额
王小平 汇总			115	185700
ST-3	李刚	一月	25	37500
ST-4	李刚	一月	21	31500
ST-3	李刚	二月	47	40500
ST-4	李刚	二月	15	22500
ST-3	李刚	三月	25	37500
ST-4	李刚	三月	26	41600
李刚 汇总			159	211100
总计			274	396800

图 16-21　隐藏明细数据 2

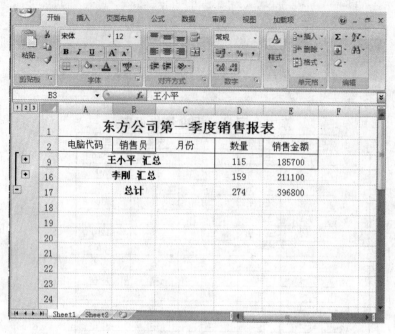

图 16-22　隐藏明细数据 3

【提示】

① 在应用【分类汇总】功能之前，首先要对数据表按照分类的字段进行排序。

② 清除【分类汇总】方法是：先选中有效区域，然后单击【数据】"分级显示"组中的【分类汇总】命令，在弹出的对话框中选择【全部删除】，即删除了所有分类汇总。

16.5　关键词

dāng qián
① 当　前

fēn lèi huì zǒng
② 分 类 汇 总

fēn jí xiǎn shì
③ 分 级 显 示

fēn lèi huì zǒng jié guǒ xiǎn shì
④ 分 类 汇 总 结 果 显 示

fēn lèi zì duàn
⑤ 分 类 字 段

háng
⑥ 行

huì zǒng fāng shì
⑦ 汇 总 方 式

jiàng xù
⑧ 降 序

liè
⑨ 列

pái xù
⑩ 排 序

qiú hé
⑪ 求 和

qǔ xiāo zǔ hé
⑫ 取 消 组 合

quán bù shān chú
⑬ 全 部 删 除

què dìng
⑭ 确 定

shù jù
⑮ 数 据

shù jù zǔ hé
⑯ 数 据 组 合

shù liàng
⑰ 数　量

tì huàn
⑱ 替　换

xiǎn shì míng xì shù jù
⑲ 显 示 明 细 数 据

xiāo shòu jīn é
⑳ 销 售 金 额

xiāo shòu yuán
㉑ 销 售 员

xuǎn dìng huì zǒng xiàng
㉒ 选 定 汇 总 项

yǐn cáng míng xì shù jù
㉓ 隐 藏 明 细 数 据

yuè fèn
㉔ 月 份

zài shù jù xià fāng
㉕ 在 数 据 下 方

zǔ hé
㉖ 组 合

16.6　课后练习

参见文件"第16课\16-原文件\16-S2"文件,完成下列操作:

① 汇总各种设备,并求出各种设备的数量总和及购置金额总和。

② 按照"使用部门"进行数据汇总,求出各"使用部门"购置金额总和。

第 17 课

Excel 2007公式和常用函数

在这一课将学到以下内容：

- 公式和常用函数的关系；
- 求和函数 SUM 的应用；
- 平均值函数 AVERAGE 的应用；
- 逻辑函数 IF 的应用；
- 最大值 MAX 函数和最小值 MIN 函数的应用。

17.1 导读

Excel 2007 函数库有 300 余个函数，本课主要介绍一些常用函数，如数据的求和、最大值和最小值等。重点介绍 IF 函数的应用，利用这些公式和函数，可以轻松地实现数据的计算和统计，使得复杂的计算工作变得十分轻松简单。

17.2 知识要点

1. 公式与函数的关系

Excel 中公式与函数的关系，指在 Excel 计算中，计算公式都是通过调用相应的函数实现的，所以要掌握公式计算方法，就必须掌握函数的使用方法。有时也可直接应用公式。

2. IF 逻辑函数

IF 函数是逻辑函数中的一个条件函数，这是一个特殊的函数，在实际工作中很有用处。IF 函数的格式为"IF(测试条件,条件 1,条件 2)"，意思是对给定的条件进行逻辑测试，逻辑值为"真"，执行条件 1，否则执行条件 2。

3.【公式】中的"函数库"组

【插入函数】通过选择函数并编辑参数，可编辑当前单元格中的公式。

【自动求和】在所选单元格之后，显示所选单元格数据的求和值。

【最近使用的函数】浏览最近使用过的函数列表，并从中进行选择。

【财务】提供财务函数列表，并从中进行选择。

【逻辑】提供逻辑函数列表，并从中进行选择。

【文本】提供文本函数列表，并从中进行选择。

【日期和时间】提供日期和时间函数列表，并从中进行选择。

17.3　实战演练 17-1——工资表的计算

以东方公司工资表为例，详细地介绍常用函数的使用方法。创建一个东方公司工资表，输入原数据，数据表结构和数据如图 17-1 所示(参见“第 17 课\17-原文件\17-S1”)。

	A	B	C	D	E	F	G	H	I	J
1	东方公司员工工资表									
2								单位：元		
3	编号	姓名	基本工资	浮动工资	奖金	应发工资	应税工资	个人所得税	医疗保险	实发工资
4	101	王阳	¥4,700.00	¥710.00	¥1,500.00				¥300.00	
5	102	范太忠	¥4,600.00	¥720.00	¥1,500.00				¥300.00	
6	103	李建青	¥4,500.00	¥730.00	¥1,460.00				¥210.00	
7	104	张纯	¥4,600.00	¥730.00	¥1,460.00				¥210.00	
8	105	高文乐	¥4,100.00	¥752.00	¥1,400.00				¥260.00	
9	106	潘卫东	¥3,300.00	¥610.00	¥1,300.00				¥180.00	
10	107	李爱国	¥3,200.00	¥600.00	¥1,300.00				¥260.00	
11	108	李旭健	¥2,600.00	¥500.00	¥1,100.00				¥180.00	
12	109	李东阳	¥4,600.00	¥800.00	¥1,580.00				¥300.00	
13	110	王小东	¥4,500.00	¥810.00	¥1,500.00				¥300.00	
14								实发工资总额：		

工资表 / Sheet1 / Sheet2 / Sheet3

图 17-1　东方公司员工工资表

1. 用 SUM 函数计算“应发工资”

(1) 确定“应发工资”的计算方法。“应发工资＝基本工资＋浮动工作＋奖金”。

(2) 插入函数。选中“应发工资”所在列第一个空白单元格 F4，单击【公式】“函数库”组【插入函数】，如图 17-2 所示。

【提示】

没有在“常用函数”中出现的函数，可在相关的类别中查找。使用过的函数，会在“常用函数”类别中出现，以后只要在“常用类别”中选择即可，这样可以节省时间。

(3) 选择函数。在弹出的“插入函数”对话框中，“选择类别”框内选择【常用函数】。在“选择函数”框内选择 SUM，单击【确定】，如图 17-3 所示。

(4) 选择数据区域。用鼠标选择参数行，即 C4:E4，单击【确定】，如图 17-4 所示。显示效果如图 17-5 所示。

(5) 填充数据。拖动单元格 F4 的填充柄，至 F13 单元格，自动完成其他数据的计算。显示效果如图 17-6 所示(参见“第 17 课\17-实例文件\17-E1”)。

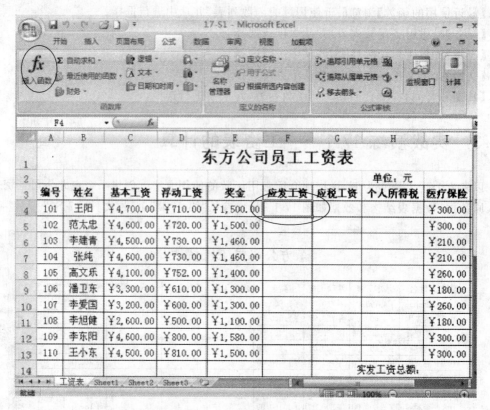

图 17-2　选择"插入函数"

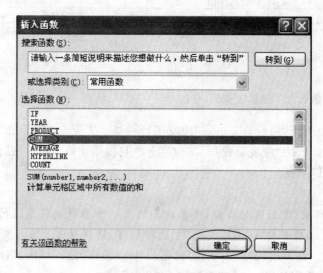

图 17-3　选择 SUM 函数

【提示】

　　Excel 的函数很多,但使用方法相似。公式中用到的运算符号和引号,一律是英文符号和运算符。

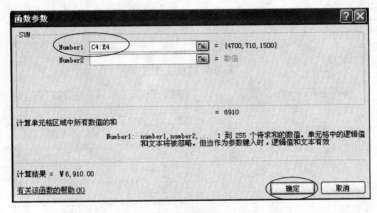

图 17-4　选择数据区域

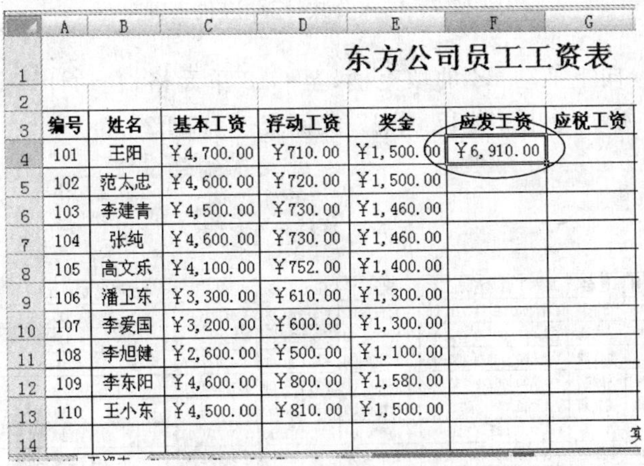

图 17-5　显示计算结果

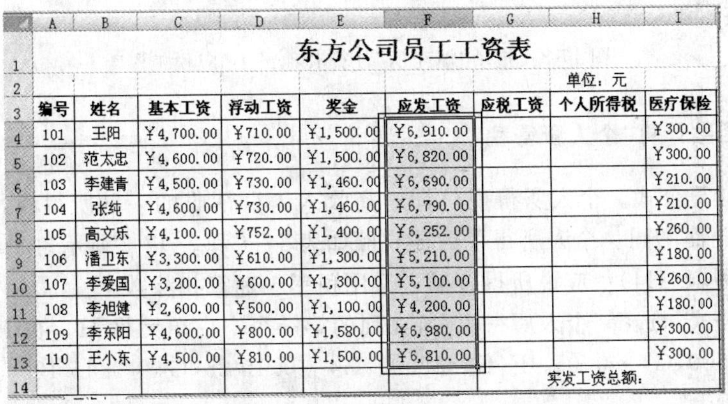

图 17-6　拖动"填充柄"计算其他员工的"应发工资"

2. 用公式计算"应税工资"

（1）确定应税工资的计算方法。应税工资＝应发工资－2000 元

（2）输入公式。选择"应税工资"所在列的第一个空白单元格 G4，在 G4 单元格内输入

"＝F4－2000"，按 Enter 键，效果如图 17-7 所示。

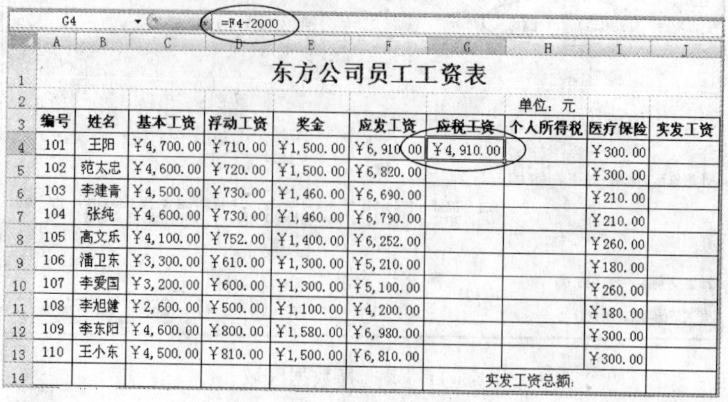

G4 =F4-2000

	A	B	C	D	E	F	G	H	I	J
1	东方公司员工工资表									
2								单位：元		
3	编号	姓名	基本工资	浮动工资	奖金	应发工资	应税工资	个人所得税	医疗保险	实发工资
4	101	王阳	￥4,700.00	￥710.00	￥1,500.00	￥6,910.00	￥4,910.00		￥300.00	
5	102	范太忠	￥4,600.00	￥720.00	￥1,500.00	￥6,820.00			￥300.00	
6	103	李建青	￥4,500.00	￥730.00	￥1,460.00	￥6,690.00			￥210.00	
7	104	张纯	￥4,600.00	￥730.00	￥1,460.00	￥6,790.00			￥210.00	
8	105	高文乐	￥4,100.00	￥752.00	￥1,400.00	￥6,252.00			￥260.00	
9	106	潘卫东	￥3,300.00	￥610.00	￥1,300.00	￥5,210.00			￥180.00	
10	107	李爱国	￥3,200.00	￥600.00	￥1,300.00	￥5,100.00			￥260.00	
11	108	李旭健	￥2,600.00	￥500.00	￥1,100.00	￥4,200.00			￥180.00	
12	109	李东阳	￥4,600.00	￥800.00	￥1,580.00	￥6,980.00			￥300.00	
13	110	王小东	￥4,500.00	￥810.00	￥1,500.00	￥6,810.00			￥300.00	
14								实发工资总额：		

图 17-7　输入公式计算"应税工资"

(3) 填充数据。向下拖动 G4 的填充柄，至 G13 单元格，自动计算其他数据的函数值。显示效果如图 17-8 所示(参见"第 17 课\17-实例文件\17-E2")。

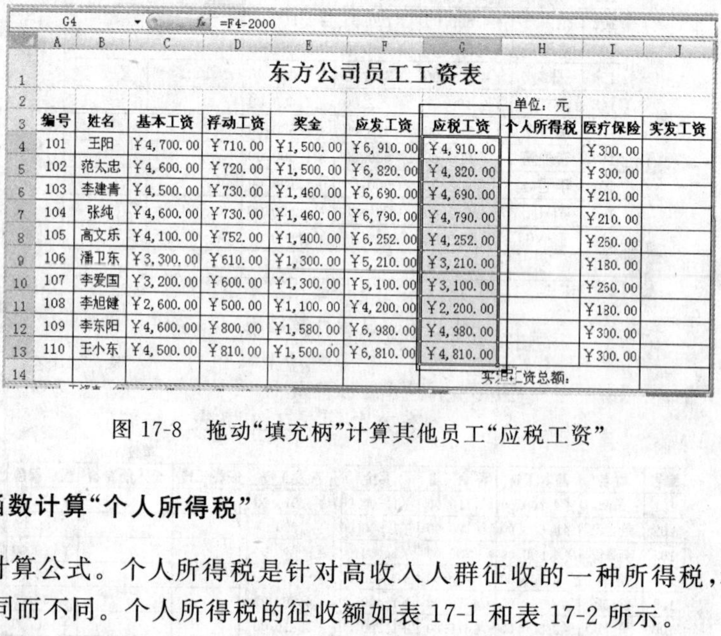

G4 =F4-2000

	A	B	C	D	E	F	G	H	I	J
1	东方公司员工工资表									
2								单位：元		
3	编号	姓名	基本工资	浮动工资	奖金	应发工资	应税工资	个人所得税	医疗保险	实发工资
4	101	王阳	￥4,700.00	￥710.00	￥1,500.00	￥6,910.00	￥4,910.00		￥300.00	
5	102	范太忠	￥4,600.00	￥720.00	￥1,500.00	￥6,820.00	￥4,820.00		￥300.00	
6	103	李建青	￥4,500.00	￥730.00	￥1,460.00	￥6,690.00	￥4,690.00		￥210.00	
7	104	张纯	￥4,600.00	￥730.00	￥1,460.00	￥6,790.00	￥4,790.00		￥210.00	
8	105	高文乐	￥4,100.00	￥752.00	￥1,400.00	￥6,252.00	￥4,252.00		￥260.00	
9	106	潘卫东	￥3,300.00	￥610.00	￥1,300.00	￥5,210.00	￥3,210.00		￥180.00	
10	107	李爱国	￥3,200.00	￥600.00	￥1,300.00	￥5,100.00	￥3,100.00		￥260.00	
11	108	李旭健	￥2,600.00	￥500.00	￥1,100.00	￥4,200.00	￥2,200.00		￥180.00	
12	109	李东阳	￥4,600.00	￥800.00	￥1,580.00	￥6,980.00	￥4,980.00		￥300.00	
13	110	王小东	￥4,500.00	￥810.00	￥1,500.00	￥6,810.00	￥4,810.00		￥300.00	
14								实发工资总额：		

图 17-8　拖动"填充柄"计算其他员工"应税工资"

3. 用 IF 函数计算"个人所得税"

(1) 确定计算公式。个人所得税是针对高收入人群征收的一种所得税，税率的征收视工资收入的不同而不同。个人所得税的征收额如表 17-1 和表 17-2 所示。

个人所得税额(H4)＝应税所得金额×适用税率－速算扣除数

(2) 输入公式。选择"个人所得税"所在列的第一个空白单元格 H4，在 H4 单元格内输入"＝IF(G4＜500，G4 * 0.05，IF(G4＜2000，G4 * 0.10-25，G4 * 0.15-125))"，单击 Enter 键，如图 17-9 所示。

(3) 填充数据。向下拖动 H4 的填充柄，至 H13 单元格，自动计算其他数据的函数值。显示效果如图 17-10 所示(参见"第 17 课\17-实例文件\17-E3")。

【提示】

Excel 中的有些函数也可以用算术运算符代替，如用 SUM 函数可以用"＋"代替，PRODUCT 函数可以用"*"代替。

表 17-1　个人所得税税率表

级　数	月应纳税所得额	税率/%
1	不超过 500 元的	5
2	超过 500～2000 元的部分	10
3	超过 2000～5000 元的部分	15
4	超过 5000～20 000 元的部分	20
5	超过 20 000～40 000 元的部分	25
6	超过 40 000～60 000 元的部分	30
7	超过 60 000～80 000 元的部分	35
8	超过 80 000～100 000 元的部分	40
9	超过 100 000 元的部分	45

注：① 此表只适用于工资、薪金所得。
② 个人所得税起征点为 2000 元。

表 17-2　个人所得税税率表的速算扣除法

级　数	月应纳税所得额	税率/%	速算扣除法/元
1	H4＜500 元	5	0
2	500≤H4＜2000 元	10	25
3	2000≤H4＜5000 元	15	125
4	5000≤H4＜20 000 元	20	375
5	20 000≤H4＜40 000 元	25	1375
6	40 000≤H4＜60 000 元	30	3375
7	60 000≤H4＜80 000 元	35	6375
8	80 000≤H4＜100 000 元	40	10 375
9	100 000≤H4	45	15 375

注：① H4 表示个人所得税额。
② “月应纳税所得额”只计算到 3 级，其他以此类推。

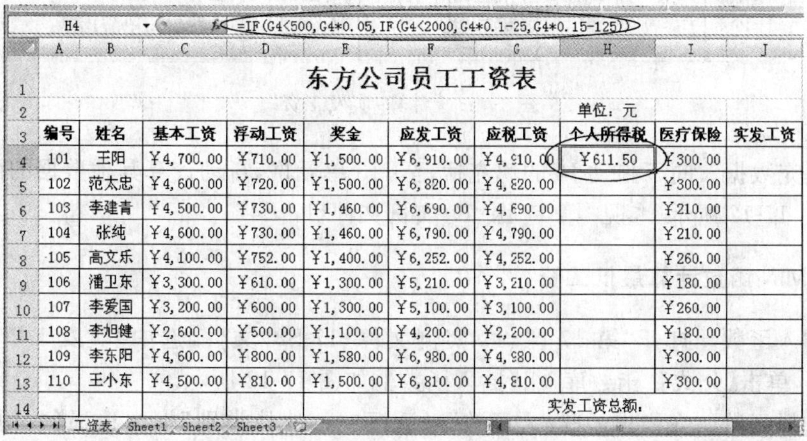
H4　=IF(G4<500,G4*0.05,IF(G4<2000,G4*0.1-25,G4*0.15-125))

东方公司员工工资表

单位：元

编号	姓名	基本工资	浮动工资	奖金	应发工资	应税工资	个人所得税	医疗保险	实发工资
101	王阳	￥4,700.00	￥710.00	￥1,500.00	￥6,910.00	￥4,910.00	￥611.50	￥300.00	
102	范太忠	￥4,600.00	￥720.00	￥1,500.00	￥6,820.00	￥4,820.00		￥300.00	
103	李建青	￥4,500.00	￥730.00	￥1,460.00	￥6,690.00	￥4,690.00		￥210.00	
104	张纯	￥4,600.00	￥730.00	￥1,460.00	￥6,790.00	￥4,790.00		￥210.00	
105	高文乐	￥4,100.00	￥752.00	￥1,400.00	￥6,252.00	￥4,252.00		￥260.00	
106	潘卫东	￥3,300.00	￥610.00	￥1,300.00	￥5,210.00	￥3,210.00		￥180.00	
107	李爱国	￥3,200.00	￥600.00	￥1,300.00	￥5,100.00	￥3,100.00		￥260.00	
108	李旭健	￥2,600.00	￥500.00	￥1,100.00	￥4,200.00	￥2,200.00		￥180.00	
109	李东阳	￥4,600.00	￥800.00	￥1,580.00	￥6,980.00	￥4,980.00		￥300.00	
110	王小东	￥4,500.00	￥810.00	￥1,500.00	￥6,810.00	￥4,810.00		￥300.00	

实发工资总额：

工资表　Sheet1　Sheet2　Sheet3

图 17-9　用 IF 函数计算“个人所得税”

图 17-10　拖动"填充柄"计算其他员工"个人所得税"

4. 用公式计算"实发工资"

（1）确定计算方法。实发工资＝应发工资－个人所得税－医疗保险

（2）输入公式。选择"实发工资"所在列的第一个空白单元格 J4，在 J4 单元格内输入"＝F4－H4－I4"，按 Enter 键，效果如图 17-11 所示。

图 17-11　计算"实发工资"

（3）填充数据。向下拖动 J4 的填充柄，至 J13 单元格，自动计算其他数据的函数值。显示效果如图 17-12 所示（参见"第 17 课\17-实例文件\17-E4"）。

5. 用 MIN 函数计算最低工资

（1）插入函数。打开"第 17 课\17-实例文件\17-S2"文件，选中"实发工资"所在列的 J14 单元格，单击【公式】"函数库"组【插入函数】，如图 17-13 所示。

（2）选择函数。在弹出的"插入函数"对话框中，"选择类别"框内选择【常用函数】。在"选择函数"框内选择 MIN，单击【确定】，参考图 17-14 所示。

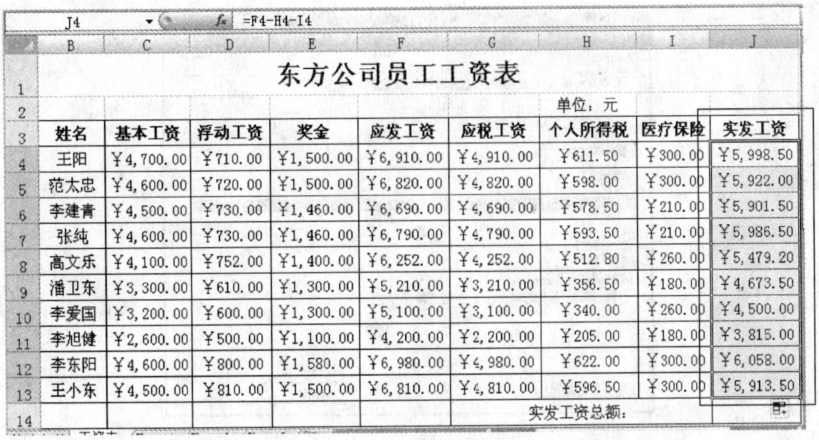

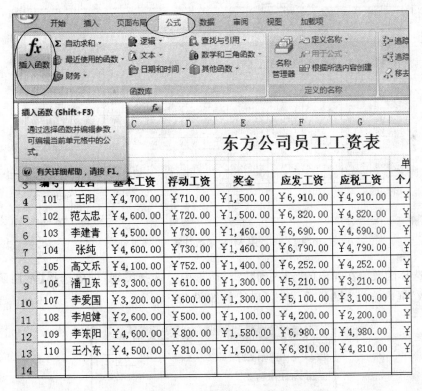

图 17-12　拖动"填充柄"计算其他员工"实发工资"

图 17-13　选择"插入函数"

（3）选择数据区域。用鼠标选择参数行，即 J4：J13，单击【确定】，显示效果如图 17-15所示（参见"第 17 课\17-实例文件\17-E5"）。

6．用 MAX 函数计算最高工资

（1）插入函数。选中"实发工资"所在列的 J15 单元格，单击【公式】"函数库"组【插入函数】，如图 17-13 所示。

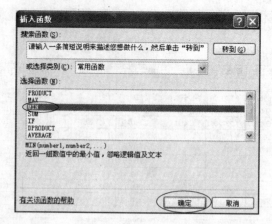

图 17-14　选择 MIN 函数

编号	姓名	基本工资	浮动工资	奖金	应发工资	应税工资	个人所得税	医疗保险	实发工资
101	王阳	￥4,700.00	￥710.00	￥1,500.00	￥6,910.00	￥4,910.00	￥611.50	￥300.00	￥5,998.50
102	范太忠	￥4,600.00	￥720.00	￥1,500.00	￥6,820.00	￥4,820.00	￥598.00	￥300.00	￥5,922.00
103	李建青	￥4,600.00	￥730.00	￥1,460.00	￥6,690.00	￥4,690.00	￥578.50	￥210.00	￥5,901.50
104	张纯	￥4,600.00	￥730.00	￥1,460.00	￥6,790.00	￥4,790.00	￥593.50	￥210.00	￥5,986.50
105	高文乐	￥4,100.00	￥752.00	￥1,400.00	￥6,252.00	￥4,252.00	￥512.80	￥260.00	￥5,479.20
106	潘卫东	￥3,300.00	￥610.00	￥1,300.00	￥5,210.00	￥3,210.00	￥356.50	￥180.00	￥4,673.50
107	李爱国	￥3,200.00	￥600.00	￥1,300.00	￥5,100.00	￥3,100.00	￥340.00	￥260.00	￥4,500.00
108	李旭健	￥2,600.00	￥500.00	￥1,100.00	￥4,200.00	￥2,200.00	￥205.00	￥180.00	￥3,815.00
109	李东阳	￥4,600.00	￥800.00	￥1,580.00	￥6,980.00	￥4,980.00	￥622.00	￥300.00	￥6,058.00
110	王小东	￥4,500.00	￥810.00	￥1,500.00	￥6,810.00	￥4,810.00	￥596.50	￥300.00	￥5,913.50

图 17-15　用 MIN 函数计算"最低工资"

（2）选择函数。在弹出的"插入函数"对话框中，"选择类别"框内选择【常用函数】。在"选择函数"框内选择 MAX 项，单击【确定】，如图 17-16 所示。

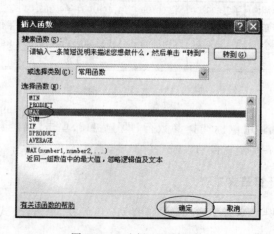

图 17-16　选择 MAX 函数

（3）选择数据区域。用鼠标选择参数行，即 J4∶J13，如图 17-17 所示。单击【确定】，显示效果如图 17-18 所示（参见"第 17 课\17-实例文件\17-E6"）。

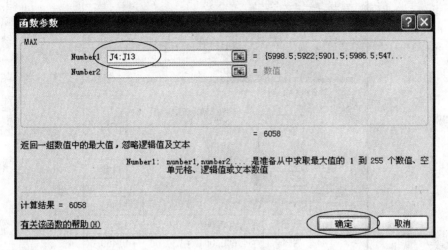

图 17-17 选择数据区域

	A	B	C	D	E	F	G	H	I	J
1				东方公司员工工资表						
2								单位：元		
3	编号	姓名	基本工资	浮动工资	奖金	应发工资	应税工资	个人所得税	医疗保险	实发工资
4	101	王阳	￥4,700.00	￥710.00	￥1,500.00	￥6,910.00	￥4,910.00	￥611.50	￥300.00	￥5,998.50
5	102	范太忠	￥4,600.00	￥720.00	￥1,500.00	￥6,820.00	￥4,820.00	￥598.00	￥300.00	￥5,922.00
6	103	李建青	￥4,500.00	￥730.00	￥1,460.00	￥6,690.00	￥4,690.00	￥578.50	￥210.00	￥5,901.50
7	104	张纯	￥4,600.00	￥730.00	￥1,460.00	￥6,790.00	￥4,790.00	￥593.50	￥210.00	￥5,986.50
8	105	高文乐	￥4,100.00	￥752.00	￥1,400.00	￥6,252.00	￥4,252.00	￥512.80	￥260.00	￥5,479.20
9	106	潘卫东	￥3,300.00	￥610.00	￥1,300.00	￥5,210.00	￥3,210.00	￥356.50	￥180.00	￥4,673.50
10	107	李爱国	￥3,200.00	￥600.00	￥1,300.00	￥5,100.00	￥3,100.00	￥340.00	￥260.00	￥4,500.00
11	108	李旭健	￥2,600.00	￥500.00	￥1,100.00	￥4,200.00	￥2,200.00	￥205.00	￥180.00	￥3,815.00
12	109	李东阳	￥4,600.00	￥800.00	￥1,580.00	￥6,980.00	￥4,980.00	￥622.00	￥300.00	￥6,058.00
13	110	王小东	￥4,500.00	￥810.00	￥1,500.00	￥6,810.00	￥4,810.00	￥596.50	￥300.00	￥5,913.50
14									最低工资：	￥3,815.00
15									最高工资：	￥6,058.00
16									实发工资总额：	

J15 单元格：=MAX(J4:J13)

图 17-18 用 MAX 函数计算"最高工资"

7．计算"实发工资总额"

（1）确定"实发工资总额"的算法。实发工资总额＝J4＋J5＋J6＋……＋J11＋J12＋J13

（2）自动求和。把活动单元格移动到 J16 位置，单击【公式】"函数库"组【自动求和】，如图 17-19 所示。出现求和的选择区域，如图 17-20 所示。单击 Enter 键，效果如图 17-21 所示（参见"第 17 课\17-实例文件\17-E7"）。

图 17-19　自动求和

图 17-20　选择数据区域

图 17-21　计算"始发工资总额"

17.4　关键词

cái wù hán shù
① 财 务 函 数

chā rù hán shù
② 插 入 函 数

cháng yòng hán shù
③ 常 用 函 数

dōng fāng gōng sī
④ 东 方 公 司

gōng shì
⑤ 公 式

gōng zī biǎo
⑥ 工 资 表

hán shù
⑦ 函 数

hán shù kù
⑧ 函 数 库

luó jí hán shù
⑨ 逻 辑 函 数

píng jūn zhí hán shù
⑩ 平 均 值 函 数

qiú hé hán shù
⑪ 求 和 函 数

rì qī hé shí jiān
⑫ 日 期 和 时 间

tiáo jiàn hán shù
⑬ 条 件 函 数

wén běn hán shù
⑭ 文 本 函 数

zì dòng qiú hé hán shù
⑮ 自 动 求 和 函 数

zuì dà zhí hán shù
⑯ 最 大 值 函 数

zuì jìn shǐ yòng de hán shù
⑰ 最 近 使 用 的 函 数

zuì xiǎo zhí hán shù
⑱ 最 小 值 函 数

17.5　课后练习

(1) 参见"第 17 课\17-原文件\17-S1"文件,完成下列操作:

① 利用公式计算"应发工资总额"和"平均值"。

② 利用公式计算出"个人所得税"的"最大值"。

③ 利用公式,求出公司医疗保险总金额。

(2) 参见"第 17 课\17-原文件\17-S3"文件,完成下列操作:

① 计算所有设备的购置金额总额。

② 计算"使用部门"为"办公室"的设备购置金额。

③ 求出各"使用部门"中平均购置金额最少的部门。

④ 求出单价最少的"设备名称"和所在的"使用部门"。

第 **18** 课
Excel 2007多工作表的数据管理

在这一课中将学到以下内容：

- 插入和删除工作表；
- 移动和复制工作表；
- 新建视图窗口；
- 重排视图窗口；
- 工作表间的数据引用；
- 工作表间的数据计算。

18.1 导读

本课重点介绍了 Excel 中的多工作表的数据管理知识。工作表是 Excel 存储和处理数据的最重要的部分，其中包含排列成行和列的单元格。它是工作簿的一部分，也称电子表格。

应用工作表可以对数据进行组织和分析，可以同时在多张工作表上输入并编辑数据。并可以对来自不同工作表的数据进行汇总计算，当某一工作表中的数据发生变化时，汇总报告也会自动更新。利用这种方法，可以一次更新多个工作表的数据，实现数据同步更新，使得复杂的数据修改工作变的轻松简单，给信息办公带来极大的方便。

18.2 知识要点

1. 多工作表的编辑

插入工作表：在打开的 Excel 工作簿中增加一个工作表。

删除工作表：在打开的 Excel 工作簿中去掉一个工作表。

移动或复制工作表：将工作表按需要移动或复制到另一个指定的位置。

2.【视图】中的"窗口"组

【新建窗口】打开一个包含当前文档视图的新窗口。

【全部重排】在屏幕上并排平铺所有打开的程序窗口。

18.3 实战演练 18-1——多工作表的编辑

1．插入和删除工作表

Excel 工作簿中默认的工作表是三个，有时需要插入一些新的工作表。

1）插入工作表

单击工作表下方 Sheet3 后的标签，即可产生 Sheet4、Sheet5、Sheet6 等，如图 18-1 和图 18-2 所示。

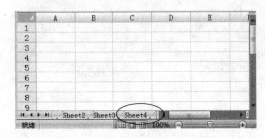

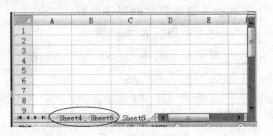

图 18-1 插入工作表 1　　　　　　　　　　图 18-2 插入工作 2

2）删除工作表

右击工作表左下方的标签，如 Sheet5，如图 18-3 所示。在弹出的对话框中选择【删除】，即删除了 Sheet5 工作表，如图 18-4 所示。删除后的效果如图 18-5 所示，Sheet4 和 Sheet6 中间的 Sheet5 工作表被删除。

2．选择工作表

在对工作表进行编辑之前，首先要选择工作表，然后才能进行编辑。

1）选择单张工作表

在 Excel 操作界面的左下角，单击要选择的工作表标签，即选择了该工作表。

图 18-3 选择 Sheet5

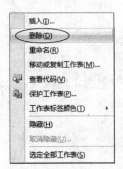

图 18-4 编辑方式 1

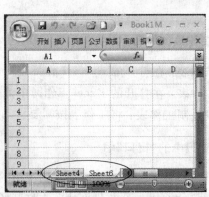

图 18-5 删除 Sheet5 效果

2）选择多张工作表

按住 Ctrl 键不放，且在 Excel 操作界面的左下角的工作表标签上，单击要选择的工作表标签。

3）选择所有工作表

在 Excel 操作界面的左下角，右击，在弹出的对话框中选择【选定全部工作表】，可以选中当前工作簿中的所有工作表，如图 18-6 所示。

3．移动和复制工作表

1）移动工作表

工作表的位置是可以移动的。打开"第 18 课\18-原文件\18-S1"文件，右击【年度预算表】，在弹出的对话框中选择【移动或复制工作表】，如图 18-7 所示。在弹出的【移动或复制工作表】窗口选择【移至最后】，单击【确定】，如图 18-8 所示，即完成了"年度预算表"的移动（参见"第 18 课\18-实例文件\18-E1"）。

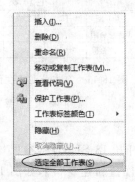
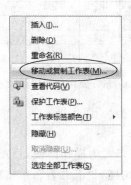

图 18-6　编辑方式 2　　　　　　　　　　图 18-7　编辑方式 3

2）复制工作表

工作表也可以复制。打开"第 18 课\18-原文件\18-S1"文件，右击【年度预算表】，在弹出的对话框中选择【移动或复制工作表】，在弹出的【移动或复制工作表】窗口选择【建立副本】，单击【确定】，如图 18-9 所示，即完成了"年度预算表"的复制（参见"第 18 课\18-实例文件\18-E2"）。

图 18-8　选择移动工作表　　　　　　　　图 18-9　选择复制工作表

【提示】

① 移动工作表还可以通过按下左键不放开，拖到指定的位置即可。

② 工作表曾在第10课做过一些简单的介绍，此处重点介绍多工作表的编辑。

18.4　实战演练 18-2——多工作表的应用

建立东方公司年度预算表，如图 18-10 所示。建立汇总表，如图 18-11 所示。根据图 18-10 的数据完成汇总工作(参见"第 18 课\18-原文件\18-S1")。

图 18-10　东方公司年度预算表

图 18-11　东方公司年度预算汇总表

1．重排窗口

(1) 新建窗口。为操作简便，首先要重排窗口。打开 18-S1 文件(参见"第 18 课\18-原文件\18-S1")，切换到"汇总表"，单击【视图】"窗口"组的【新建窗口】，如图 18-12 所示。在操作系统的任务栏上可以显示"18-S1:1"和"18-S1:2"两个文件。

图 18-12　选择"新建窗口"

（2）全部重排。切换到"年度预算表"，单击【视图】"窗口"组【全部重排】，如图 18-13
所示。

图 18-13 选择"全部重排"窗口

（3）选择重排方式。在弹出的"重排窗口"对话框中，选择【平铺】，单击【确定】，如
图 18-14 所示。系统会平铺所打开的窗口，显示效果如图 18-15 所示。

图 18-14 选择"平铺"   图 18-15 "平铺"后效果

【提示】

重排窗口方式有【平铺】、【水平并排】、【垂直并排】和【层叠】四种重排方式，可根据需要
选择其中的一种重排窗口方式。

2. 工作表间单元格的引用

(1) 选择单元格。先选择“汇总表”的B4单元格，输入=，如图18-16所示。然后单击“东方公司年度预算表”中的C9，如图18-17所示。效果如图18-18所示。

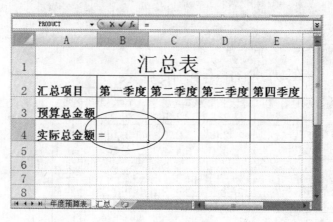

	A	B	C	D	E
1	汇总表				
2	汇总项目	第一季度	第二季度	第三季度	第四季度
3	预算总金额				
4	实际总金额	=			
5					
6					
7					
8					

图18-16 输入=

	A	B	C	D	E	F
1	东方公司年度预算表					
2	费用分类	项目名称	第一季度	第二季度	第三季度	第四季度
3	营销预算	推广费	3.2	2.8	2.9	2.1
4		广告费	2.8	2.6	3.5	2.9
5		渠道费	3.6	4.2	4.5	5.1
6	经营预算	人力费	3.5	2.6	3.2	3.2
7		物流费	3.6	3.6	3.2	2.9
8		办公费	2.5	2.7	2.8	2.9
9	实际投入金额		18.2	17.5	21.3	20.5

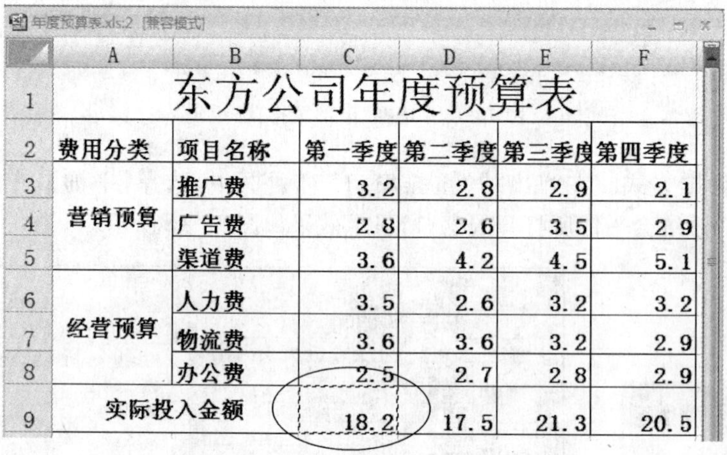

图18-17 引入“实际投入金额”单元格

(2) 工作表单元格间移动数据。按Enter键后，将“年度预算表”中C9单元格的18.2移到“汇总表”的B4单元格中，如图18-19所示。

(3) 利用“填充柄”填写数据。单击“汇总表”的B4单元格，拖动鼠标至E4单元格，系统会自动显示其他三个季度的“实际总金额”，如图18-20所示(参见“第18课\18-实例文件\18-E3”)。

【提示】

可以按照简单方法完成以上操作。即在“汇总表”中的B4单元格内输入“=年度预算表！C9”，单击Enter键，是指引用“年度预算表”中的C9单元格的数据值到汇总表中的B4单元格。

图 18-18　显示计算过程

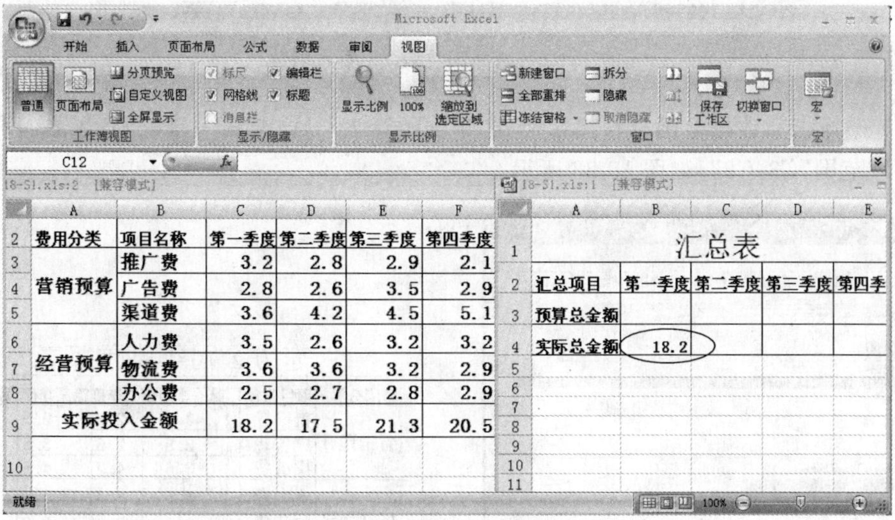

图 18-19　显示计算结果

3. 工作表间函数的引用

（1）选择单元格。单击"汇总表"中 B3 单元格，输入"＝"，单击【公式】"函数库"组中的【插入函数】命令，如图 18-21 所示。

（2）选择求和函数。在弹出的"插入函数"对话框中选择【常用函数】中的 SUM 函数，单击【确定】，如图 18-22 所示。

	汇总表			
汇总项目	第一季度	第二季度	第三季度	第四季度
预算总金额				
实际总金额	18.2	17.5	21.3	20.5

图 18-20　拖动"填充柄"显示最终结果

图 18-21　选择汇总表 B3 插入函数

（3）选择求和数据范围。直接切换到"年度预算表"，选中"第一季度"各项预算费用，即求和区域范围"C3：C8"，如图 18-23 所示。

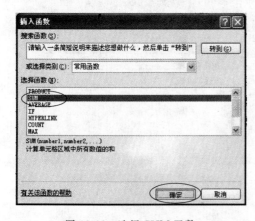

图 18-22　选择 SUM 函数

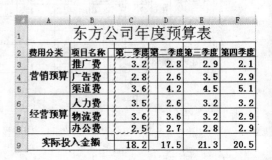

图 18-23　选择 SUM 函数计算区域

（4）进行求和计算。在弹出的"函数参数"对话框中会自动填写数据范围，即"年度预算表！C3:C8"，单击【确定】，如图18-24所示。显示效果如图18-25所示。

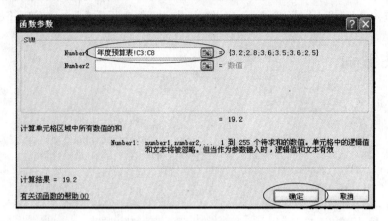

图18-24　显示"函数参数"窗口

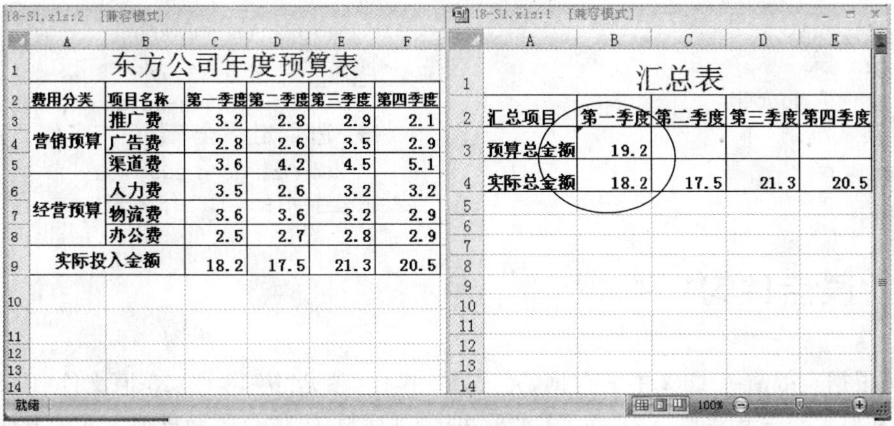

图18-25　显示计算结果

（5）利用"填充柄"填写数据。选中B3，向右拖动至E3单元格，系统会自动计算并引用其他季度的"预算总金额"，显示效果如图18-26所示（参见"第18课\18-实例文件\18-E4"）。

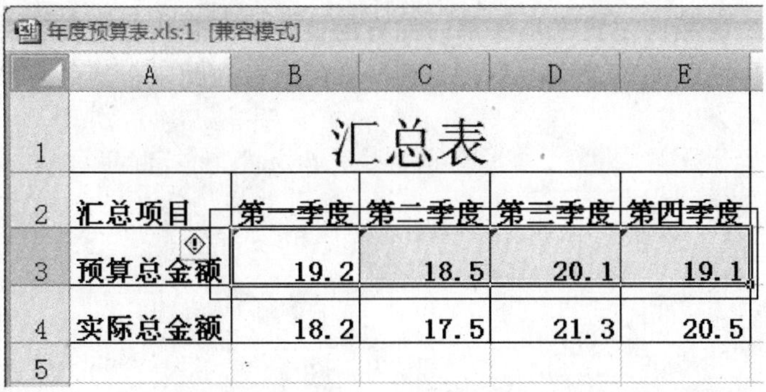

图18-26　拖动填充柄显示最终结果

【提示】

可以按照简单方法来完成上述引用操作。即在"汇总表"中的 B3 单元格内输入"＝SUM(年度预算表! C3:C8)",单击 Enter 键,是指对"年度预算表"中的 C3～C8 的值求和。

18.5　关键词

céng dié
① 层　叠

chā rù hán shù
② 插 入 函 数

cháng yòng hán shù
③ 常　用　函　数

chóng pái chuāng kǒu
④ 重　排　窗　口

chuí zhí bìng pái
⑤ 垂　直　并　排

gōng shì
⑥ 公　式

jiàn lì fù běn
⑦ 建　立　副　本

píng pū
⑧ 平　铺

qiú hé
⑨ 求　和

quán bù chóng pái
⑩ 全　部　重　排

què dìng
⑪ 确　定

shān chú
⑫ 删　除

shuǐ píng bìng pái
⑬ 水　平　并　排

xīn jiàn chuāng kǒu
⑭ 新　建　窗　口

xuǎn dìng quán bù gōng zuò biǎo
⑮ 选　定　全　部　工　作　表

xuǎn zé gōng zuò biǎo
⑯ 选　择　工　作　表

18.6　课后练习

(1) 根据实战演练 18-2 中的数据,完成以下操作(参见"第 18 课\18-原文件\18-S1")。

① 在原工作表新建窗口后,按照【水平并排】排列窗口,体会各种排列方式的异同。

② 引用"年度预算表"中的数据,在汇总表中计算出"预算总金额"。

③ 根据预算总金额和实际总金额,计算出本年度预算费用比实际费用超支多少?

(2) 根据本课所学的知识,完成以下操作(参见"第 18 课\18-原文件\18-S2")。

① 按照"水平并排"、"垂直并排"的方式排列窗口。

② 在汇总表中的相应位置求出各部门拥有的设备总数和购置金额的总和。

③ 在汇总表中的相应位置求出公司各种设备的数量和购置金额的总和。

第③单元　**Office PowerPoint 2007**

第 **19** 课

认识Office PowerPoint 2007

在这一课中将学到以下内容：
- PowerPoint 2007 简介；
- PowerPoint 2007 的新增功能；
- PowerPoint 2007 的操作界面。

19.1 导读

PowerPoint 2007 是 Office 2007 软件中的重要组件之一，常用于电子演示文稿的制作和编辑，在本课可以了解 PowerPoint 2007 的新增的功能，对 PowerPoint 2007 操作界面有一个系统的了解。

19.2 PowerPoint 2007 简介

演示文稿由多张幻灯片组成，一般人们也将演示文稿称为幻灯片。而幻灯片是一种可以制作出图文并茂的动画效果，还可以添加声音和视频等进行播放。PowerPoint 2007 为方便快捷地创建并播放动态演示文稿提供了方便。

19.3 PowerPoint 2007 的新增功能

1．全新的直观型外观

Office PowerPoint 2007 具有一个名为"功能区"的全新直观的用户界面，它可以帮您更快更好地创建演示文稿。Office PowerPoint 2007 提供新改进的效果、主题和增强的格式选项，利用它们可以创建外观生动的动态演示文稿。

2．主题和快速样式

Office PowerPoint 2007 提供新的主题、版式和快速样式。

主题简化了专业演示文稿的创建过程。只需选择所需的主题，PowerPoint 2007 便会执行其余的任务。单击一次鼠标，背景、文字、图形、图表和表格全部都会发生变化，以反映所选择的主题,这样就确保了演示文稿中的所有元素能够协调和互补。

3. 自定义幻灯片版式

使用 Office PowerPoint 2007,可以不再受预先打包的版式的局限。您可以创建包含任意多个占位符的自定义版式,各种元素如图表、表格、电影、图片、SmartArt 图形和剪贴画乃至多个幻灯片母版集。

4. 高标准的 SmartArt 图形

利用 SmartArt 图形,可以在 Office PowerPoint 2007 演示文稿中以简便的方式创建可编辑图示,可以为 SmartArt 图形、形状、艺术字和图表添加较好的视觉效果。

5. 新效果和改进效果

可以在 Office PowerPoint 2007 演示文稿的形状、SmartArt 图形、表格、文字和艺术字上添加阴影、反射、辉光、柔化边缘、扭曲、棱台和 3-D 旋转等效果。

6. 新增文字选项

可以使用多种文字格式功能,创建具有专业外观的演示文稿。新的字符样式提供了更多的选择。使用主题时,只需单击鼠标即可更改演示文稿的外观。通过选择不同的选项,可以修改主题字体、主题颜色和主题效果。

7. 表格和图表增强

在 Office PowerPoint 2007 中,表格和图表都经过了重新设计,因而更加易于编辑和使用。功能区提供了许多易于发现的选项,供编辑表格和图表使用。快速样式库提供了创建具有专业外观的表格和图表所需的全部效果和格式选项。

19.4　PowerPoint 2007 操作界面

与 Word 2007 的工作界面有很多相似的地方,在第 1 课已经做了介绍,本课主要介绍不同点。图 19-1 所示为 PowerPoint 2007 工作界面。

1. PowerPoint 选项卡

选项卡位于标题栏的下方。PowerPoint 2007 有【开始】、【插入】、【设计】、【动画】、【幻灯片放映】、【审阅】、【视图】和【加载项】8 个选项卡。其中不同于 Word 的选项卡有【设计】、【动画】和【幻灯片放映】,选项卡下面是该选项卡的功能区。

【设计】选项卡具有"页面设置"组、"主题"组、"背景"组功能,主要用于幻灯片的"页面设置"、主题的选择和幻灯片背景的设置,如图 19-2 所示。

【动画】选项卡具有"预览"组、"动画"组和"切换到此幻灯片"组功能,主要用于对幻灯片的声音、速度及幻灯片的播放形式进行设置,如图 19-3 所示。

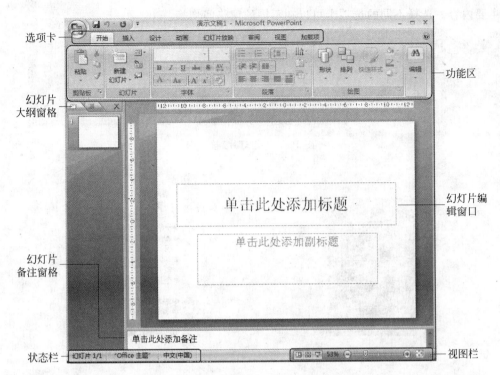

选项卡

功能区

幻灯片
大纲窗格

幻灯片编
辑窗口

幻灯片
备注窗格

状态栏

视图栏

图 19-1　PowerPoint 2007 工作界面

图 19-2　"设计"选项卡

图 19-3　"动画"选项卡

【幻灯片放映】选项卡主要用于对幻灯片放映的设置,包括"开始放映幻灯片"组、"设置"组和"监视器"组等,如图 19-4 所示。

2."幻灯片"和"大纲"窗格

"幻灯片"和"大纲"窗格位于编辑区的左侧。图 19-5 所示为"幻灯片"窗格,为幻灯片的缩略图,用于显示幻灯片的内容、数量和位置。图 19-6 所示为"大纲"窗格,用于显示幻灯片的主要内容。选择不同的选项卡可以在不同的窗格间切换。

图 19-4　"幻灯片"选项卡

图 19-5　"幻灯片"窗格

图 19-6　"大纲"窗格

3."幻灯片备注"窗格

"幻灯片备注"窗格用于向幻灯片添加必要的说明和注释,使用户在使用幻灯片时,通过"幻灯片备注"窗格查看幻灯片的相关信息。要查看备注页的打印形式时,需切换到"备注页"视图,用户可以在"备注页"视图中检查并更改备注的页眉和页脚。"幻灯片备注"窗格见图 19-1。

4.状态栏

状态栏位于编辑窗口的左下方,主要显示与当前工作有关的信息。状态栏的"幻灯片 1/5"表示当前幻灯片的页数/总页数,"幻灯片 1/5"的意思是当前幻灯片是第 1 页,一共有 5 页。"Office 主题"表示幻灯片采用的模板类型,此幻灯片模板类型为"Office 主题"。"中文(中国)"表示输入法的类型。状态栏如图 19-7 所示。

图 19-7　状态栏

5."幻灯片编辑"窗口

幻灯片编辑窗口是用户的主要工作区,是 PowerPoint 2007 工作界面的核心部分,用户可以在编辑窗口输入文字、插入图片、艺术字、音频和视频等各种元素,编辑区主要用于显示和编辑幻灯片。

6.视图栏

视图栏主要用于查看幻灯片的方式,设置文档的显示比例。视图模式表示以何种方式显示幻灯片,其中包括"普通视图"、"幻灯片浏览"模式和"幻灯片放映"模式。64％为当前显示比例,64％的右侧为调整显示比例。状态栏的右侧是"使幻灯片适应当前窗口",当显示不合适时可单击此处,会将编辑窗口的幻灯片自动调整到合适的大小,如图 19-8 所示。

视图模式　显示比例和调整显示比例

　　使幻灯片适应当前窗口

图 19-8　"幻灯片编辑"窗口

19.5　幻灯片的编辑

1. 新建空白演示文稿

新建空白演示文稿的方法有两种:

① 单击"Office 按钮",选择【新建】,如图 19-9 所示。在打开的"新建演示文稿"窗口单击【空白文档和最近使用的文档】,然后选择【空白演示文稿】,单击【创建】,见图 19-10。

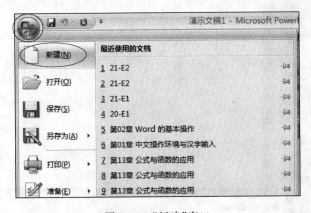

图 19-9　"新建"窗口

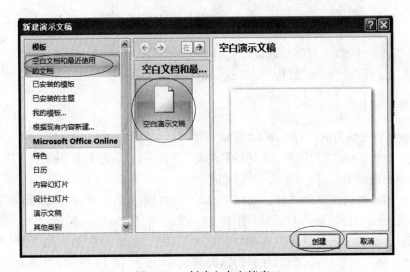

图 19-10　创建空白文档窗口

② 按 Ctrl+N 键,即可创建演示文稿。

2.添加幻灯片

创建空白演示文稿时,演示文稿中只有一张幻灯片。当需多张幻灯片时,需要自行添加幻灯片。添加幻灯片的方法有三种:

① 在【开始】的"幻灯片"组,单击"新建幻灯片图标"(若选【新建幻灯片】则需要先选择"版式"后创建新的幻灯片),如图 19-11 所示。效果见图 19-12。

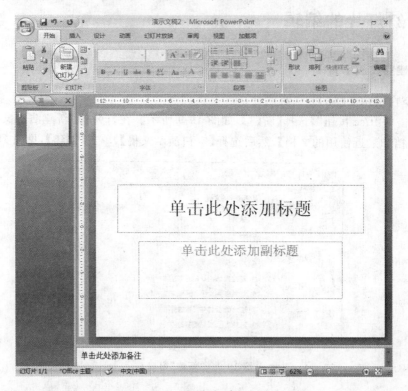

图 19-11　选择"新建幻灯片"

② 按 Ctrl+M 键,也可添加新的幻灯片。

③ 在"幻灯片"或"大纲"窗格中,单击 Enter 键。

3.删除幻灯片

以简单演示文稿为例,如图 19-13 所示,删除幻灯片的方法有 4 种:

① 选中要删除的幻灯片,单击【开始】"幻灯片"组中的【删除】,如图 19-14 所示。

② 选中要删除的幻灯片,单击 Delete 键。

③ 删除不连续的多张幻灯片。添加四张幻灯片,按住 Ctrl 键,单击要删除的幻灯片,如选中第 2、3、5 张幻灯片,释放鼠标,如图 19-14 所示。单击 Delete 键,只剩下三张幻灯片。

④ 删除连续的多张幻灯片。在图 19-15 的基础上,单击要删除的第 2 页幻灯片,按住 Shift 键,然后单击要删除的第 5 页幻灯片,释放鼠标,如图 19-16 所示,单击 Delete 键即可,剩下两张幻灯片,可以观察删除后的效果。

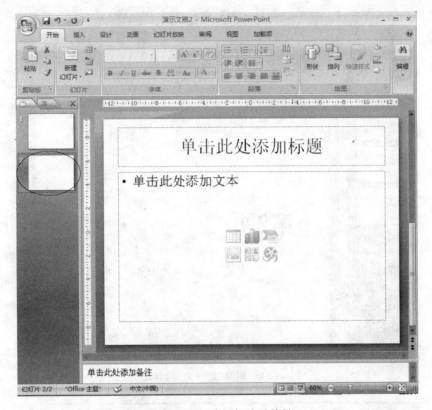

图 19-12　新建幻灯片后效果

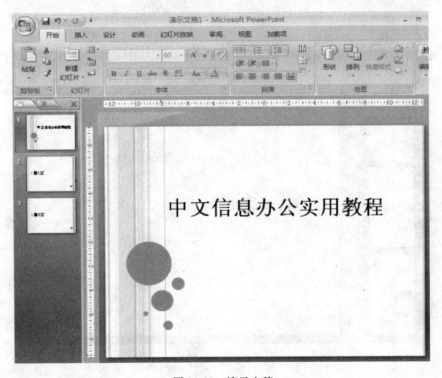

图 19-13　演示文稿

图 19-14　删除"第 2 页"幻灯片

图 19-15　选中不连续的幻灯片

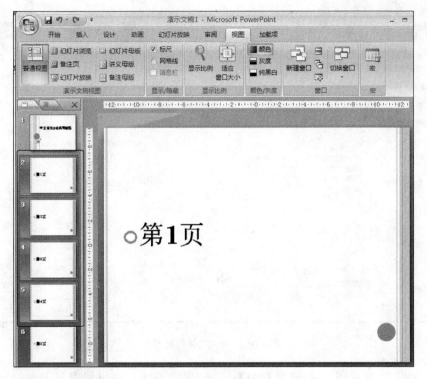

图 19-16 选中连续的幻灯片

4. 保存演示文稿

演示文稿编辑完成后需要保存,保存的方法有三种:

① 单击"Office 按钮",选择【保存】,如图 19-17 所示。选择指定的路径,保存到"我的文档"目录下(第 1 次保存,询问路径,以后保存,会存到默认的路径下),输入文件名,单击【保存】,如图 19-18 所示。

图 19-17 "保存"演示文稿

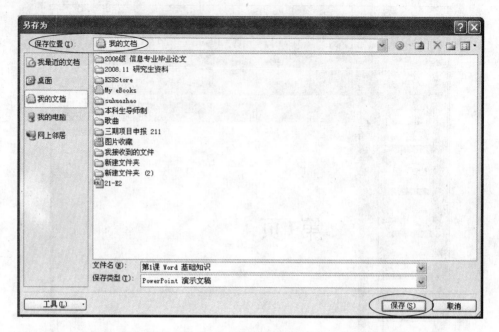

图 19-18 选择"保存位置"

② 单击"Office 按钮",选择【另存为】,如图 19-19 所示。也可保存到 E 盘目录下（任何时候选择"另存为"都会询问保存的路径），如图 19-20 所示。

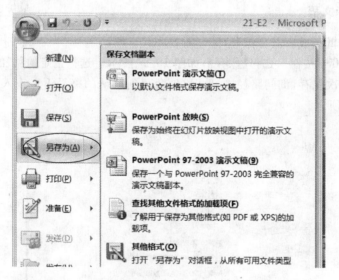

图 19-19 "另存为"演示文稿

③ 按 Ctrl＋S 键,保存到指定的路径下。

【提示】

PowerPoint 2007 的扩展名为 pptx。凡是以扩展名 pptx 出现的文档文件都是 PowerPoint 2007 文件。

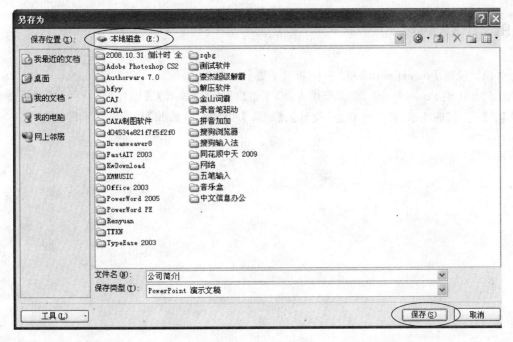

图 19-20　保存到 E 盘

19.6　关键词

bǎo cún
① 保　存

bǎo cún yǎn shì wén gǎo
② 保　存　演　示　文　稿

chā rù
③ 插　入

dòng huà
④ 动　画

huàn dēng piàn fàng yìng
⑤ 幻　灯　片　放　映

jiā zài xiàng
⑥ 加　载　项

kāi shǐ
⑦ 开　始

kōng bái wén dàng
⑧ 空　白　文　档

kōng bái yǎn shì wén gǎo
⑨ 空　白　演　示　文　稿

lìng cún wèi
⑩ 另　存　为

shān chú
⑪ 删　除

shān chú huàn dēng piàn
⑫ 删　除　幻　灯　片

shè jì
⑬ 设　计

shěn yuè
⑭ 审　阅

shì tú
⑮ 视　图

tiān jiā huàn dēng piàn
⑯ 添　加　幻　灯　片

xīn jiàn
⑰ 新　建

xīn jiàn huàn dēng piàn
⑱ 新　建　幻　灯　片

xīn jiàn kōng bái yǎn shì wén gǎo
⑲ 新　建　空　白　演　示　文　稿

zuì jìn shǐ yòng de wén dàng
⑳ 最　近　使　用　的　文　档

19.7 课后练习

(1) 说明 PowerPoint 2007 主要新增了哪些功能？

(2) 认识 PowerPoint 2007 操作界面，了解【开始】、【插入】、【设计】、【动画】、【幻灯片放映】和【视图】选项卡，特别要熟悉【设计】、【动画】和【幻灯片放映】功能选项卡的内容。

第 20 课 PowerPoint 2007基本操作

在这一课中将学到以下内容：
- 主题和版式的选择；
- 占位符和文本框的应用；
- 字体的编辑；
- 幻灯片背景的设置；
- 艺术字的插入和修改；
- 幻灯片的播放；
- 幻灯片主题样式的使用。

20.1 导读

    演示文稿最基本的操作是文本操作，通过本课的学习，可以学会通过主题样式和占位符添加文本信息，也可以通过文本框添加文本信息，并制作一个简单的演示文稿。

    占位符就是先占住一个固定的位置，然后再往里面添加内容。占位符的位置是固定的，它在幻灯片上表现为一个虚框，虚框内有"单击此处添加标题"或"单击此处添加文本"等提示语，一旦鼠标点击后提示语会自动消失。

    文本框是指一种可移动、可调大小的文字容器。使用文本框，可以在一页上放置数个文字块，或使文字按与文档中其他文字不同的方向排列。

20.2 知识要点

1.【开始】中的"幻灯片"组

【新建幻灯片】在演示文稿中添加幻灯片。有两种添加的方法，一种是添加空白的幻灯片，一种是添加带有版式的幻灯片。

【版式】更改所选幻灯片的布局。

【重设】将幻灯片占位符的位置、大小和格式重新设置为其默认设置。

【删除】从演示文稿中移去此幻灯片。

2.【设计】中的"背景"组

【背景样式】修改幻灯片的背景颜色，填充图片，以及填充图片的透明度。

3.【设计】中的"主题"组

此选项组包含一些可供选择的主题样式。主题样式是幻灯片的布局。

4.【插入】中的"文本"组

【文本框】在幻灯片上绘制文本框，用于输入文本。分为【横排文本框】和【垂直文本框】，分别输入横排的文本和竖排的文本。

【艺术字】在文档中插入装饰文字。

5.【幻灯片放映】中的"开始放映幻灯片"组

【从头开始】从演示文稿的第一个幻灯片开始放映。

【从当前幻灯片开始】用鼠标选中某个幻灯片，放映时从该幻灯片开始放映。

20.3　实战演练 20-1——公司介绍

设计并制作一个航空公司的公司简介（参见"第 20 课\20-原文件\20-S1"）。

1. 文本占位符的使用

（1）显示"占位符"。双击"PowerPoint2007 图标"，如图 20-1 所示。

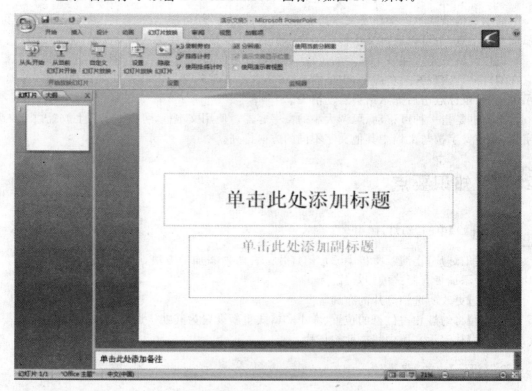

图 20-1　PowerPoint 2007 启动界面

（2）确定主题。单击菜单栏【设计】"主题"组中右下角的按钮，如图 20-2 所示。单击
"所有主题"窗口中的【流畅】，如图 20-3 所示。

图 20-2　选择"主题"

图 20-3　选择"流畅"

（3）输入标题。在编辑区单击【单击此处添加标题】（为占位符），输入文本"公司介绍"，单击【单击此处添加副标题】（为占位符），输入文本"平安航空公司"，如图 20-4 所示。

图 20-4　输入标题

（4）新建一个幻灯片。单击【开始】"幻灯片"组中【新建幻灯片】，如图 20-5 所示，选择【标题和内容】，如图 20-6 所示。

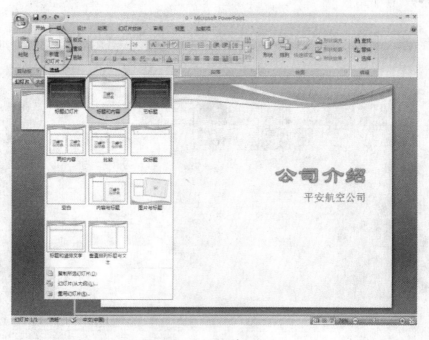

图 20-5　选择"新建幻灯片"

图 20-6　插入幻灯片效果

　　（5）输入文本。在编辑区单击【单击此处添加标题】，输入文本"目录"。单击【单击此处添加文本】，分别输入"企业简介"、"企业文化"和"企业的业务范围"，如图 20-7 所示。

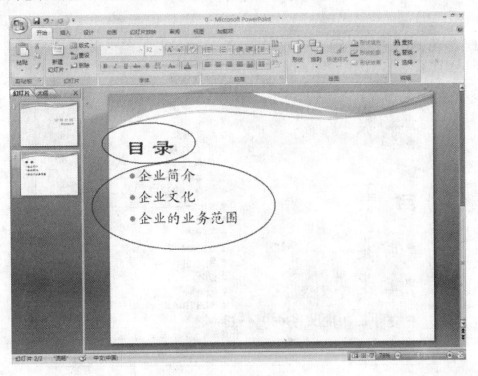

图 20-7　输入文本

（6）修改字体和字号。用鼠标选中"目录"下的文本内容，单击鼠标右键，弹出一个字体修改栏，如图 20-8 所示。选择字体，单击【楷体】，如图 20-9 所示。选择字号，单击 40 项，如图 20-10 所示。修改后的效果，如图 20-11 所示。

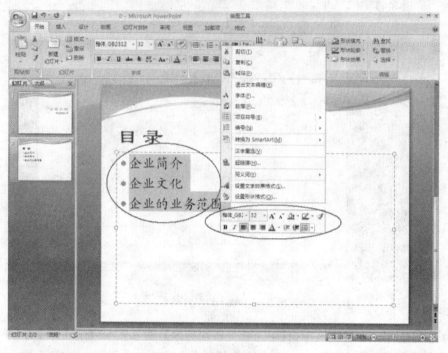

图 20-8　选择文字编辑菜单

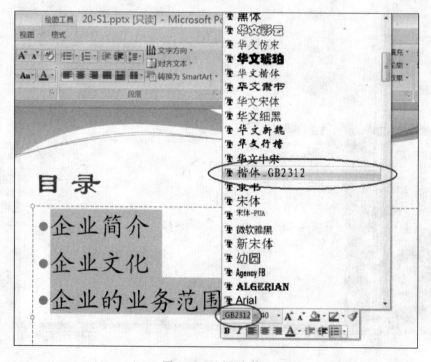

图 20-9　选择"字体"

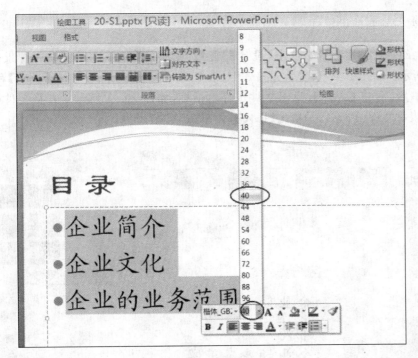

图 20-10　选择"字号"

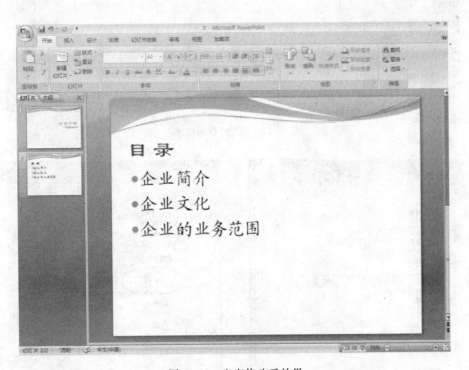

图 20-11　文字修改后效果

【提示】

用【开始】中的"字体"组中的【字体】和【字号】进行设置也具有相同的效果。

2．幻灯片背景的设置

（1）为幻灯片添加背景。单击【设计】"背景"组中的【背景样式】【设置背景格式】，如图 20-12 所示。弹出一个"设置背景格式"对话框，如图 20-13 所示。选择【填充】和【图片或纹理填充】，然后单击【文件】，弹出文件选择对话框，如图 20-14 所示。选择文件（参见"第 20 课\20-素材文件\20-M1"），单击【插入】，如图 20-15 所示。

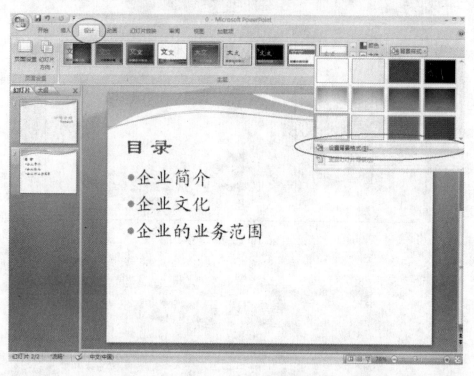

图 20-12　选择"背景样式"

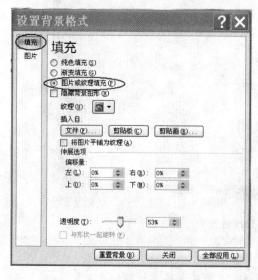

图 20-13　"设置背景格式"窗口

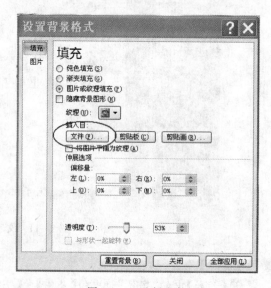

图 20-14　选择文件

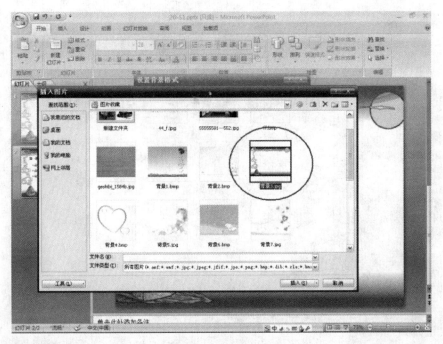

图 20-15　插入文件

　　（2）设置背景格式。在"设置背景格式"的对话框中，"透明度"调至 20％，单击【全部应用】，如图 20-16 所示。单击【关闭】，修改后的效果如图 20-17 所示。"透明度"可以调节背景图片的明暗程度。"透明度"调至 60％，效果如图 20-18 所示。

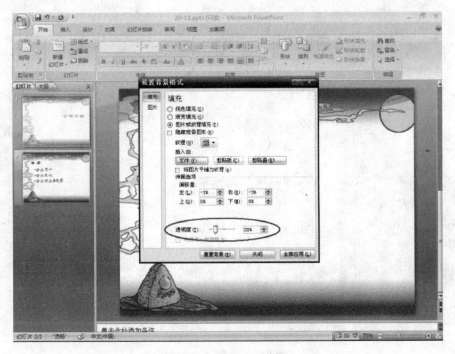

图 20-16　设置"背景格式"

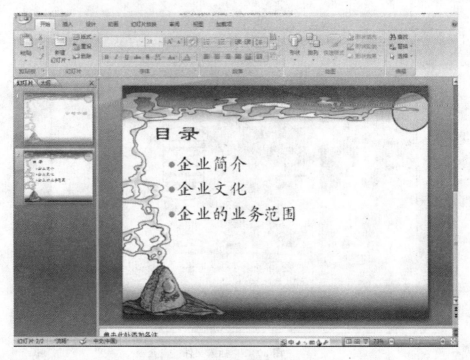

图 20-17　设置"背景格式"效果

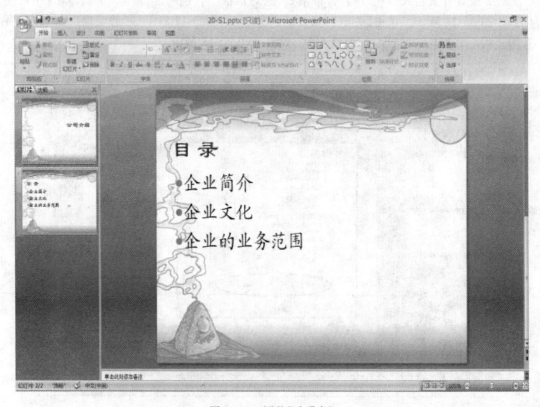

图 20-18　调整"透明度"

3．文本框的应用

（1）新建一个幻灯片。选择【仅标题】，在"单击此处添加标题"处，输入文本"企业简介"，如图 20-19 所示。

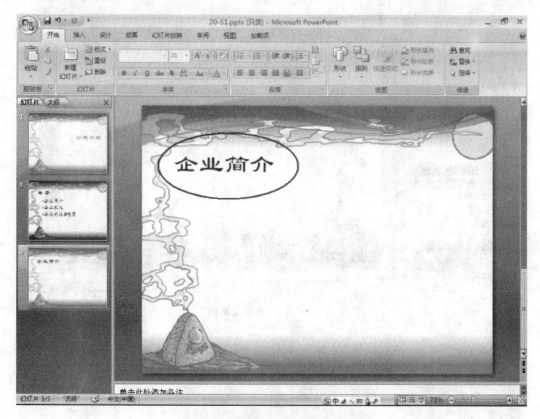

图 20-19 "新建幻灯片"并输入标题

（2）插入正文内容。单击【插入】"文本"组中的【文本框】【横排文本框】，如图 20-20 所示。在幻灯片上按左键拖曳出一个文本框，如图 20-21 所示。在文本框中输入文本内容，并设置字体为【楷体】，字号为 28，如图 20-22 所示。

【提示】

① 单击【插入】"幻灯片"组的【新建幻灯片】，选择【标题和内容】，可直接输入标题和文本内容。

② 文本框应用中不仅可使用"文本框"添加文字内容，也可使用【设计】，选择"主题"组的不同主题形式，达到同样的效果。

4．幻灯片主题的使用

（1）确定主题。单击【开始】"幻灯片"组中的【新建幻灯片】，如图 20-23 所示。罗列出许多标题样式供选择。选择【标题和内容】，它有两个虚线框，分别表示标题位置和内容位置，如图 20-24 所示。

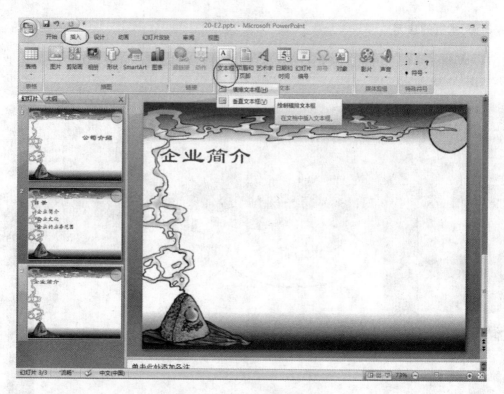

图 20-20　插入"横排文本框"

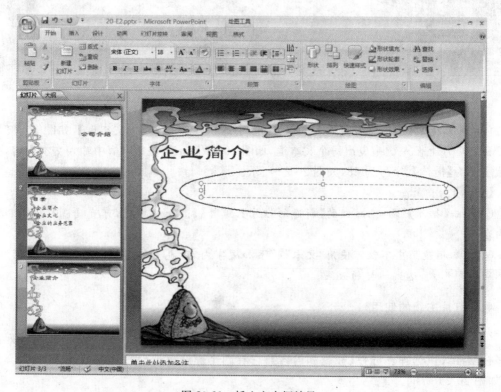

图 20-21　插入文本框效果

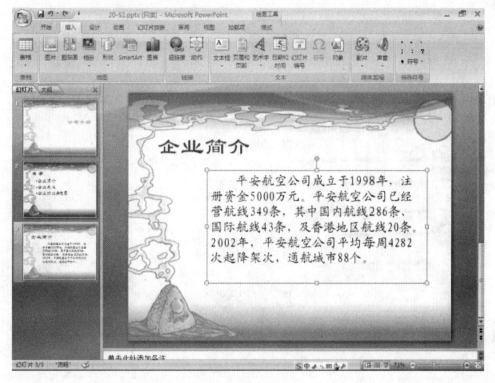

图 20-22 文本框中输入文本

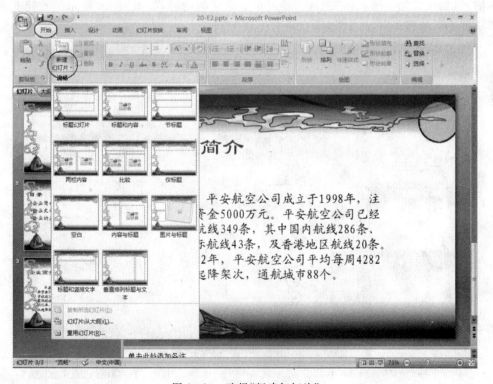

图 20-23 选择"新建幻灯片"

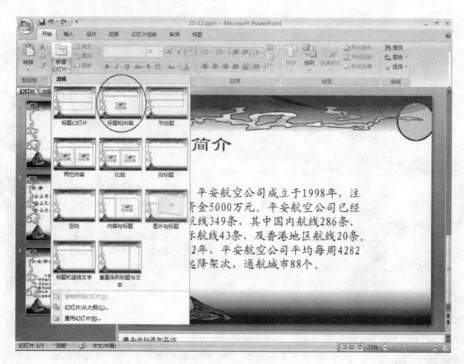

图 20-24 选择"幻灯片版式"

（2）输入标题和文本。插入幻灯片后的效果，如图 20-25 所示。单击【单击此处添加标题】，输入"企业文化"，插入相关形状，输入企业文化的内容，如图 20-26 所示。按照此方法可以添加不同的相关内容，如"企业的业务范围"等。

图 20-25 输入标题

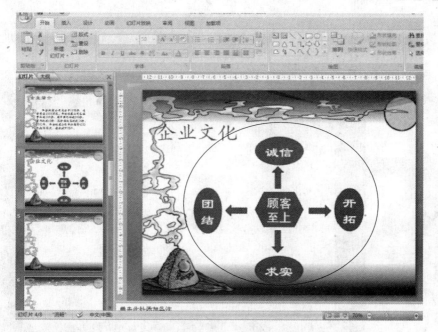

图 20-26　插入"形状"图形

5. 艺术字的使用

（1）新建幻灯片。在图 20-23 中，主题选择"空白"。单击【插入】"文本"组中【艺术字】【填充－强调文字颜色 6】，如图 20-27 所示。插入效果如图 20-28 所示。单击【请在此键入您自己的内容】，输入文本"谢谢！"，如图 20-29 所示。设置文本的字体为【宋体】，字号为 88，如图 20-30 所示（参见"第 20 课\20-实例文件\20-E2"）。

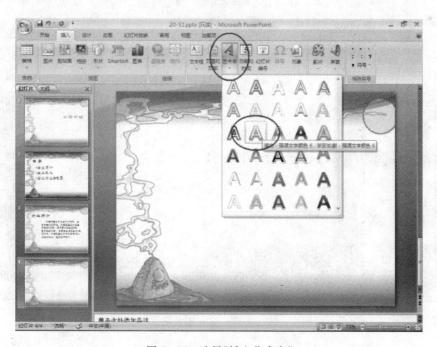

图 20-27　选择"插入艺术字"

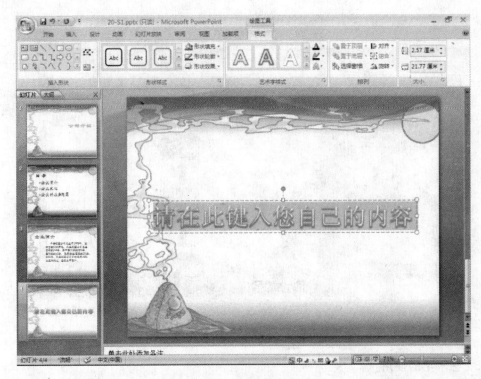

图 20-28　"插入艺术字"效果

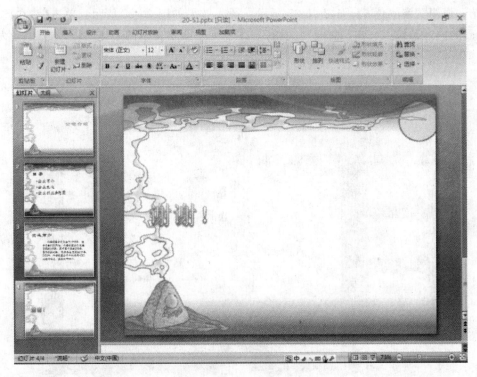

图 20-29　输入艺术字

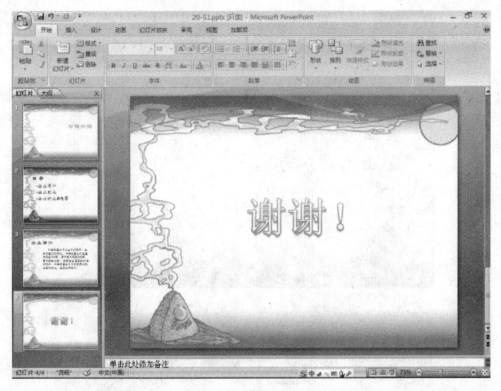

图 20-30 编辑艺术字

（2）查看放映效果。单击【幻灯片放映】"开始放映幻灯片"组中【从头开始】，幻灯片从第一页开始放映，依次播放如图 20-31～图 20-36 所示。

图 20-31 "幻灯片放映"第1页

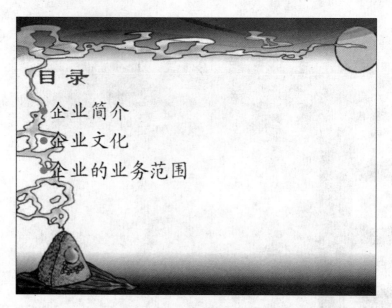

图 20-32　"幻灯片放映"第 2 页

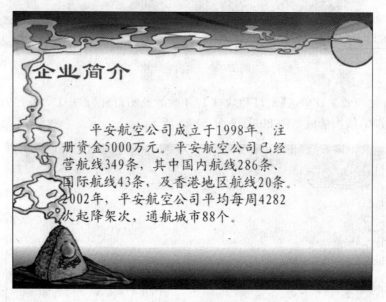

图 20-33　"幻灯片放映"第 3 页

【提示】

①"保存"操作可使用 Ctrl＋S 键,在演示文稿制作过程中要注意经常保存,以免资料丢失。

②"复制"操作可使用 Ctrl＋C 键,"剪切"操作可使用 Ctrl＋X 键,"粘贴"操作可使用 Ctrl＋V 键。

③ 幻灯片播放,"从头开始"操作可使用 F5 键,"从当前幻灯片开始"操作可使用 Shift＋F5 键。

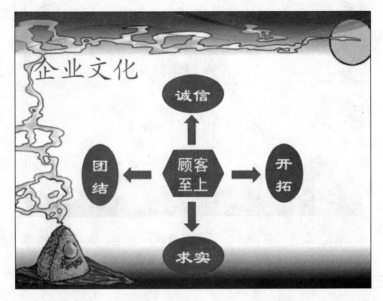

图 20-34 "幻灯片放映"第 4 页

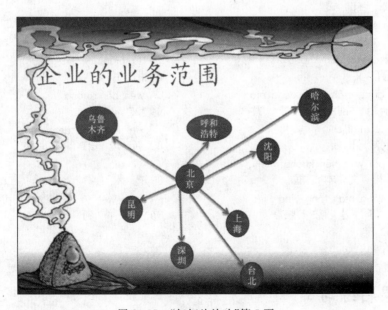

图 20-35 "幻灯片放映"第 5 页

图 20-36　"幻灯片放映"第 6 页

20.4　关键词

bǎn shì ① 版 式	kāi shǐ fàng yìng huàn dēng piàn ⑩ 开 始 放 映 幻 灯 片
bèi jǐng yàng shì ② 背 景 样 式	shān chú ⑪ 删 除
chóng shè ③ 重 设	shè jì ⑫ 设 计
chuí zhí wén běn kuàng ④ 垂 直 文 本 框	tú piàn ⑬ 图 片
cóng dāng qián huàn dēng piàn ⑤ 从 当 前 幻 灯 片	wén běn kuàng ⑭ 文 本 框
cóng tóu kāi shǐ ⑥ 从 头 开 始	xīn jiàn huàn dēng piàn ⑮ 新 建 幻 灯 片
héng pái wén běn kuāng ⑦ 横 排 文 本 框	yì shù zì ⑯ 艺 术 字
huàn dēng piàn fàng yìng ⑧ 幻 灯 片 放 映	zhàn wèi fú ⑰ 占 位 符
kāi shǐ ⑨ 开 始	zhǔ tí ⑱ 主 题

20.5　课后练习

（1）设计并制作一个"自我介绍"的演示文稿（参见"第 20 课\20-实例文件\20-E1"）。
演示文稿的内容包括：

背景——为幻灯片添加背景（参见"第 20 课\20-素材文件"）。

副标题——你的中文名字。

个人信息——插入文本框。

个人特点——插入图形。

个人座右铭——插入艺术字。

（2）将给出的幻灯片（参见"第20课\20-原文件\20-S2"）标题字体改为"幼圆"，字号改为60，副标题字体改为"隶书"，字号改为35，并添加相关的内容。

（3）设计并制作一个企业介绍（参见"第20课\20-实例文件\20-E2"）。

第21课 PowerPoint 2007元素的应用

在这一课中将学到以下内容：

- 插入表格或图表；
- 插入 SmartArt 图形；
- 插入来自文件的图片；
- 插入剪贴画等。

21.1 导读

如果要使制作的演示文稿更加清楚和美观，可以插入不同的元素，演示文稿中的 6 个小图标分别代表了幻灯片使用的 6 种元素，单击小图标就可以在幻灯片中插入相对应的元素。小图标分两行，上面一行，从左至右分别是"插入表格"、"插入图表"和"插入 SmartArt 图形"；下面一行，从左至右分别是"插入来自文件的图片"、"插入剪贴画"和"插入媒体剪辑"。本课主要介绍插入这些元素的基本方法。

21.2 知识要点

1.【插入】中的"插图"组

【图片】插入来自文件的图片，图片是以文件形式存在的，PowerPoint 2007 提供了对所有图片格式的支持。

【剪贴画】插入系统提供的一些图片和图形。

【SmartArt】SmartArt 的含义为智能化图形，是用户信息的直观表达方式，可以被用来制作图形列表或流程图等。

【图表】是以图表的方式对数据进行分析，可以形象地描述出数据的变化趋势等。

2.【插入】中的"表格"组

【表格】在文档中插入表格、绘制表格和嵌入 Excel 电子表格。

3."图片工具"【格式】中的"图片样式"组

选择图片时，会看到图片的总体外观有一定的变化。

4．"表格工具"【设计】中的"表格样式"组

此项可以修改表格的外观样式，单击【向下箭头】可以看到很多的表格样式供选择。

5．"图表工具"中的【设计】

"类型"组中的【更改图表类型】可以改变为其他类型的图标，选择此项可以看到很多图表的类型可供选择。

"数据"组中的【编辑数据】可以修改图表中的数据。

6．"图表工具"【布局】中的"标签"组

【图表标题】添加、删除和设置图表标题，图表标题表明图表所表示的主要内容。

【图例】添加、删除和设置图表比例，图例是用来描述图表中所表示的内容。

【数据标签】添加、删除和设置数据标签的位置，数据标签是用来描述图表中数据点的数值。

21.3　实战演练 21-1——插入来自文件的图片

制作"华方汽车销售情况介绍"的演示文稿（参见"第 21 课\21-实例文件\21-E1"）。

（1）制作首页。在"单击此处添加标题"输入"华方汽车销售情况介绍"，选择【宋体】、48 号、【粗体】，如图 21-1 所示。

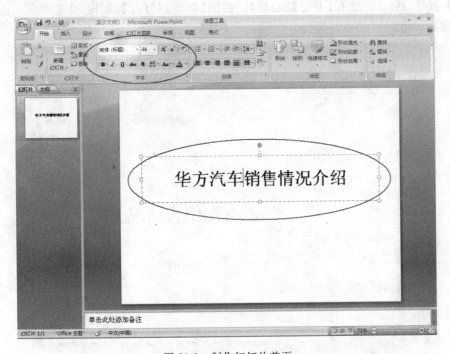

图 21-1　制作幻灯片首页

（2）添加背景。选择【设计】"背景"组中的【背景样式】【设置背景格式】，在"设置背景格式"对话框中选择【填充】【图片或纹理填充】，单击【文件】选择要添加的背景文件（参见"第21课\21-素材文件\21-M1"），【插入】【全部应用】【关闭】，如图21-2所示。

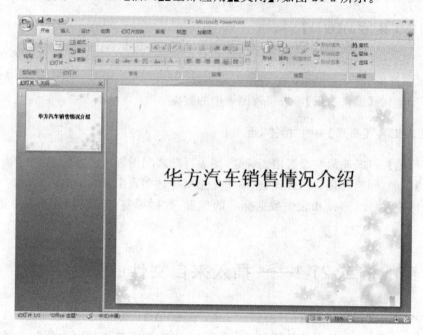

图 21-2　添加背景

（3）新建幻灯片。选择【开始】"幻灯片"组的【新建幻灯片】，如图21-3所示。选择【标题和内容】，如图21-4所示。

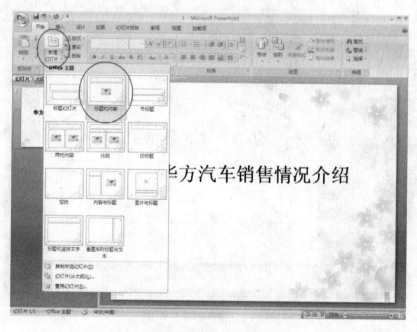

图 21-3　选择"新建幻灯片"

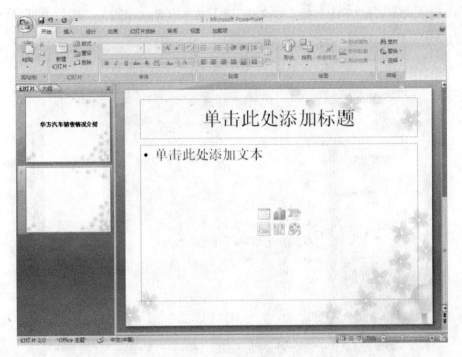

图 21-4　选择"标题和内容"

（4）添加标题。在"单击此处添加标题"输入"目录"，在"目录"两个字中间插入两个"空格"，"字体"为【宋体】、【加粗】，如图 21-5 所示。

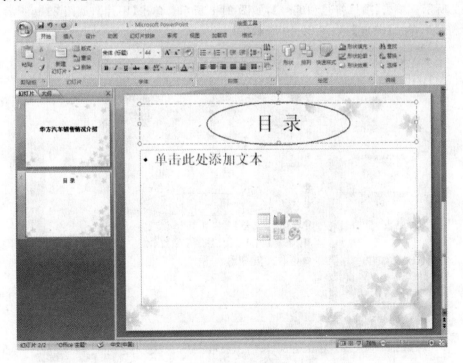

图 21-5　添加标题

（5）输入文本。在"单击此处添加文本"输入文本内容，如图 21-6 所示（参见"第 21 课\
21-实例文件\21-E1"）。

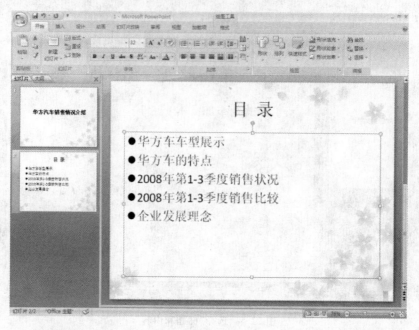

图 21-6　输入文本

（6）添加项目符号。选中文本内容，单击【开始】，选中"段落"组中的【项目符号】，如
图 21-7 所示。单击【项目符号和编号】，如图 21-8 所示。单击【图片】，如图 21-9 所示。选择
"图片符号"，单击【确定】，如图 21-10 所示。

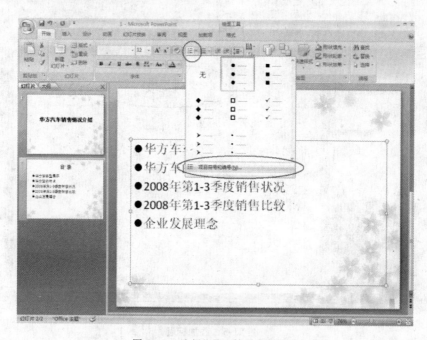

图 21-7　选择"项目符号和编号"

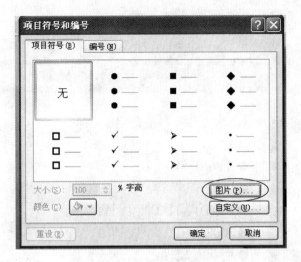

图 21-8　单击"图片"

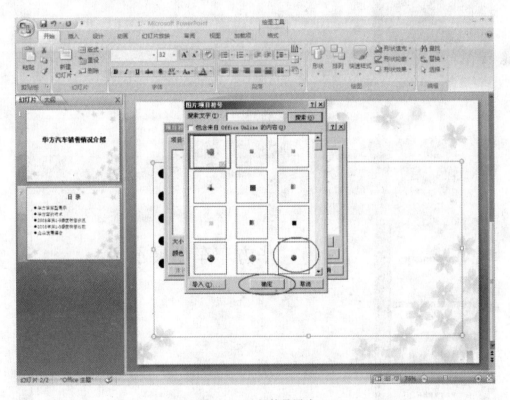

图 21-9　选择符号图片

（7）新建幻灯片。选择【开始】"幻灯片"组的【新建幻灯片】，见图 21-3。单击【标题和内容】，见图 21-4。

（8）输入标题。在"单击此处添加标题"输入"华方车车型展示"，"字体"为【加粗】，如图 21-11 所示。

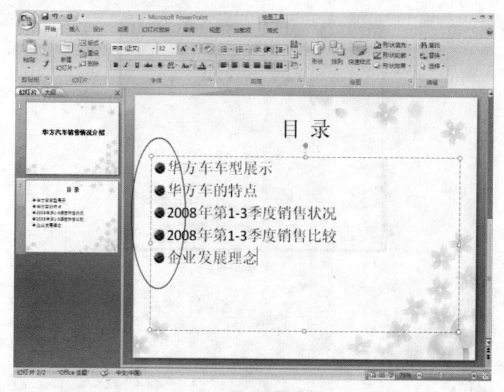

图 21-10　插入符号图片效果

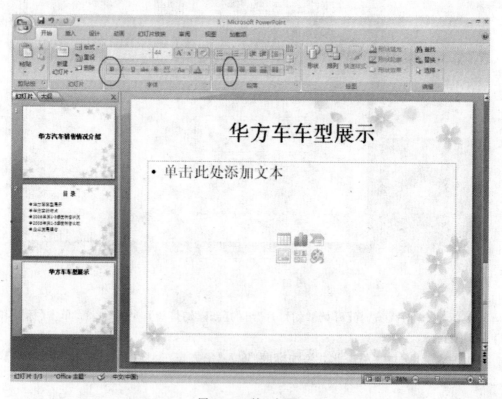

图 21-11　输入标题

（9）插入图片。单击"插入来自文件的图片"的图标，如图 21-12 所示。选择被插入的图片文件。选择图片（参见"第 21 课\21-素材文件\21-M2"），单击【插入】，如图 21-13 所示。插入后的效果如图 21-14 所示。

图 21-12　选择"插入来自文件的图片"

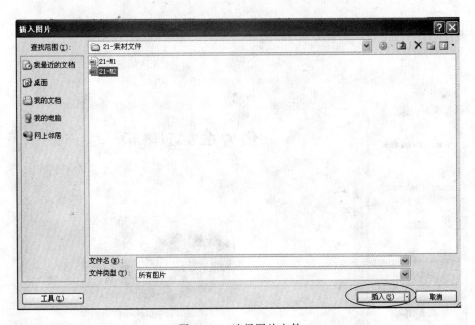

图 21-13　选择图片文件

（10）调整图片大小。用"鼠标"拖动图片的边框改变它的大小，如图 21-15 所示。

（11）调整图片的位置。因为还要添加其他图片，图片的位置需要调整一下，用"鼠标"单击图片的中央，整体拖动图片，放置在合适的位置，如图 21-16 所示。

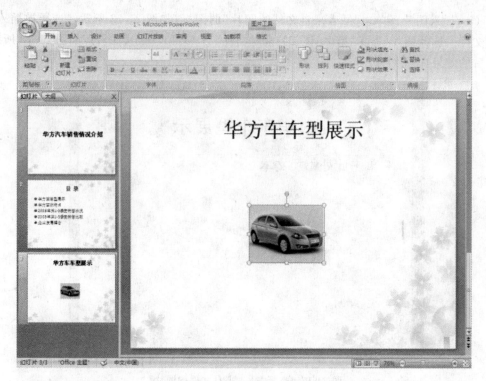

图 21-14　插入图片文件的效果

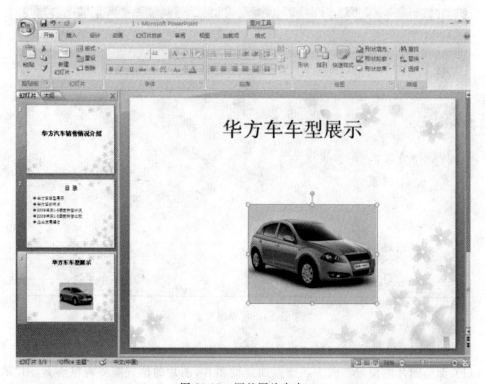

图 21-15　调整图片大小

图 21-16 调整图片位置

(12) 调整图片摆放的角度。用"鼠标"单击图片上方伸出的绿色圆圈,向不同方向拖动,以此改变图片的摆放角度,调整后的效果如图 21-17 所示。

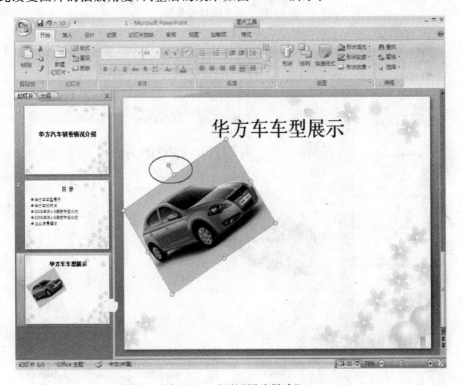

图 21-17 调整"图片样式"

(13) 添加样式。单击【图片工具】【格式】"图片样式"组中【柔化边缘椭圆】,如图 21-18 所示。添加后的效果如图 21-19 所示。

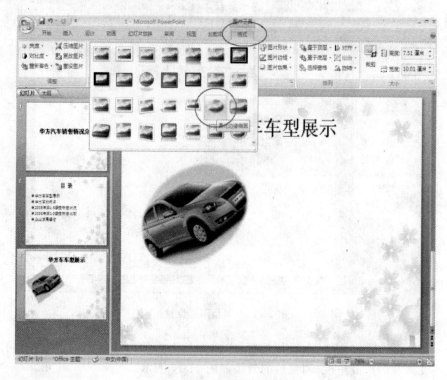

图 21-18　调整图片的角度

图 21-19　调整图片后效果

（14）用同样的方法添加其他 4 个图片（参见"第 21 课＼21-素材文件＼21-M2 到 21-M6"），并修改它们的样式，效果如图 21-20 所示。

图 21-20　添加其他图片

【提示】

① 新建幻灯片也可以一次建立多张幻灯片，然后依次在幻灯片上添加标题和内容。

② 插入"来自文件的图片"的方法，可以通过菜单栏实现。单击菜单栏【插入】"插图"组中的【图片】项，选择合适的图片文件，单击【插入】即可。

21.4　实战演练 21-2——插入剪贴画

（1）新建幻灯片。选择【开始】"幻灯片"组的【新建幻灯片】，见图 21-3。单击【标题和内容】，见图 21-4。

（2）输入标题。在"单击此处添加标题"输入"华方车的特点"，如图 21-21 所示。

（3）插入剪贴画。单击"插入剪贴画"图标，如图 21-22 所示。单击【管理剪辑】，如图 21-23 所示。单击【Office 收藏集】，如图 21-24 所示。

（4）选择剪贴画。单击【符号】，选中"剪贴画"，如图 21-25 所示。右键单击选择【复制】【关闭】，如图 21-26 所示。

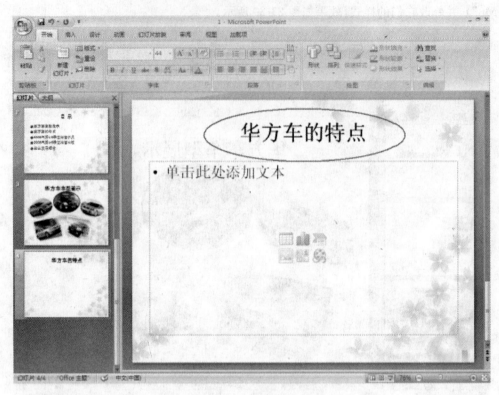

图 21-21　选择"新建幻灯片"

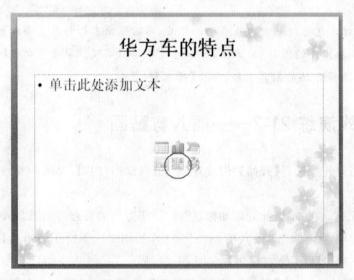

图 21-22　选择"插入剪贴画"

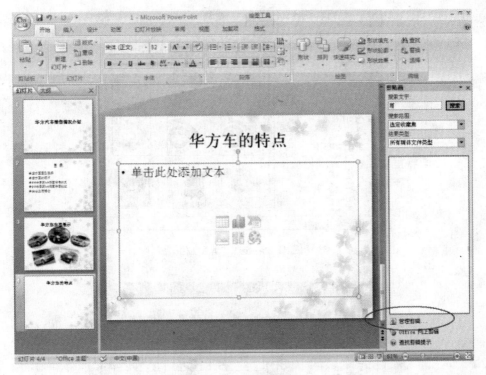

图 21-23　单击"管理剪辑"

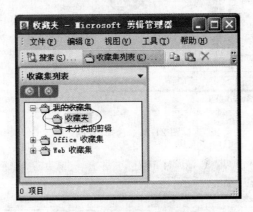

图 21-24　选择"Office 收藏集"

　　(5) 粘贴剪贴画。在"Microsoft 剪辑管理器"对话窗口单击【是】按钮，如图 21-27 所示。在幻灯片上，右击，选择【粘贴】命令，如图 21-28 所示。插入后的效果如图 21-29 所示。

　　(6) 调整剪贴画的大小和位置。单击"剪贴画"，拖动剪贴画到合适的位置，用鼠标或菜单栏，可改变剪贴画的大小，如图 21-30 所示。

　　(7) 插入文本框。在幻灯片合适的位置插入一个文本框，输入文本为"省钱"，如图 21-31 所示。

　　(8) 完成剪贴画的插入。用同样的方法，插入其他两个剪贴画，并调整到合适的位置和大小，如图 21-32 所示。

图 21-25 选中"剪贴画"

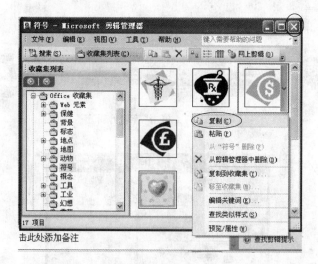

图 21-26 选择"复制"

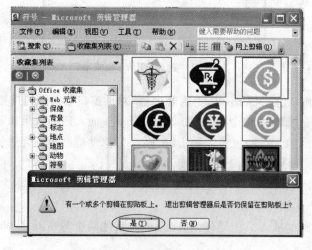

图 21-27 关闭"剪辑管理器"

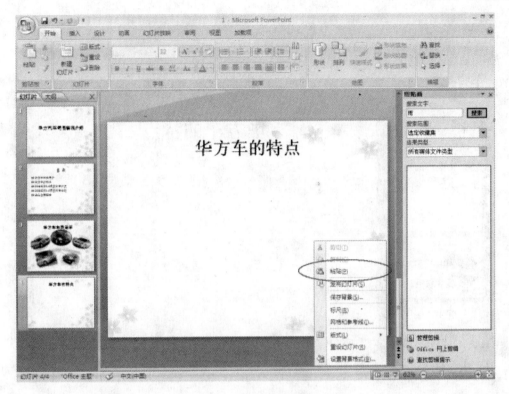

图 21-28 选择"粘贴"

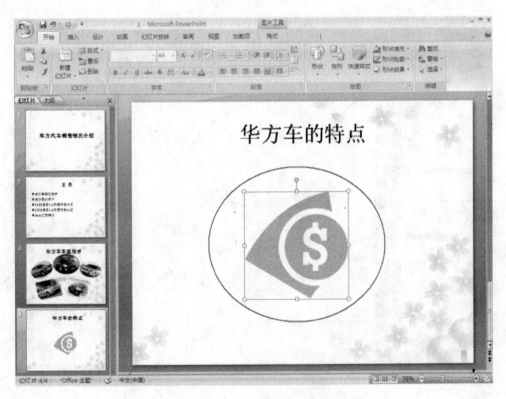

图 21-29 插入剪贴画效果图

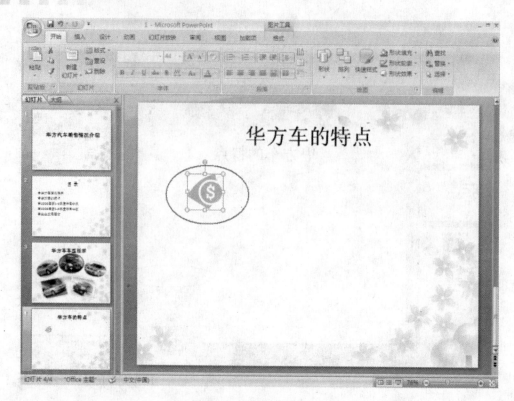

图 21-30　调整剪贴画大小

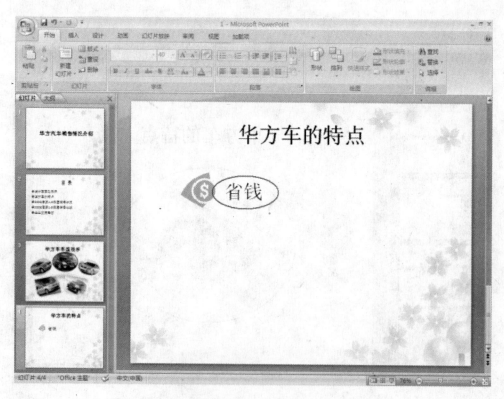

图 21-31　插入文本框

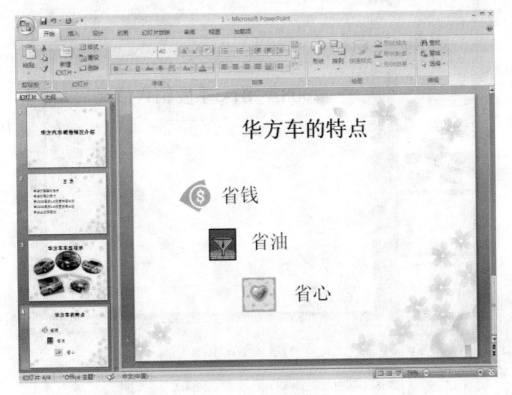

图 21-32　插入其他剪贴画

【提示】

　　插入剪贴画的方法，可以通过菜单栏实现。单击菜单栏【插入】"插图"组中的【剪贴画】项，选择合适的剪贴画即可完成操作。

21.5　实战演练 21-3——插入表格

　　（1）新建幻灯片。选择【开始】"幻灯片"组的【新建幻灯片】，见图 21-3。单击【标题和内容】，见图 21-4。

　　（2）输入标题。在"单击此处添加标题"输入"2008 年第 1-3 季度销售情况"，"字体"为【加粗】，如图 21-33 所示。

　　（3）插入表格。单击"插入表格"图标，如图 21-34 所示。在"插入表格"对话框中，"列数"为 4，"行数"为 6，如图 21-35 所示。单击【确定】，如图 21-36 所示。

　　（4）调整表格的大小。用鼠标拖动表格的边框，改变表格的大小。调整后的效果，如图 21-37 所示。

　　（5）在表格中输入内容。单击表格的空白处，按照表 21-1"华方汽车 2008 年第 1-3 季度销售表"的内容，输入相应内容如图 21-38 所示。

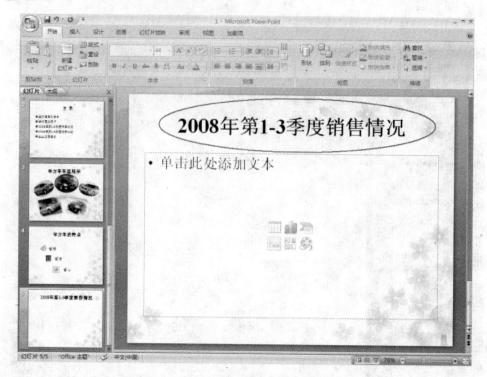

图 21-33　选择"新建幻灯片"

图 21-34　选择"插入表格"

图 21-35　"插入表格"窗口

图 21-36　插入表格后效果

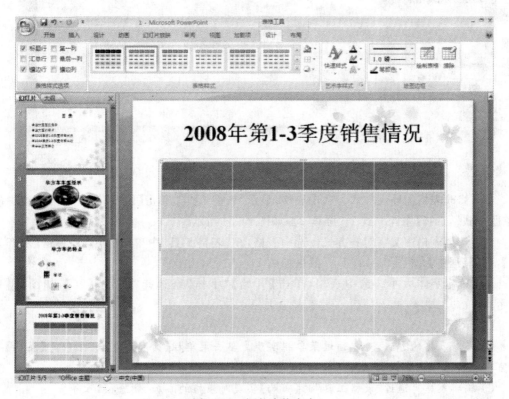

图 21-37　调整表格大小

表 21-1　华方汽车 2008 年第 1—3 季度销售表

车　型	第 1 季度	第 2 季度	第 3 季度
华方远航 1.0	10 000	8000	7000
华方远航 2.0	4000	3000	2000
华方辉翔 2.0	7000	6000	5000
华方辉翔 3.0	0	0	7000
华方 MINI	1000	500	200

图 21-38　在表格中输入内容

（6）修改表格的外观样式。选中表格，显示"表格工具"，单击【设计】"表格样式"组中的"主题样式"，选择【主题样式 1 - 强调 3】，如图 21-39 所示。

（7）选择表格中文字对齐方式。选中表格，在"表格工具"中单击【布局】，单击【对齐方式】，选择【居中】，如图 21-40 所示，效果如图 21-41 所示。

（8）确定字体大小。选中表格，单击【开始】"字体"组选择"字号"【24】，如图 21-42 所示。

【提示】

① 插入表格的方法，可以通过菜单栏实现。单击菜单栏【插入】"表格"组中的【表格】项即可实现插入不同形式的表格。

② 编辑表格可通过"表格工具"的【布局】实现对表格的添加、删除、插入等。

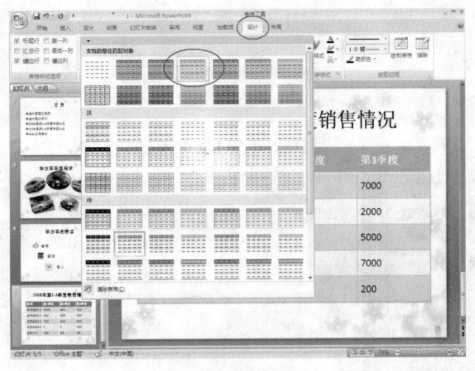

图 21-39　修改表格外观"样式"

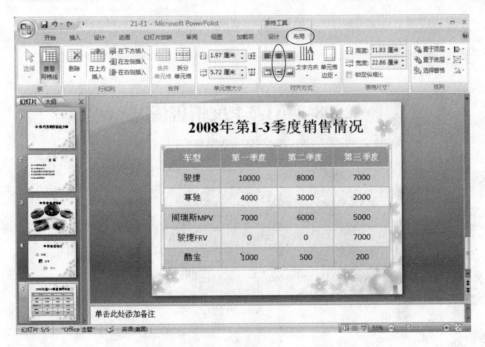

图 21-40　设置表格中文字对齐方式

图 21-41   文字对齐效果

图 21-42   确定字体"字号"

21.6 实战演练 21-4——插入图表

（1）新建幻灯片。选择【开始】"幻灯片"组的【新建幻灯片】，见图 21-3。单击【标题和内容】，见图 21-4。

（2）输入标题。在"单击此处添加标题"输入"2008 年第 1-3 季度销售比较"，"字体"为【加粗】，如图 21-43 所示。

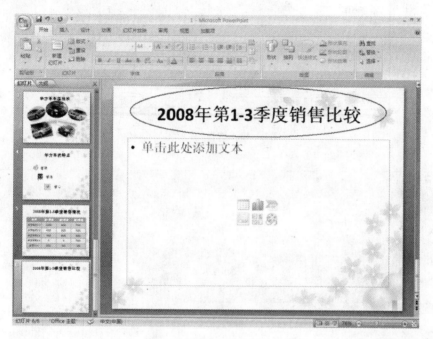

图 21-43 选择"新建幻灯片"

（3）插入图表。单击"插入图表"图标，如图 21-44 所示。在"插入图表"对话框中选择【柱形图】【堆积柱形图】，如图 21-45 所示。单击【确定】，如图 21-46 所示。

图 21-44 选择"插入图标"

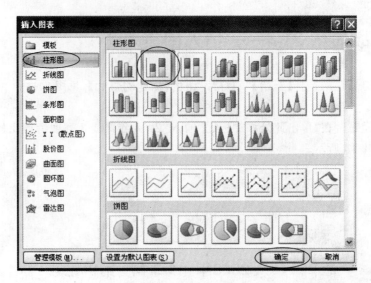

图 21-45　选择"柱形图"

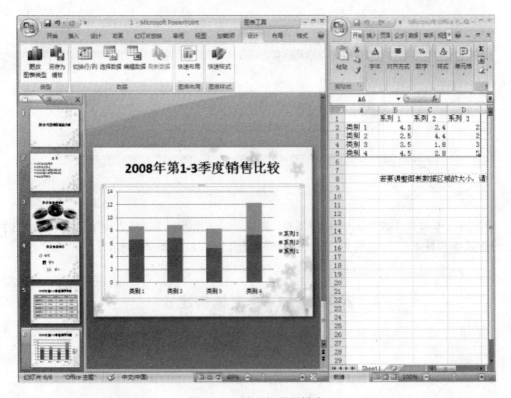

图 21-46　显示柱形图样式

（4）输入数据。在图 21-46 右侧的 Excel 单元格中，按表 21-2"华方汽车 2008 年第 1-3 季度销售比较"，输入相关内容如图 21-47 所示。关闭 Excel，如图 21-48 所示。

（5）复制幻灯片。将图 21-46 幻灯片复制一张，用于修改图表类型。

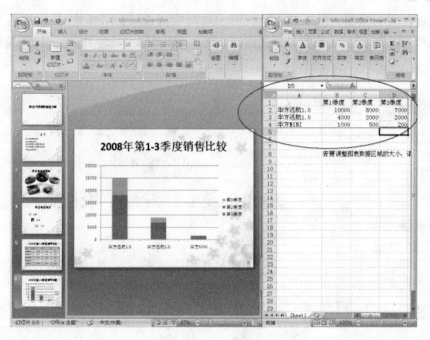

图 21-47 在表格中添加数据

表 21-2 华方汽车 2008 年第 1-3 季度销售比较

车 型	第 1 季度	第 2 季度	第 3 季度
华方远航 1.0	10 000	8000	7000
华方远航 2.0	4000	3000	2000
华方 MINI	1000	500	200

图 21-48 柱形图效果图

（6）修改为折线图。选中图表，在"图表工具"的【设计】中，单击"更改图表类型"，如图 21-49 所示。选中【折线图】【带数据标记的折线图】，如图 21-50 所示。单击【确定】，效果如图 21-51 所示。

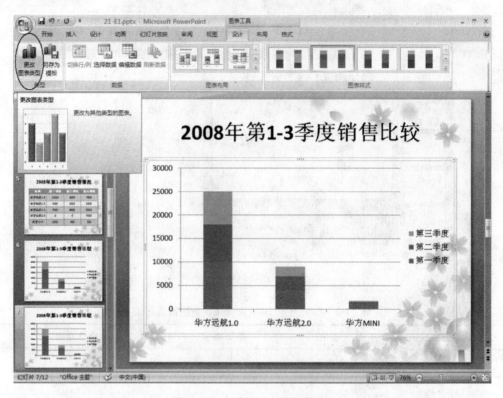

图 21-49　选择"更改图标类型"

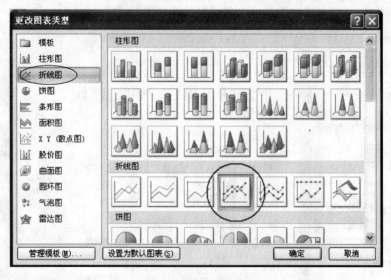

图 21-50　选中"折线图"

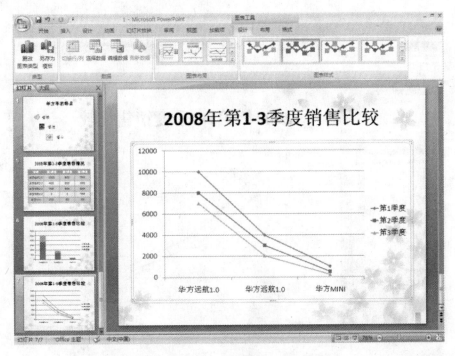

图 21-51　折线图效果图

　　（7）修改"折线图"。在"图表工具"【设计】的"图表样式"组中，单击【快速样式】，选择【样式 26】，如图 21-52 所示，效果如图 21-53 所示。

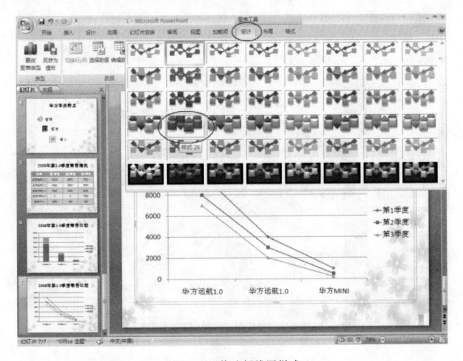

图 21-52　修改折线图样式

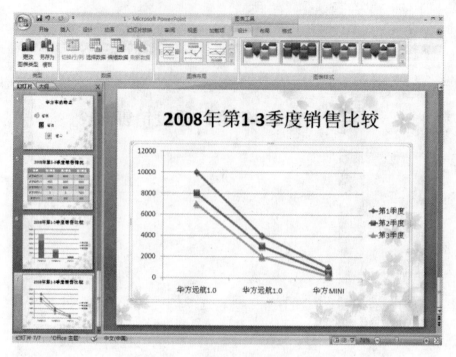

图 21-53　折线图效果图

（8）添加图表标题。选中图表，在"图表工具"【布局】的"标签"组，单击【图表标题】【图表上方】，如图 21-54 所示。在"图表标题"处可添加或删除图表标题，如图 21-55 所示。

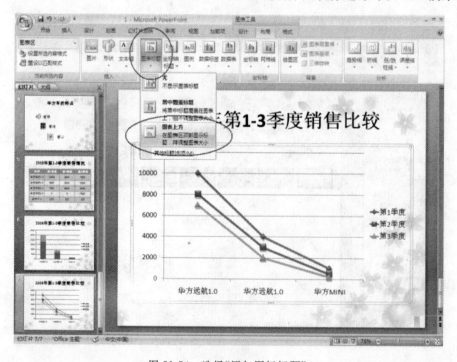

图 21-54　选择"添加图标标题"

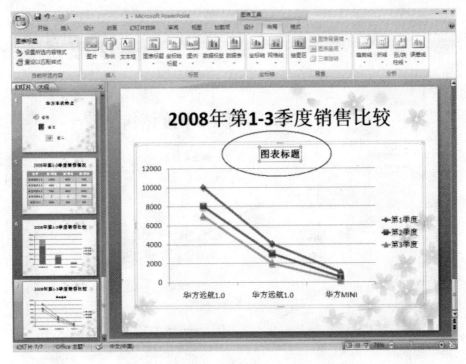

图 21-55 图标标题显示效果

（9）添加图例。在"图表工具"【设计】的【标签】组，单击【图例】，选择【在底部显示图例】，如图 21-56 所示，效果如图 21-57 所示。

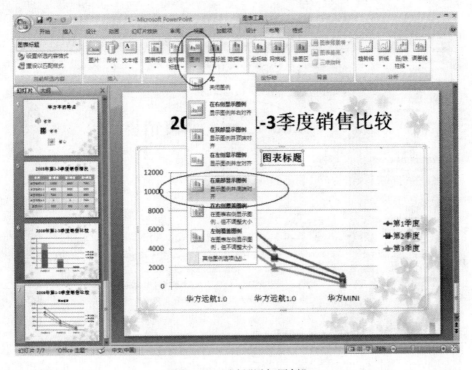

图 21-56 选择"添加图例"

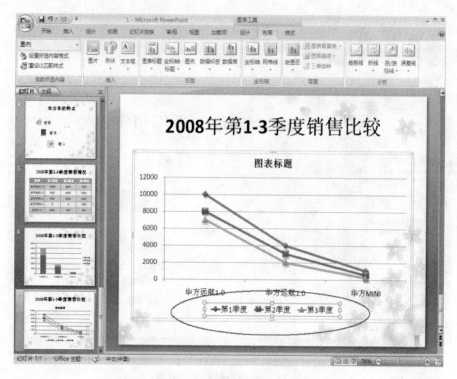

图 21-57　底部显示图例效果

（10）添加数据标签。在"图表工具"【设计】的【标签】组中单击【数据标签】【居中】，如图 21-58 所示。效果如图 21-59 所示。

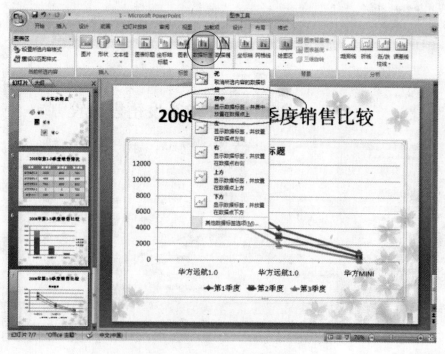

图 21-58　添加"数据标签"

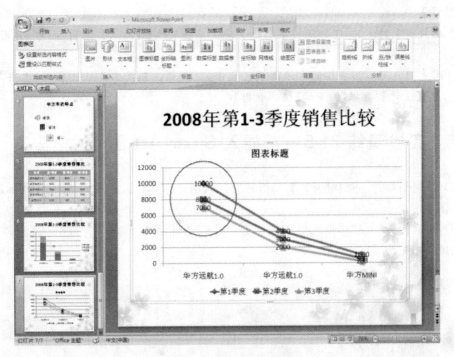

图 21-59　数据标签显示效果

　　(11) 改变图例的位置。参考步骤(9)可以改变图例的位置，在左侧显示图例，如图 21-60 所示。

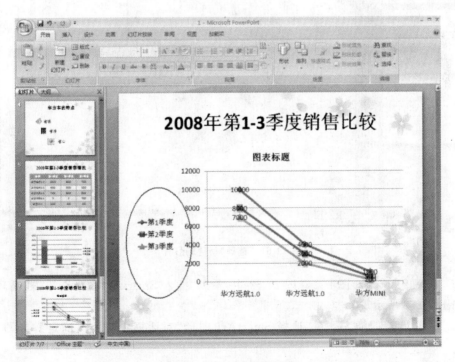

图 21-60　图例在左侧效果

【提示】

① 插入图表的方法,可以通过菜单栏实现。单击菜单栏【插入】"插图"组中的【图表】项实现。

② 图表同样可以用表格的方法来调整大小,位置等。如果需要修改数据,单击菜单栏【图表工具】【设计】"数据"组中的【编辑数据】即可。

21.7   实战演练 21-5——插入 SmartArt 图形

(1) 新建幻灯片。选择【开始】"幻灯片"组的【新建幻灯片】,见图 21-3。单击【标题和内容】,见图 21-4。

(2) 输入标题。在"单击此处添加标题"输入"企业发展理念","字体"为【宋体】、【加粗】,如图 21-61 所示。

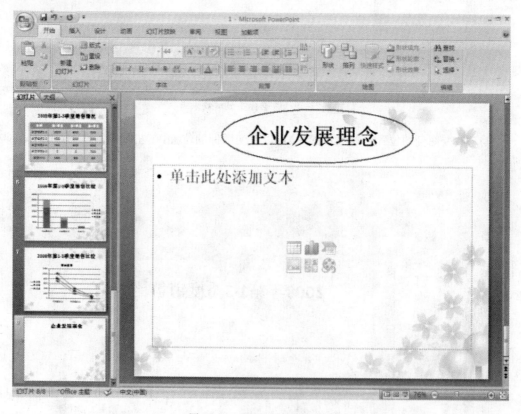

图 21-61   选择"新建幻灯片"

(3) 插入 SmartArt 图形。在图 21-62 中,单击"插入 SmartArt 图形",单击【循环】【齿轮】,如图 21-63 所示。

(4) 完成齿轮的插入。在"选择 SmartArt 图形"对话框中,单击【确定】,如图 21-64 所示。

(5) 输入文本。单击幻灯片中"文本",输入"做买得起的车",如图 21-65 所示。

图 21-62 选择"插入 SmartArt 图形"

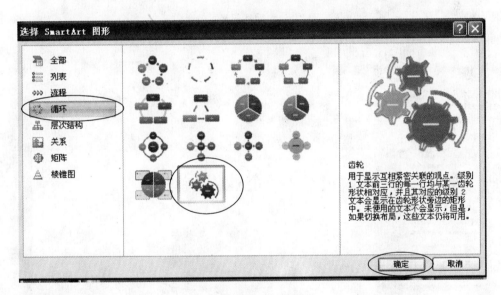

图 21-63 选择"循环"图

（6）完善 SmartArt 图形。按照步骤（5）的做法，分别输入其他两个齿轮的文本内容为"做用得起的车"、"做安全第一的车"，如图 21-66 所示。

【提示】

① 插入 SmartArt 图形的方法，可以通过菜单栏实现，单击菜单栏【插入】"插图"组中的 SmartArt 项即可。

② 插入 SmartArt 图形，可以显示不同的颜色，如图 21-66 中的"齿轮"图形可以改变不同颜色或显示不同的样式（参见"第 21 课\21-实例文件\21-E1"）。

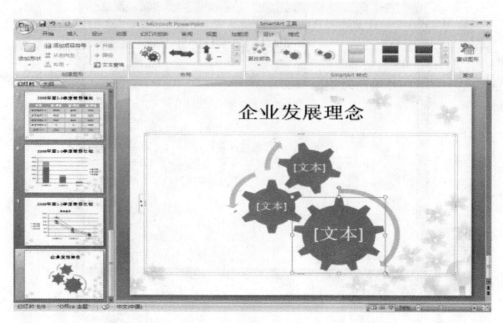

图 21-64　循环图显示效果

图 21-65　在图中添加文本

图 21-66 完善图形

21.8 关键词

biān jí shù jù
① 编 辑 数 据

biāo qiān
② 标 签

biǎo gé
③ 表 格

biǎo gé gōng jù
④ 表 格 工 具

biǎo gé yàng shì
⑤ 表 格 样 式

bù jú
⑥ 布 局

chā rù
⑦ 插 入

chā tú
⑧ 插 图

gé shì
⑨ 格 式

gēng gǎi tú piàn lèi xíng
⑩ 更 改 图 片 类 型

jiǎn tiē huà
⑪ 剪 贴 画

lèi xíng
⑫ 类 型

shè jì
⑬ 设 计

shù jù
⑭ 数 据

shù jù biāo qiān
⑮ 数 据 标 签

tú biǎo
⑯ 图 表

tú biǎo biāo tí
⑰ 图 表 标 题

tú biǎo bù jú
⑱ 图 表 布 局

tú biǎo gōng jù
⑲ 图 表 工 具

tú biǎo shàng fāng
⑳ 图 表 上 方

tú biǎo yàng shì
㉑ 图 表 样 式

tú lì
㉒ 图 例

tú piàn
㉓ 图 片

tú piàn biān kuàng
㉔ 图 片 边 框

tú piàn gōng jù
㉕ 图 片 工 具

tú piàn xiào guǒ
㉖ 图 片 效 果

tú piàn xíng zhuàng
㉗ 图 片 形 状

tú piàn yàng shì
㉘ 图 片 样 式

tiáo zhěng
㉙ 调 整

xiàng xià jiàn tóu
㉚ 向 下 箭 头

xiū gǎi tú biǎo lèi xíng
㉛ 修 改 图 表 类 型

zuò biāo zhóu biāo tí
㉜ 坐 标 轴 标 题

21.9　课后练习

（1）将"华方汽车销售情况介绍"的目录页制作成"SmartArt 图形"的形式（参见"第 21 课\21-实例文件\21-E2"）。

（2）制作一个象征世界和平的徽标，插入 SmartArt 图形，素材参见"第 21 课\21-素材文件\ 21-M7"，实例参见"第 21 课\21-实例文件\21-E3"。

（3）制作一个表格，如表 21-3 所示，输入数据，完成下列操作，以熟练掌握图表的应用（参见"第 21 课\21-实例文件\21-E4"）。

① 制作"柱形图"，观察每种车型的变化。

② 制作"折线图"，观察每种车型变化趋势。

③ 添加图表标题为"华方汽车公司 2010 年 5 款车型销售计划比较"。

④ 添加图例并"在左侧显示图例"。

⑤ 添加数据标签并"居中"显示。

表 21-3　华方汽车公司 2010 年 5 款车型销售计划比较表

车　型	2009 年累计销售（辆）	2010 年销售计划（辆）
华飞 1.0	45 427	32 090
华飞 1.6	46 953	39 500
华飞 2.0	52 249	40 500
华驰 2.4	165 270	137 000
华驰 3.0	36 865	34 500

第22课

PowerPoint 2007动画效果

在这一课中将学到以下内容：

- 超链接的使用方法；
- 幻灯片切换时的动画效果的添加；
- 为幻灯片的文字和图片添加动画效果；
- 为幻灯片添加声音；
- 为幻灯片添加视频。

22.1 导读

在演示文稿中加入动画和声音，能更好的表达所要表达的内容。动画效果包括幻灯片出现时的动作和幻灯片中各个元素出现的动作，恰当的动作组合可以使幻灯片表现得非常生动。通过本课内容的学习，可以做一个丰富多彩的演示文稿。

22.2 知识要点

1.【插入】中的"链接"组

【超链接】创建指向网页、图片、电子邮件地址或程序的链接。超链接是指单击添加了被链接的文字或图片，幻灯片可以直接跳转到指定的页面显示。

2.【动画】中的"切换到此幻灯片"组

此项内容是当幻灯片切换到某页时，幻灯片出现时的动画画面。通过指向不同的动画方式，可以显示幻灯片的动画效果，从中选择一个满意的动画方式。

3.【动画】中的"动画"组

【动画】选择要对幻灯片的对象应用的动画效果。
【自定义动画】为幻灯片中的单个对象设置动画效果。

4.【动画】中的"预览"组

【预览】浏览为此幻灯片创建的动画和幻灯片过渡。此项内容是在为幻灯片设置了动画后,查看动画效果的。

5.【插入】中的"媒体剪辑"组

【声音】为幻灯片添加来自 CD 的音乐,或使用麦克风录制的声音。

【影片】为幻灯片添加动画剪贴画,或添加视频效果。

22.3　实战演练 22-1——超链接的设置

制作一个某企业计算机及数码产品展示的幻灯片(参见"第 22 课\22-实例文件\22-E2")。

(1) 新建演示文稿。在"单击此处添加标题"处输入"计算机及数码产品展示",如图 22-1 所示。为演示文稿添加背景(参见"第 22 课\22-素材文件\22-M1"),并将透明度调至 50%,如图 22-2 所示(添加背景在实战演练 21-1 曾介绍)。

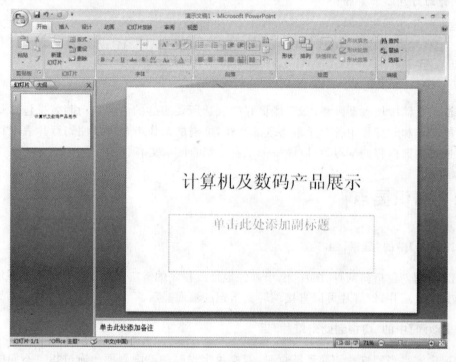

图 22-1　新建演示文稿

(2) 新建幻灯片。单击【开始】中的"幻灯片组",选择【新建】主题选择【标题和内容】,在"单击此处添加标题"输入"目录",在"单击此处添加文本"输入"笔记本计算机展示"、"台式机计算机展示"、"手机、MP3 展示"和"数码照相机、DV 展示",如图 22-3 所示。

(3) 新建 4 个空白幻灯片。单击【开始】中的"幻灯片组",选择【新建】主题选择【仅标题】,在"单击此处添加标题"中输入"笔记本计算机展示"。在第 2 个空幻灯片中输入"台式机计算机展示";第 3 页中输入"手机、MP3 展示";第 4 页中输入"数码照相机、DV 展示",如图 22-4 所示。

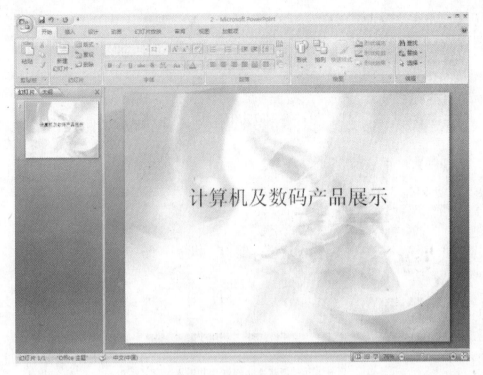

图 22-2　为演示文稿添加背景

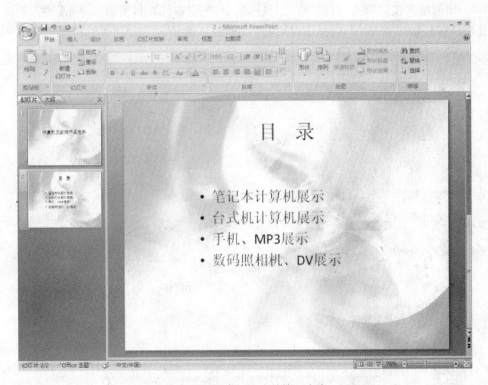

图 22-3　新建幻灯片并输入内容

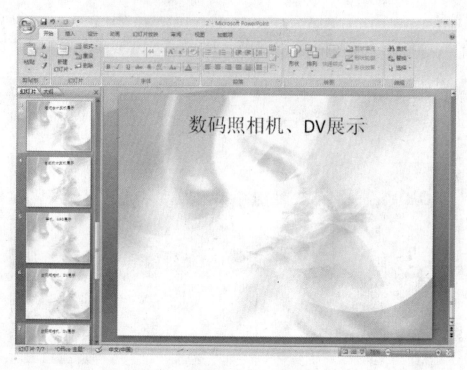

图 22-4　新建 4 张幻灯片并输入标题

　　（4）插入超链接。单击"目录"页，用鼠标选中"笔记本计算机展示"，单击【插入】"链接"组的【超链接】，如图 22-5 所示，弹出对话框，如图 22-6 所示。

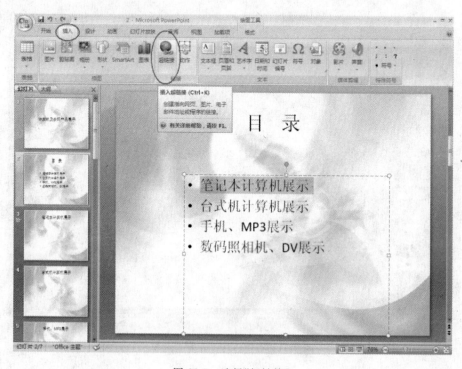

图 22-5　选择"超链接"

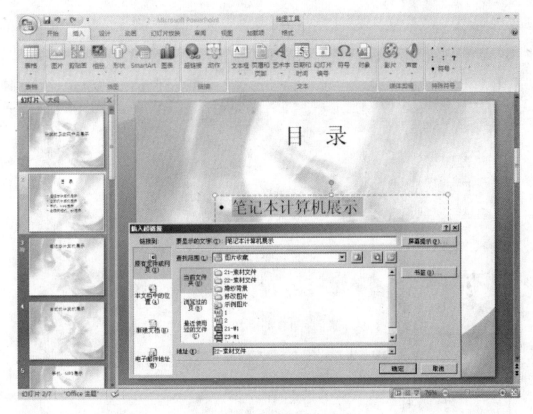

图 22-6 显示"编辑超链接"窗口

（5）建立超链接。在"插入超链接"对话框中，单击【本文档中的位置】，选中【3.笔记本计算机展示】，如图 22-7 所示。单击【确定】，设置超链接的文本会变成蓝色，下方有一条横线，如图 22-8 所示。

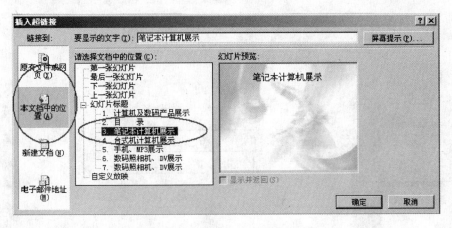

图 22-7 设置超链接的位置 1

（6）完成超链接。用同样的方法，将余下的三个目录设置超链接，如图 22-9 所示。被链接的"笔记本计算机展示"如图 22-10 所示。

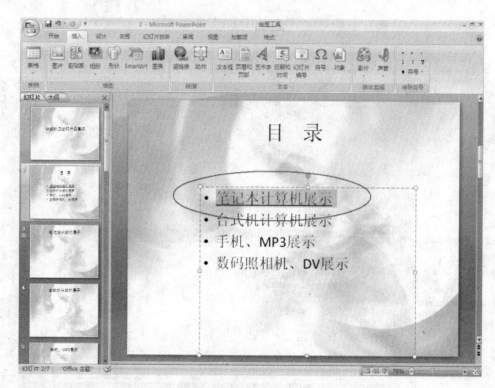

图 22-8　设置超链接效果 2

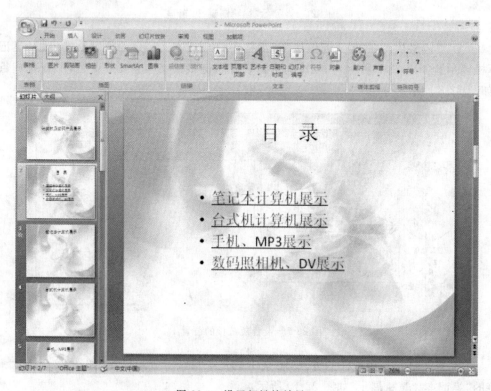

图 22-9　设置超链接效果 3

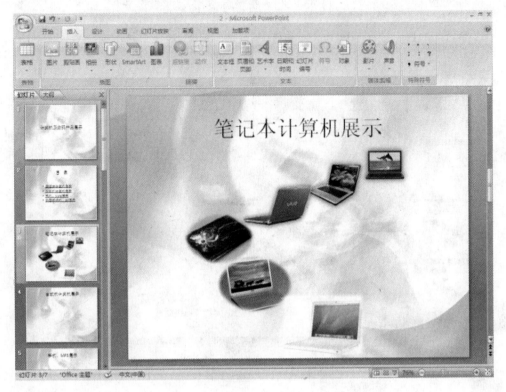

图 22-10　插入图片

【提示】

① 超链接设置的快捷方式，可在选中文本后，右击选择【超链接】进行设置，会有同样的作用。

② 超链接可以链接"原有文件或网页"，也可以是"新建的文档"，还可以是"电子邮件地址"等。

22.4　实战演练 22-2——幻灯片切换时动画效果的设置

（1）插入图片。在"笔记本计算机展示"页，插入几张笔记本计算机的图片，并修改它们的样式，效果见图 22-10（参见"第 22 课\22-素材文件\22-M2 到 22-M7"）。

（2）在幻灯片切换时添加动画效果。单击【动画】"切换到此幻灯片"组中的【其他】，如图 22-11 所示。可以看到多种幻灯片切换时的动画效果，单击【新闻快报】，就会出现预览效果，如图 22-12 所示。

（3）建立超链接。在此页幻灯片上再添加一个"超链接"，使得此页可以跳回到"目录"页。在幻灯片的右下角【插入】"插图"组中的【形状】选择【右弧形箭头】。单击"右弧形箭头"，单击【插入】"链接"组中的【超链接】指向"目录"页，单击【确定】，如图 22-13 所示。

图 22-11　设置"动画"

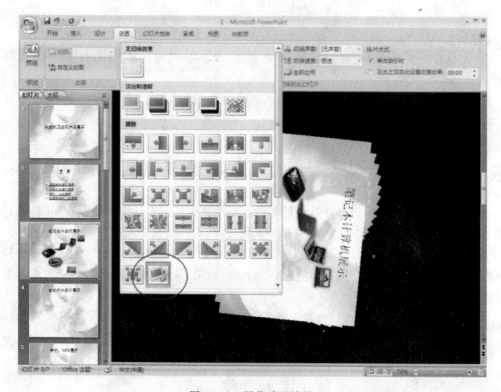

图 22-12　预览动画效果

图 22-13 设置"超链接"

【提示】

在【动画】"切换到此幻灯片"组中,还有很多其他的动画方式,可以尝试一下,选择其他效果。

22.5 实战演练 22-3——设置图片的动画效果

(1) 添加图片设置动画效果。在"台式机计算机展示"幻灯片中,添加一些台式机的图片(参见"第 22 课\22-素材文件\22-M8~22-M12")。修改它们的样式,效果如图 22-14 所示。设置图片出现时的动画效果,单击左上角的图片,单击【动画】"动画"组中【动画】下拉框,单击【飞入】,如图 22-15 所示。单击【动画】"预览"组中的【预览】,观看动画效果,如图 22-16 所示。

(2) 设置动画效果。用同样的方法,将其他三个图片动画效果也设置成【飞入】。选中中心的图片,单击菜单栏【动画】"动画"组中【动画】下拉框,单击【淡出】,如图 22-17 所示。预览效果,如图 22-18 所示。

(3) 添加图片修改样式。在"手机、MP3 展示"幻灯片中,添加一些手机和 MP3 的图片(参见"第 22 课\22-素材文件\22-M13~22-M22"),并修改它们的样式,效果如图 22-19 所示。

(4) 为图片添加自定义动作。单击【动画】"动画"组中【自定义动画】,幻灯片右侧会出现一个"自定义动画"区,如图 22-20 所示。先选中一个图片,单击【动画】"动画"组中【自定义动画】,如图 22-21 所示。

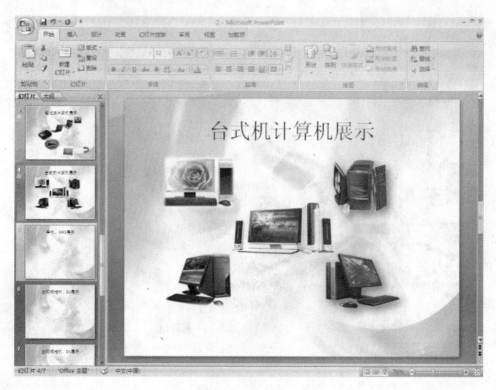

图 22-14　插入图片

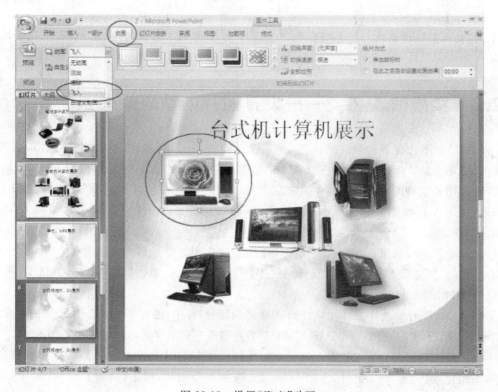

图 22-15　设置"飞入"动画

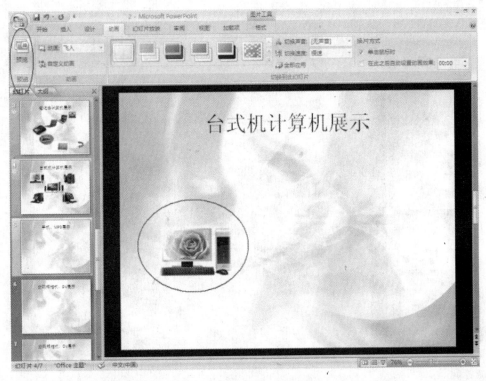

图 22-16　预览"飞入"动画效果

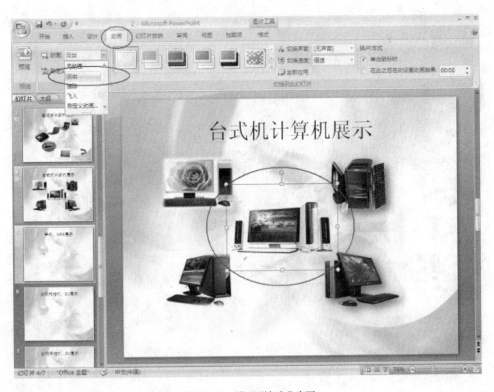

图 22-17　设置"淡出"动画

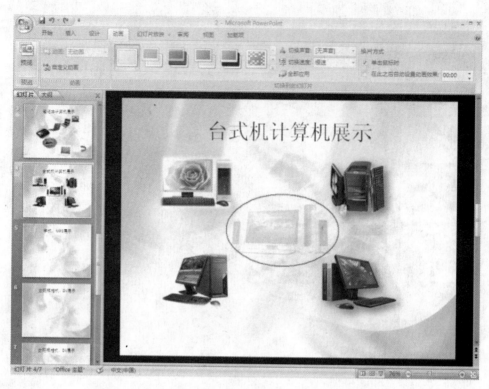

图 22-18　预览"淡出"动画效果

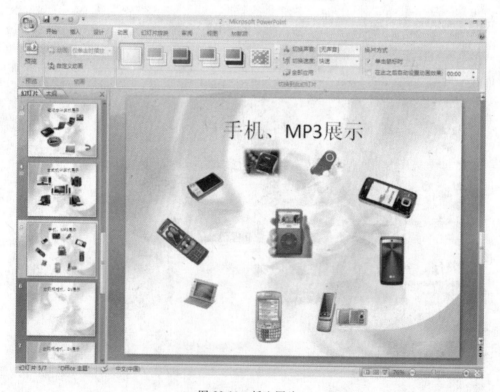

图 22-19　插入图片

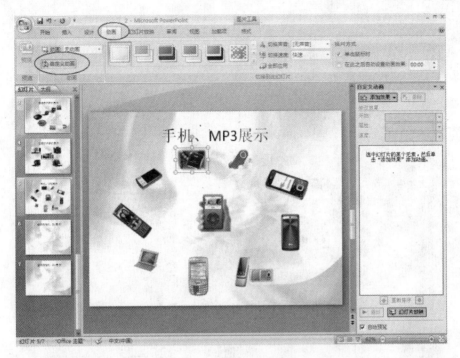

图 22-20 选择"自定义动画"

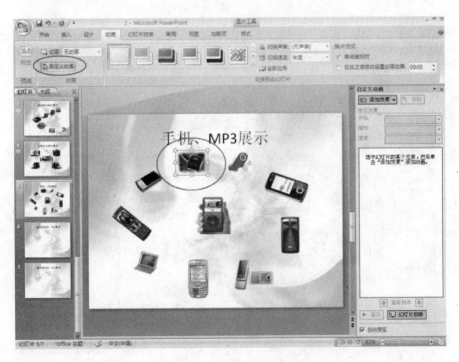

图 22-21 设置"自定义动画"

（5）确定路径。单击"自定义动画"区的【添加效果】，选择【动作路径】，如图 22-22 所示。单击【绘制自定义路径】【自由曲线】，如图 22-23 所示。然后在幻灯片上用鼠标拖曳出一个运动轨迹，单击"自定义动画"区的"速度"，选择【非常慢】，如图 22-24 所示。

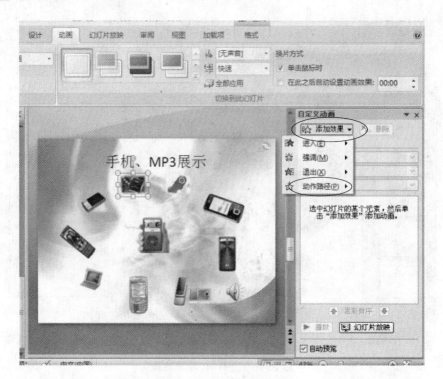

图 22-22　选择"动作路径"

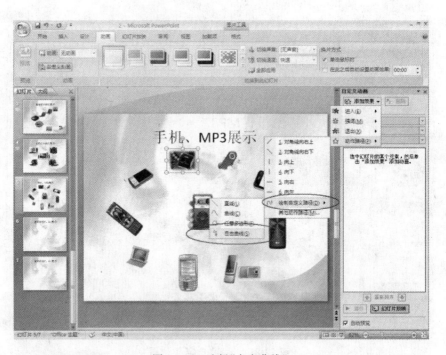

图 22-23　选择"自由曲线"

（6）用同样的方法，将其他的图片也设置成不同的自定义的动作，可以得到预想的效果（参见"第 22 课\22-实例文件\22-E2"）。

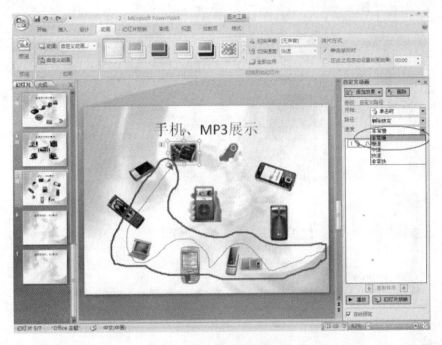

图 22-24　绘制"自由曲线"

22.6　实战演练 22-4——为幻灯片添加声音

（1）插入声音。选中手机图片，单击【插入】"媒体剪辑"组中【声音】【文件中的声音】，如图 22-25 所示。选择声音文件，如图 22-26 所示（参见"第 22 课\22-素材文件\22-M34"）。

图 22-25　插入"媒体剪辑"中的"声音"

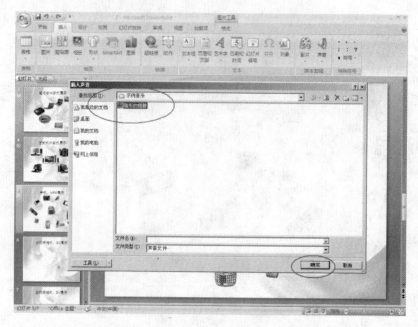

图 22-26　选择声音文件

　　(2)选择播放形式。单击【确定】后,提示"您希望在幻灯片放映时如何开始播放声音?",选择【在单击时】,如图 22-27 所示。此时,在幻灯片上会出现一个喇叭的标志,如图 22-28 所示。在幻灯片放映时"单击"就可以听到音乐了(参见"第 22 课\22-实例文件\22-E2")。

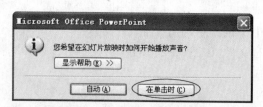

图 22-27　选择"在单击时"播放

图 22-28　添加声音后效果

22.7 实战演练 22-5——为幻灯片添加视频

（1）插入视频。在幻灯片中心的图片位置插入一段视频。在"数码照相机、DV 展示"幻灯片中，添加一些数码照相机和 DV 的图片（参见"第 22 课\22-素材文件\22-M23～22-M32"），调整它们的样式，效果如图 22-29 所示。

图 22-29 插入图片

（2）插入视频文件。复制图 22-29 的幻灯片，删除中心的图片，如图 22-30 所示。单击【插入】"媒体剪辑"组中【影片】【文件中的影片】，如图 22-31 所示。

（3）选择视频文件。在弹出的对话框中，选择影片文件（参见"第 22 课\22-素材文件\22-M35"）。单击【确定】，如图 22-32 所示。

（4）确定播放视频方式。在"您希望在幻灯片放映时如何开始播放影片？"，选择【自动】，如图 22-33 所示。然后，将视频边框大小调整到适当位置，预览效果，如图 22-34 所示。

（5）设置超链接。在图 22-29 的幻灯片中，选中中心的图片，设置超链接，指向刚刚添加的幻灯片。放映幻灯片，单击中心的图片，就可以播放一段视频了（参见"第 22 课\22-实例文件\22-E2"）。

图 22-30　删除中心图片

图 22-31　插入视频

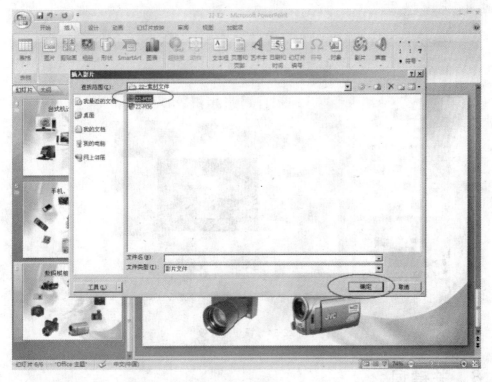

图 22-32　选择视频文件

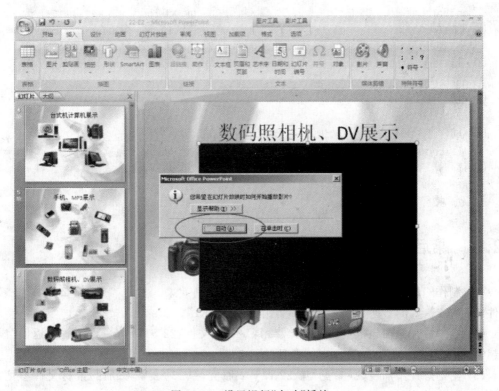

图 22-33　设置视频"自动"播放

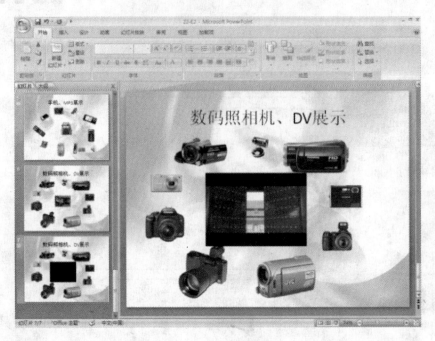

图 22-34　视频播放效果

22.8　关键词

chā rù
① 插 入

chāo liàn jiē
② 超 链 接

dòng huà
③ 动 画

dòng huà xiào guǒ
④ 动 画 效 果

jì suàn jī jí shù mǎ chǎn pǐn
⑤ 计 算 机 及 数 码 产 品

liàn jiē
⑥ 链 接

méi tǐ jiǎn jí
⑦ 媒 体 剪 辑

qiē huàn dào cǐ huàn dēng piàn
⑧ 切 换 到 此 幻 灯 片

shēng yīn
⑨ 声 音

yǐng piàn
⑩ 影 片

yù lǎn
⑪ 预 览

zì dìng yì dòng huà
⑫ 自 定 义 动 画

22.9　课后练习

（1）制作幻灯片描述某大学扩招的进程，添加动画效果。素材参见"第 22 课\22-素材文件\22-M33"，实例参见"第 22 课\22-实例文件\22-E1"。

（2）给幻灯片添加超链接（参见"第 22 课\22-原文件\22-S1"），在第二页把"返回"添加成超链接，超链接指向第一页。实例参见"第 22 课\22-实例文件\22-E3"。

（3）给幻灯片添加视频（参见"第 22 课\22-原文件\22-S2"），添加的素材文件参见"第 22 课\22-素材文件\22-M36"。实例参见"第 22 课\22-实例文件\22-E4"。

第23课
PowerPoint 2007母版应用

在这一课中将学到以下内容：

- 占位符在幻灯片母版中的应用；
- 用幻灯片母版设置页眉和页脚；
- 用幻灯片母版设置背景；
- 幻灯片母版、讲义母版和备注母版的设置与应用。

23.1 导读

"母版"是一种特殊的幻灯片，是用于存储幻灯片的模板信息，在对模板信息进行加工之后，可快速生成相同样式的幻灯片，这样既减少了重复输入，又提高了工作效率，使用幻灯片母版，可以让整个幻灯片具有统一的风格和样式。PowerPoint 2007 的母版有三种，分别是幻灯片母版、讲义母版和备注母版。本课重点介绍幻灯片母版的设置与应用。

占位符是指先占住一个固定的位置，然后再往里面添加内容（见第 20 课）。在占位符中输入文本时，如果要修改默认的字体、行距和字体的大小时，通过母版设置是一种快速有效的方法，可以达到修改一页，全部使用的效果。

23.2 知识要点

1.【视图】中的"演示文稿视图"组

【普通视图】是常用的编辑视图，该视图有 4 个工作区，"幻灯片选项卡"、"幻灯片窗格"、"备注窗格"和"大纲选项卡"。

① "幻灯片选项卡"在左侧，显示幻灯片的缩小图。

② "幻灯片窗格"在右侧，显示幻灯片的大视图。

③ "备注窗格"在右下方，可以键入当前幻灯片的备注。

④ "大纲选项卡"，在左侧通过切换可以看到，以大纲的形式显示幻灯片文本内容。

【幻灯片浏览】在幻灯片浏览视图中查看演示文稿，以便重新排列幻灯片。

【备注页】查看备注页，对备注进行编辑。

【幻灯片放映】幻灯片从头开始放映。

【幻灯片母版】可更改母版幻灯片的设计和版式。

【讲义母版】可更改讲义的设计和版式。

【备注母版】可对备注母版的"页面设置"、"备注页方向"和"幻灯片方向"进行编辑和设置。

2. 【幻灯片母版】中的"编辑母版"组

【插入幻灯片母版】在演示文稿中添加一个新幻灯片母版。

【插入版式】在幻灯片母版中添加自定义版式。

【删除】从演示文稿中删除选中的幻灯片。

【重命名】更改自定义版式的名称。

【保留】保留选择的母版,使其在未被使用的情况下也能留在演示文稿中。

3. 【幻灯片母版】中的"母版版式"组

【插入占位符】占位符是带有虚线或影线标记边框的框,在幻灯片版式中插入一个占位符,用于显示特定类型内容。

4. 【插入】中的"文本"组

【页眉和页脚】编辑文档的页眉和页脚。页眉是在幻灯片顶部显示的文本内容,页脚是在幻灯片底部显示的文本内容。

【提示】

进行幻灯片母版的设置和编辑,只有在选定了【视图】"演示文稿视图"组的【幻灯片母版】后,方可显示【幻灯片母版】选项。然后才可对"编辑母版"组、"母版版式"组和"背景"组等分别进行设置。

23.3　实战演练 23-1——用幻灯片母版设置占位符格式

1. 设置幻灯片标题和文本样式

(1) 进入幻灯片母版界面。打开"第 23 课\23－原文件\23-S1"文件,单击【视图】,选择"演示文稿视图"组的【幻灯片母版】,选中第一个版式,如图 23-1 所示。

(2) 用母版设置幻灯片标题。单击第一个版式中"单击此处编辑母版标题样式",选择【开始】"字体"组中,【楷体】、字号为 40、【加粗】,如图 23-2 所示。

(3) 关闭幻灯片母版。单击【关闭母版视图】,如图 23-3 所示。演示文稿中,所有幻灯片的标题设置都为【楷体】、字号为 40、【加粗】,如图 23-4 所示(参见"第 23 课\23-实例文件\23-E1")。

2. 设置项目符号

(1) 进入幻灯片母版界面。打开"第 23 课\23-实例文件\23-E1"文件,单击【视图】,选择"演示文稿视图"组的【幻灯片母版】,选中第一个版式,见图 23-1。

(2) 用母版设置幻灯片项目符号。单击第一个版式中"单击此处编辑母版文本样式",如图 23-5 所示。单击【开始】"段落"组中的【项目符号】,选择【项目符号和编号】,如图 23-6 所示。单击【图片】,如图 23-7 所示。选择第一个图片,单击【确定】,如图 23-8 所示。效果如图 23-9 所示。

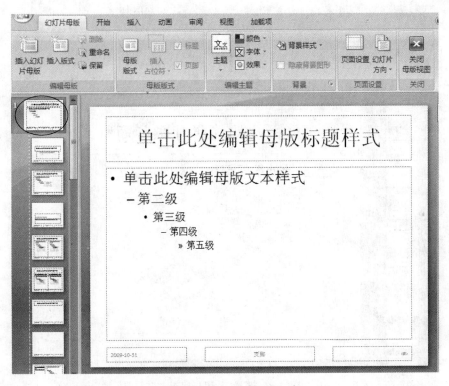

图 23-1 幻灯片母版界面

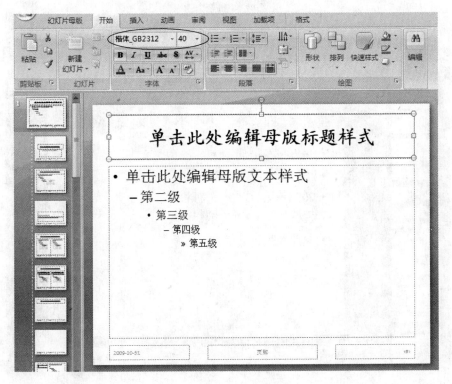

图 23-2 设置"母版标题"

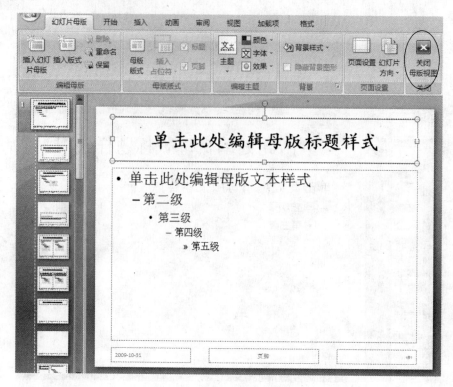

图 23-3 选择"关闭母版视图"

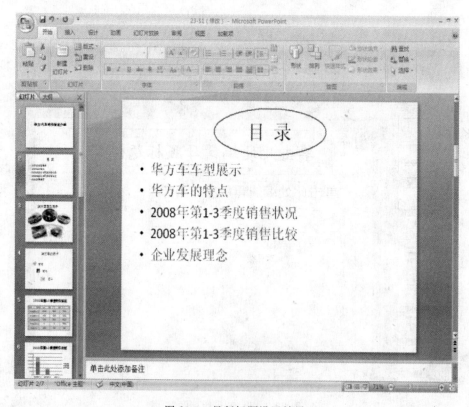

图 23-4 母版标题设置效果

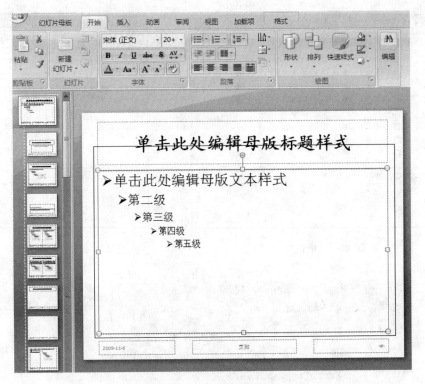

图 23-5 单击"母版文本样式"

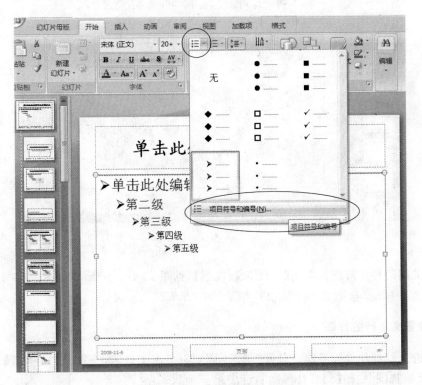

图 23-6 选择"项目符号和编号"

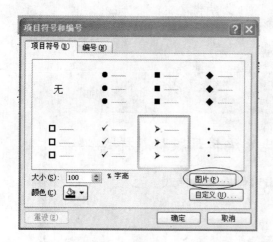

图 23-7　单击"图片"

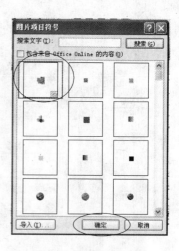

图 23-8　选择图片

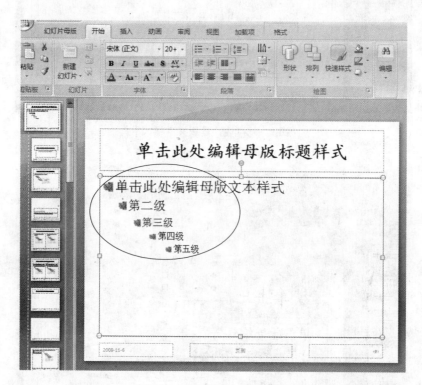

图 23-9　单击"母版文本样式"

（3）关闭幻灯片母版。单击【关闭母版视图】，见图 23-10。演示文稿中所有的幻灯片的项目符号是一样的（参见"第 23 课\23-实例文件\23-E2"）。

3．设置文本行的行距

（1）进入幻灯片母版界面。打开"第 23 课\23-实例文件\23-E2"文件，单击【视图】，选择"演示文稿视图"组的【幻灯片母版】，选中第一个版式，见图 23-1。

（2）用母版设置幻灯片文本的行距。单击第一个版式中"单击此处编辑母版文本样式"，见图 23-9。单击【开始】"段落"组中的【行距】，选择 1.5，如图 23-11 所示。效果如图 23-12 所示。

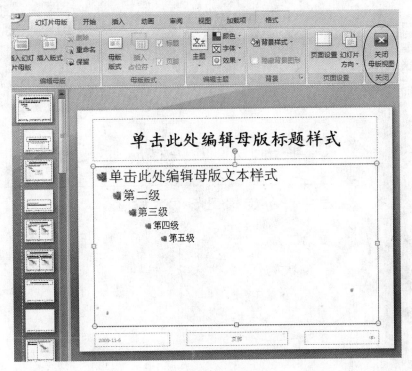

图 23-10　关闭"母版视图"

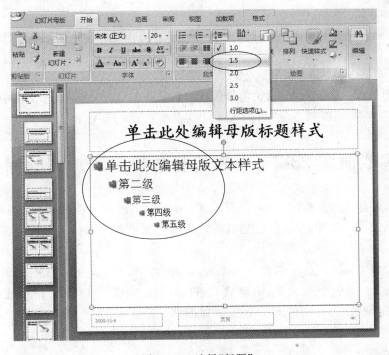

图 23-11　选择"行距"

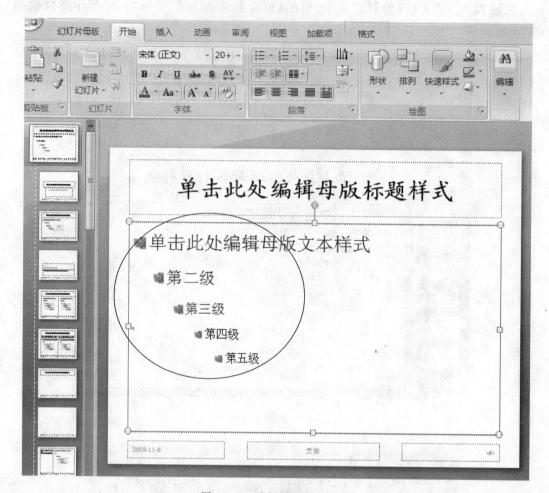

图 23-12　选择行距后的效果

（3）关闭幻灯片母版。单击【关闭母版视图】，见图 23-10。使得演示文稿中所有的幻灯片文本的行距都是一样的（参见"第 23 课\23-实例文件\23-E3"）。

23.4　实战演练 23-2——用幻灯片母版添加图标标签

（1）进入幻灯片母版界面。在每一页幻灯片中显示一个有特点的图标。打开"第 23 课\23-实例文件\23-E3"文件，单击【视图】，选择"演示文稿视图"组的【幻灯片母版】，选中第一个版式，见图 23-1。

（2）在母版中插入图标。单击第一个版式，将"第 23 课\23-素材文件\23-M1"的图标"复制"、"粘贴"到第一个版式中，调整到合适的位置，如图 23-13 所示，单击【关闭母版视图】。单页效果如图 23-14 所示，多页效果如图 23-15 所示（参见"第 23 课\23-实例文件\23-E4"）。

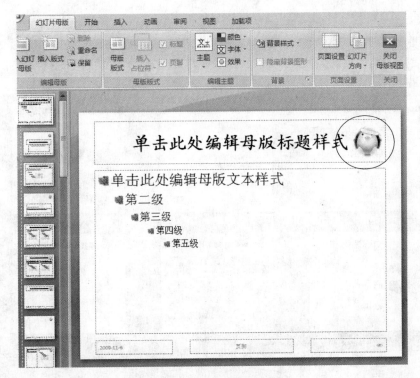

图 23-13　在母版中插入图标

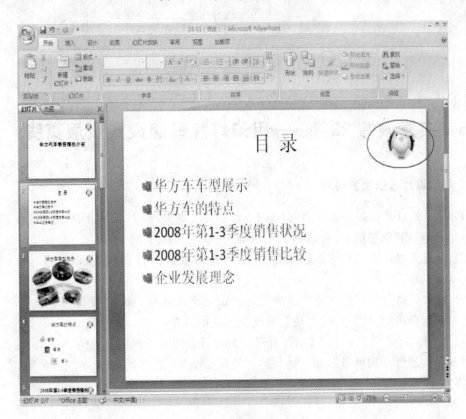

图 23-14　单页图标显示效果

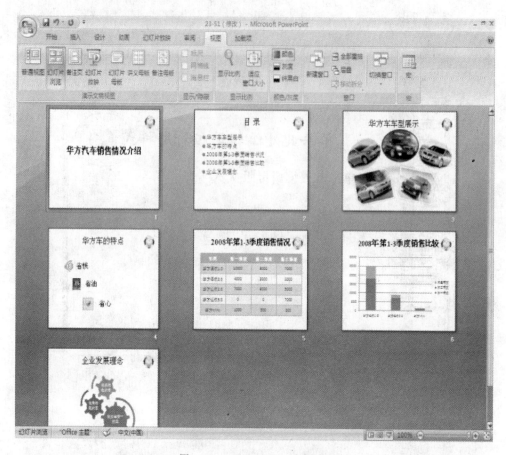

图 23-15　多页图标显示效果

23.5　实战演练 23-3——用幻灯片母版设置页眉页脚

1. 用幻灯片母版设置页眉

（1）进入幻灯片母版界面。打开"第 23 课\23-实例文件\23-E4"文件，单击【视图】，选择"演示文稿视图"组的【幻灯片母版】，选中第一个版式，如图 23-16 所示。

（2）设置页眉。单击【开始】"文本组"的【文本框】，选择【横排文本框】，如图 23-17 所示。

（3）输入页眉内容。在这一版面的左上方画一个文本框，输入"支持民族产业 开中国人自己的车"，单击"字体"组的【红色】，调整文本框的位置，如图 23-18 所示。

（4）关闭幻灯片母版。单击【幻灯片母板】组的【关闭母板视图】，见图 23-10。使得演示文稿中所有的幻灯片均可显示相同的页眉。效果如图 23-19 和图 23-20 所示（参见"第 23 课\23-实例文件\23-E5"）。

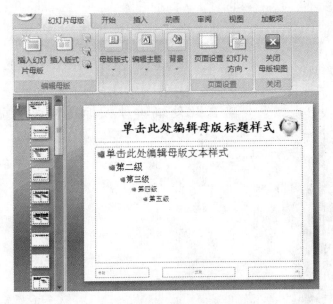

图 23-16　幻灯片母版

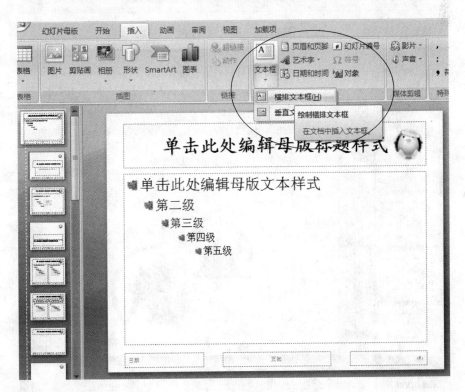

图 23-17　设置页眉

2. 用幻灯片母版设置页脚

（1）进入幻灯片母版界面。打开"第 23 课\23-实例文件\23-E4"文件，单击【视图】，选择"演示文稿视图"组的【幻灯片母版】，选中第一个版式，见图 23-16。

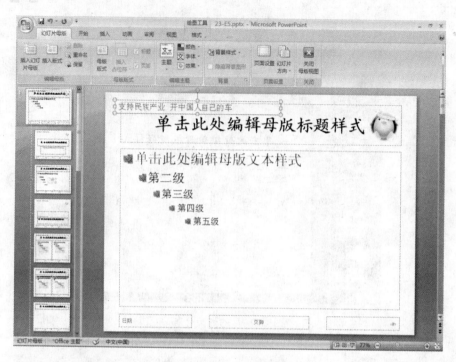

图 23-18　输入页眉内容

图 23-19　单页页眉显示效果

（2）插入页脚。单击【插入】"文本"组的【页眉和页脚】，如图 23-21 所示。"页眉和页脚"窗口中勾选"页脚"，在空白处输入"支持民族产业 开中国人自己的车"，勾选"标题幻灯片中不显示"，如图 23-22 所示。单击【全部应用】，如图 23-23 所示。

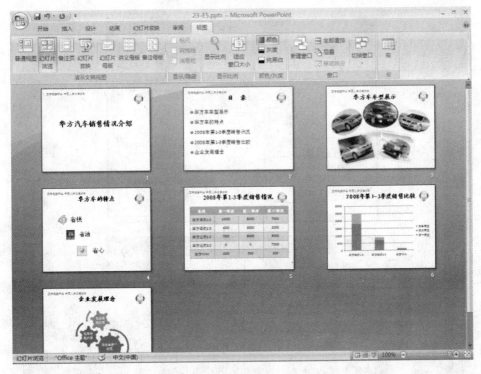

图 23-20 多页页眉显示效果

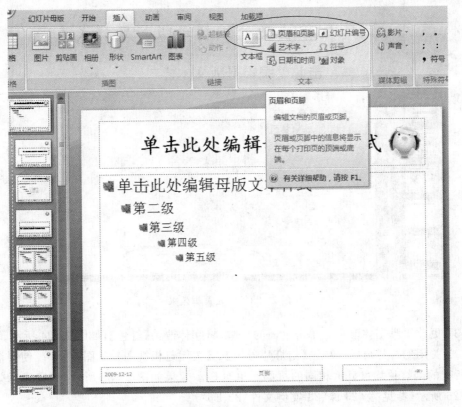

图 23-21 插入页脚

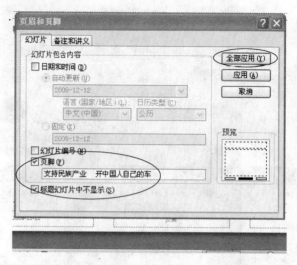

图 23-22　输入页脚内容

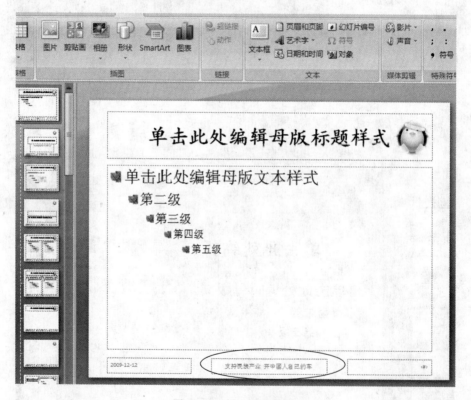

图 23-23　插入页脚效果

（3）更改页脚字体颜色。单击下面的页脚，将字体改为【红色】，如图 23-24 所示。

（4）关闭幻灯片母版。单击【幻灯片母板】的【关闭母板视图】，见图 23-10。使得演示文稿中所有的幻灯片均可显示相同的页脚。单页显示效果如图 23-25 所示，浏览显示效果如图 23-26 所示（参见"第 23 课\23-实例文件\23-E6"）。

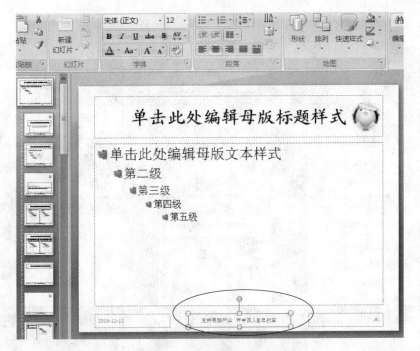

图 23-24　更改页脚字体颜色

图 23-25　单页页脚显示效果

（5）进入幻灯片母版界面。打开"第 23 课\23-实例文件\23-E6"文件，单击【视图】，选择"演示文稿视图"组的【幻灯片母版】，选中第一个版式，见图 23-16。

（6）添加背景。单击【幻灯片母板】"背景组"的【设置背景格式】，如图 23-27 所示。选择一个背景，【关闭母板视图】，效果如图 23-28 所示（参见"第 23 课\23-实例文件\23-E7"）。

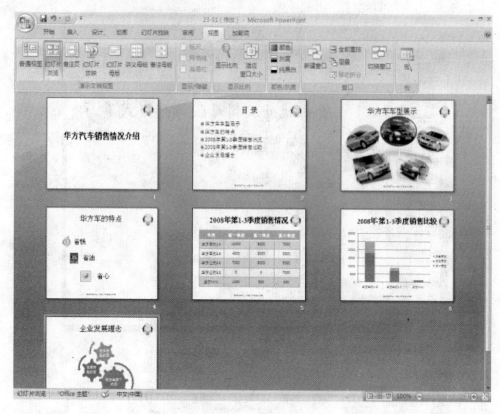

图 23-26　多页页脚显示效果

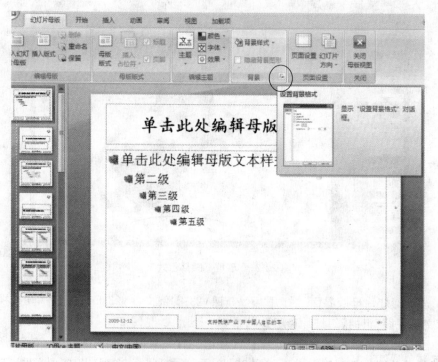

图 23-27　添加背景

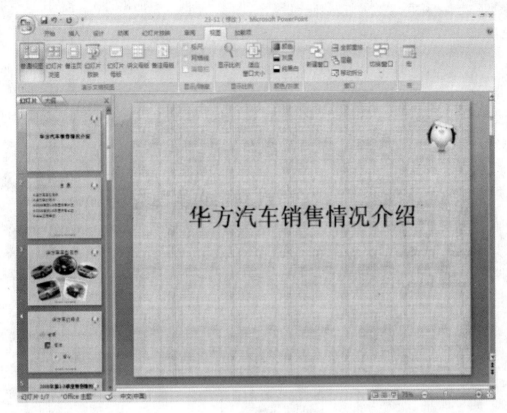

图 23-28　添加背景效果

【提示】

① 用设置页眉的方法设置页脚也可以。

② 在设置页脚时如果只希望在所选幻灯片上显示页脚信息，请单击"应用"。

③ 如果需要修改"占位符"中的文字字体、字号、大小写、颜色等，请选择文字，然后在"字体"组中单击所需选项。

23.6　实战演练 23-4——讲义母版和备注母版的应用

（1）设置讲义母版。讲义母版主要是用来控制幻灯片的打印格式。利用讲义母版可以将多张幻灯片制作在同一张幻灯片中，方便打印。打开"第 23 课\23-实例文件\23-E6"，单击【视图】中"演示文稿视图"组中的【讲义母版】，如图 23-29 所示。每页打印 6 张幻灯片，效果如图 23-30 所示。

（2）设置备注母版。备注母版可以设置备注的格式，让绝大部分的备注具有统一的外观。备注母版在演示文稿中起到提示和参考作用，幻灯片放映时不显示，可以单独打印。单击【视图】中"演示文稿视图"组中的【备注母版】，如图 23-31 所示。效果如图 23-32 所示。可以对备注母版进行相关的设置。

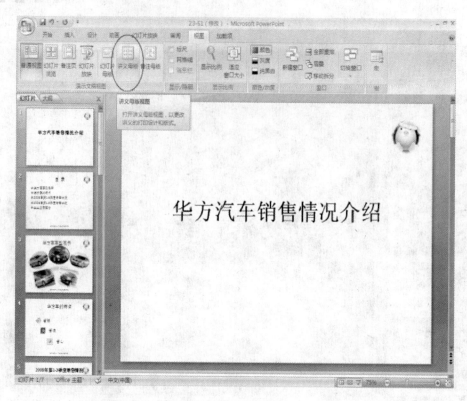

图 23-29　设置"讲义母版"

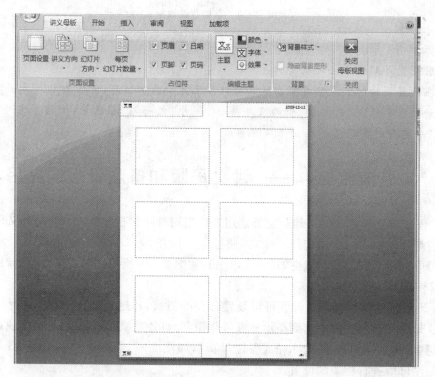

图 23-30　讲义母版效果

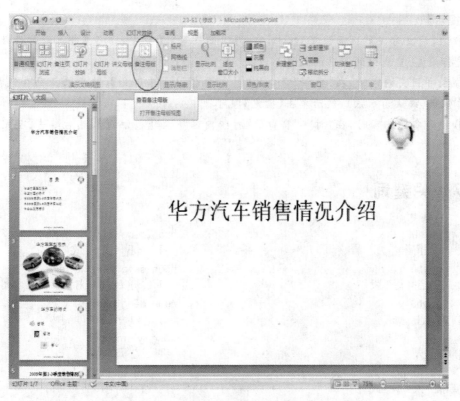

图 23-31 设置"备注母版"

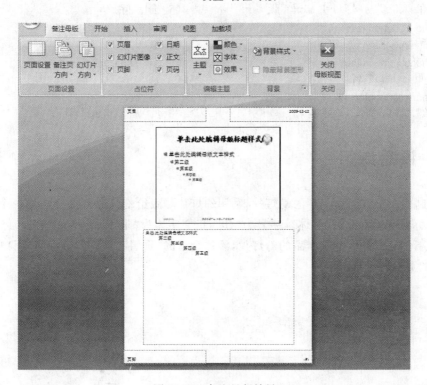

图 23-32 备注母版效果

【提示】

① 在【讲义母版】"页面设置"组中，可对【页面设置】、【讲义方向】、【每页幻灯片数量】等分别进行设置，直到得到满意的效果为止。

② 打印讲义内容时，在"打印"窗口的"打印内容"选择【讲义】，然后选择每页纸打印的幻灯片张数（默认为 6 张），然后单击【确定】即可打印。

③ 打印备注内容时，在"打印"窗口的"打印内容"选择【备注页】，然后单击【确定】即可打印。

23.7　关键词

bǎo liú
① 保　留

bèi zhù mǔ bǎn
② 备 注 母 版

bèi zhù yè
③ 备 注 页

chā rù
④ 插　入

chā rù bǎn shì
⑤ 插 入 版 式

chā rù huàn dēng piàn mǔ bǎn
⑥ 插 入 幻 灯 片 母 版

chā rù zhàn wèi fú
⑦ 插 入 占 位 符

chóng mìng míng
⑧ 重 命 名

huàn dēng piàn chuāng gé
⑨ 幻 灯 片 窗 格

huàn dēng piàn fàng yìng
⑩ 幻 灯 片 放 映

huàn dēng piàn liú lǎn
⑪ 幻 灯 片 浏 览

huàn dēng piàn mǔ bǎn
⑫ 幻 灯 片 母 版

jiǎng yì mǔ bǎn
⑬ 讲 义 母 版

pǔ tōng shì tú
⑭ 普 通 视 图

shān chú
⑮ 删　除

shì tú
⑯ 视 图

yǎn shì wén gǎo shì tú
⑰ 演 示 文 稿 视 图

yè méi hé yè jiǎo
⑱ 页 眉 和 页 脚

23.8　课后练习

（1）制作一个"自我介绍"的幻灯片，利用幻灯片母版给幻灯片每页都添加一个图标，并将每页的标题字体都改为"黑体"，字号为"40"，正文字体为"宋体，字号为 28"。

（2）制作一个宣传企业产品的幻灯片，添加合适的"页眉和页脚"，或参考本课中的素材文件，添加页眉和页脚。

第 24 课
Word\Excel\PowerPoint综合应用

在这一课中将学到以下内容：

- 在 Word 中应用 Excel 电子表格和 PowerPoint 文件；
- 在 PowerPoint 中应用 Word 文档和 Excel 电子表格；
- 在 Excel 中插入 Word 文档和 PowerPoint 文件。

24.1 导读

在实际的操作中，有时候需要将 Word、Excel 和 PowerPoint 协同应用，在这一课将提供三者相互应用的方法，可以很方便的实现 Word、Excel、PowerPoint 的综合应用。

24.2 知识要点

1. Word【插入】中的"表格"组

【表格】用于插入或绘制 Excel 电子表格。

2. Word【插入】"文本"组中的【对象】

对象一般指插入到当前文档中的一个信息实体，如在文档中插入的一个图片，一个图或 Excel 表格等。

【对象】中的【对象】用于插入嵌入的对象。

(1)【新建】用于在您的文档中插入一个新的对象。

(2)【由文件创建】将文件内容插入到文档，然后可以调用创建此文件的应用程序进行编辑。

3. PowerPoint【设计】中的"主题"组

对创建的幻灯片进行整体设计。

4. PowerPoint【插入】中的"文本"组

【对象】用来插入嵌入的对象。

（1）【新建】在演示文稿中插入一个新的对象。

（2）【由文件创建】将文件内容作为对象插入到演示文稿中，可以用创建它的应用程序激活它。

5．Excel【插入】中的"文本"组

【对象】用来插入嵌入的对象。

（1）【新建】在演示文稿中插入一个新的 Adobe Acrobat Document 对象。

（2）【由文件创建】将文件内容插入文档中，并允许日后直接在该文档中调用程序进行编辑。

24.3　实战演练 24-1——在 Word 中应用 Excel 和 PowerPoint

创建一个某房产公司年度总结，应用 Excel 总结 2008 年度各季度销售情况一览表，应用 PowerPoint 显示该公司 2009 年度工作计划。效果如图 24-1 所示（参见"第 24 课\24-实例文件\ 24-E1"）。

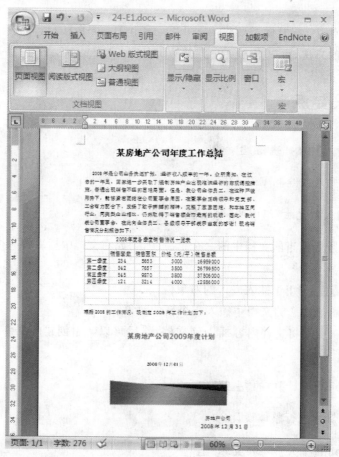

图 24-1　某房地产公司年度总结

（1）确定纸张大小。Word中单击【页面布局】中的"页面设置"组，然后单击【纸张大小】【B5】，如图 24-2 所示。

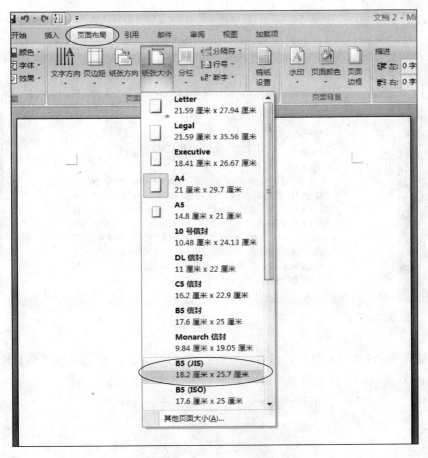

图 24-2 选择"纸张大小"

（2）输入原文档。Word中单击【开始】【样式】中的【正文】，开始输入原文档，如图 24-3 所示（参见"第 24 课\24-原文件\ 24-S1"）。

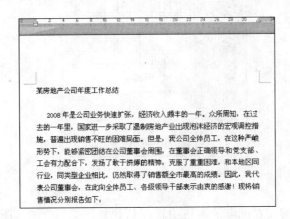

图 24-3 原文档输入 1

（3）设置标题。选中"某房地产公司年度总结"，选择【宋体】、【三号】、【加粗】、【居中】，如图 24-4 所示。

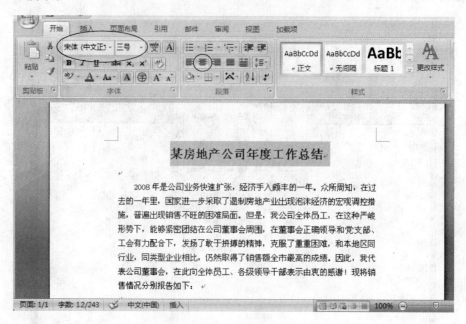

图 24-4　编辑标题

（4）插入 Excel 电子表格。光标移至"如下："的下一行，单击【插入】【表格】【Excel 电子表格】，如图 24-5 所示。插入后电子表格如图 24-6 所示。

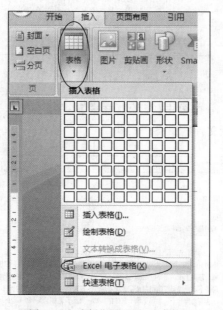

图 24-5　选择"Excel 电子表格"

（5）输入表格内容。在此电子表格中输入信息如图 24-7 所示，在空白处单击，效果如图 24-8 所示。

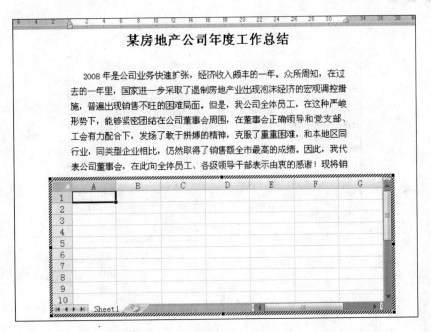

图 24-6　显示 Excel 空白电子表格

图 24-7　输入 Excel 电子表格内容

（6）继续输入原文档。光标放在电子表格的下一行处，继续输入原文档"根据 2008 的工作情况，现制定 2009 年工作计划如下："，如图 24-9 所示。

（7）插入 PowerPoint 文档。光标移于下一行，单击【插入】"文本"组中【对象】的【对象】，如图 24-10 所示，单击【由文件创建】【浏览】，如图 24-11 所示；选择建立好的 PPT 文件（参见"第 24 课\24-原文件\ 24-S2"），点击【插入】，如图 24-12 所示，单击【确定】，如图 24-13 所示，效果如图 24-14 所示。

（8）输入落款。在最后一行输入"房地产公司 2007 年 12 月 31 日"，整个文档创建完成，效果见图 24-1，单击【保存】。

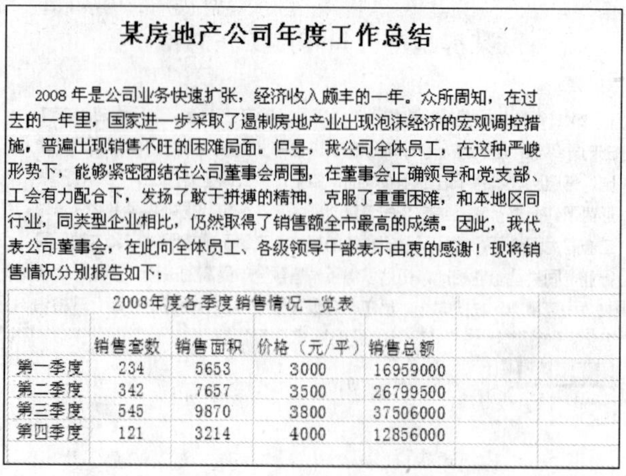

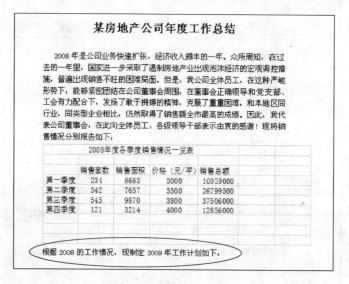

图 24-8　显示 Excel 电子表格

图 24-9　输入原文档 2

图 24-10　选择"插入"文本组中的"对象"

【提示】

　　此处插入的是已经建立好的 PowerPoint 文件，也可以在图 24-11 中选择【新建】，建立新的 PowerPoint 文件进行操作。

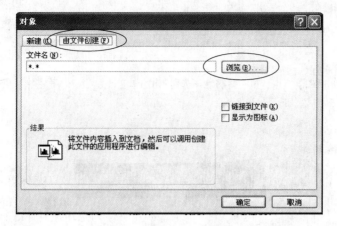

图 24-11 选择"由文本创建"

图 24-12 选择插入的"PPT 文件"

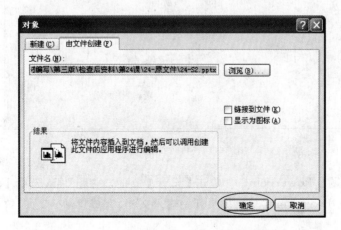

图 24-13 "确定"插入的"PPT 文件"

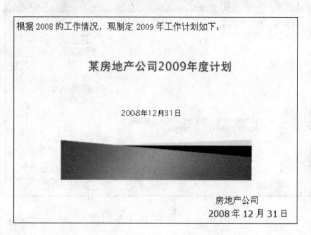

图 24-14　插入"PPT 文件"效果

24.4　实战演练 24-2——在 PowerPoint 中插入 Word 和 Excel

创建某企业可行性分析报告,其中公司技术人员一览表用到公司的已存在的 Word 文档,公司已开发项目表,因为需要计算,所以用到 Excel 的电子表格,效果如图 24-15～图 24-20 所示(参见"第 24 课\24-实例文件\ 24-E2")。

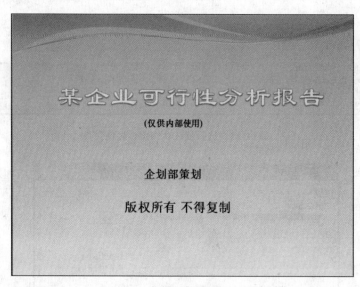

图 24-15　可行性报告封面

(1) 设计主题。PowerPoint 中单击【设计】中的"主题"组,选择【流畅】背景,如图 24-21 所示。在 PowerPoint 从第 1 页开始输入文档,完成第 1～3 页,效果见图 24-15～图 24-17。

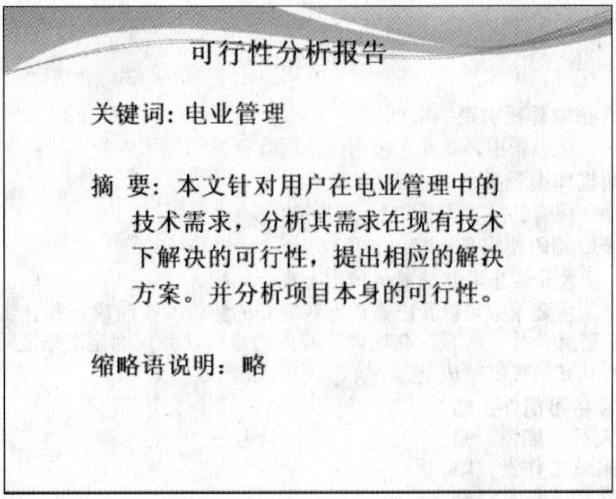

图 24-16 可行性报告内容 1

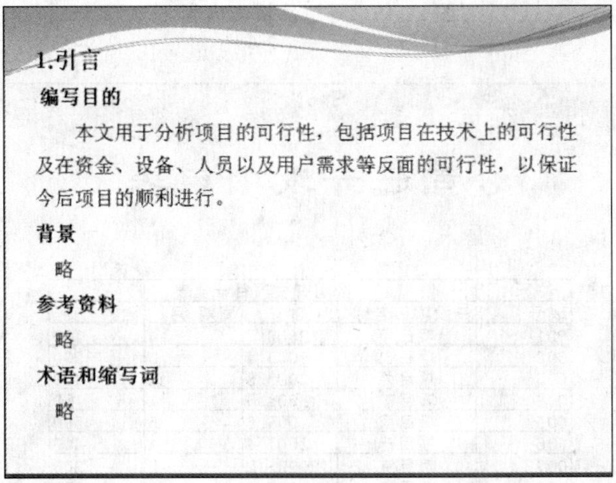

图 24-17 可行性报告内容 2

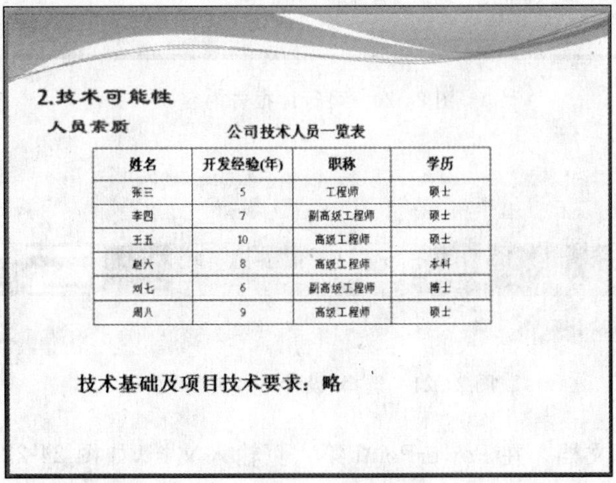

姓名	开发经验(年)	职称	学历
张三	5	工程师	硕士
李四	7	副高级工程师	硕士
王五	10	高级工程师	硕士
赵六	8	高级工程师	本科
刘七	6	副高级工程师	博士
周八	9	高级工程师	硕士

图 24-18 可行性报告内容 3

界面编程要求是：略

　　可以看出，其要求没有超出现有开发的技术内容。

数据库编程要求是：略

　　现有的技术力量完全可以解决。

接口编码要求是：略

　　由于要求非常简单，技术上没有问题。

　　从要求中可以看出需求方对需要的协议非常明确，并且非常愿意合作，所以，在明确了双方的责任，并且确定下来之后，问题完全可以解决。

设备可能性：略

人员可能性：略

系统工作量：略

代码工作量：略

图 24-19　可行性报告内容 4

公司已开发项目表

公司开发项目一览表				
编号	开发项目名称	时间	周期(月)	金额(万)
001	项目甲	2002.7	4	100
002	项目乙	2003.4	3	200
003	项目丙	2003.8	4	400
004	项目丁	2004.5	1	50
005	项目戊	2005.6	5	500
006	项目己	2007.4	4	400
007	项目庚	2007.12	2	200
008	项目辛	2008.1	3	300
总计			26	2150

图 24-20　可行性报告内容 5

图 24-21　选择"设计"中"流畅"主题

　　（2）插入 Word 文档。在 PowerPoint 第 4 页输入文档，如图 24-22 所示。单击【插入】"文本"组的【对象】，如图 24-23 所示，单击【由文件创建】【浏览】，如图 24-24 所示。选择建

好的 Word 文件（参见"第 24 课\24-原文件\ 24-S3"），单击【确定】，如图 24-25 所示，单击
【确定】，如图 24-26 所示，效果见图 24-18。

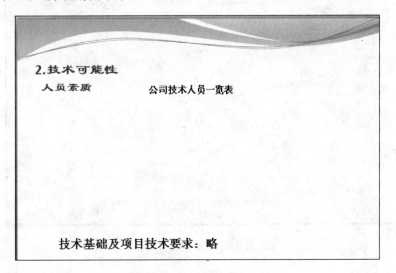

图 24-22　输入文档内容 1

图 24-23　选择"插入"文本中的"对象"

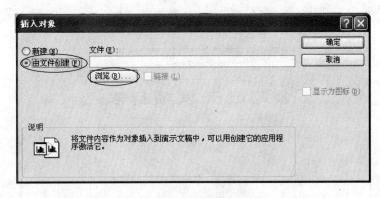

图 24-24　输入"对象"对话框

（3）输入文字信息。输入图 24-19 的文字信息。

（4）插入 Excel 电子表格。在"某企业可行性分析报告"第 6 页，输入文档标题"公司已
开发项目表"，如图 24-27 所示。插入 Excel 电子表格步骤见图 24-18，效果如图 24-28 所示
（Excel 电子表格参见"第 24 课\24-原文件\ 24-S4"）。

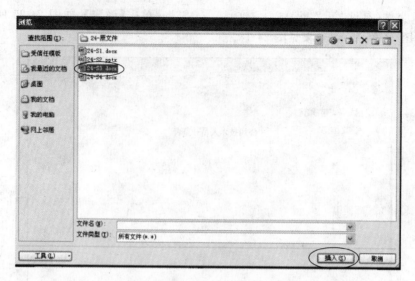

图 24-25　选择"Word 文件"

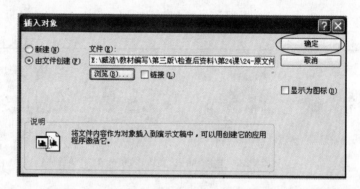

图 24-26　"插入对象"Word 文件

图 24-27　输入文档内容 2

图 24-28 插入 Excel 电子表格

【提示】

此处插入的是已经建立好的 Word 和 Excel 文件，也可以根据需要新建文件。

24.5 实战演练 24-3——在 Excel 中应用 Word 和 PowerPoint

创建一个液态奶检查结果，以 Excel 为主，在 Excel 中嵌入 Word 文档，效果如图 24-29 所示（参见"第 24 课\24-实例文件\ 24-E3"）。

图 24-29 液态奶检查结果

（1）输入标题。在单元格 A2 中输入标题，并设置【宋体】、【24 号】、【加粗】、【合并后居中】，如图 24-30 所示。

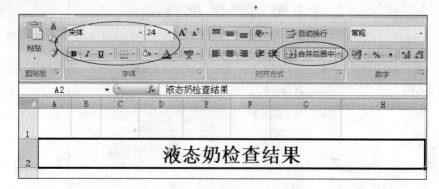

图 24-30　输入并设置标题

（2）插入 Word 文档。光标放在 A4 单元格，如图 24-31 所示。单击【插入】"文本"组的【对象】，如图 24-32 所示。单击【新建】【Microsoft Office Word 97-2003 文档】，单击【确定】，如图 24-33 所示。

图 24-31　"插入"文档的位置

图 24-32　"插入"文本中的"对象"

（3）输入原文档。在图 24-34 的 Word 中输入文档，然后对原文档进行编辑，文档如图 24-35 所示，效果如图 24-36 所示。

（4）工作表编制。光标放在 A20 单元格，开始输入工作表，如图 24-37 所示。

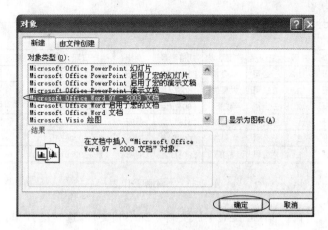

图 24-33 选择插入的"对象"

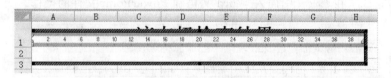

图 24-34 插入文档内容 3

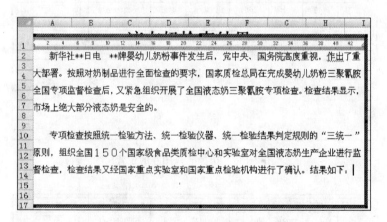

图 24-35 编辑文档

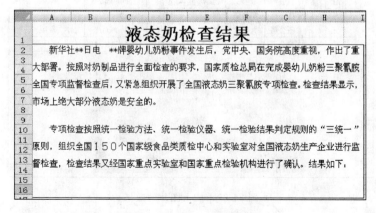

图 24-36 编辑文档后效果

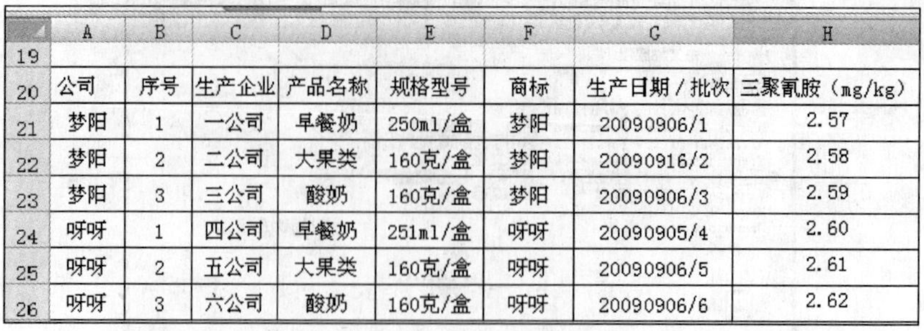

	A	B	C	D	E	F	G	H
19								
20	公司	序号	生产企业	产品名称	规格型号	商标	生产日期 / 批次	三聚氰胺（mg/kg）
21	梦阳	1	一公司	早餐奶	250ml/盒	梦阳	20090906/1	2.57
22	梦阳	2	二公司	大果类	160克/盒	梦阳	20090916/2	2.58
23	梦阳	3	三公司	酸奶	160克/盒	梦阳	20090906/3	2.59
24	呀呀	1	四公司	早餐奶	251ml/盒	呀呀	20090905/4	2.60
25	呀呀	2	五公司	大果类	160克/盒	呀呀	20090906/5	2.61
26	呀呀	3	六公司	酸奶	160克/盒	呀呀	20090906/6	2.62

图 24-37　编制工作表

（5）插入图片。打开"第 24 课\24-原文件\ 24-S6"文件，选定图片单击【复制】，在 Excel 中选中单元格 A29，如图 24-38 所示。单击【粘贴】，用鼠标拖动调整图片的位置，如图 24-39 所示。至此，完成了在 Excel 中插入 Word 文档和 PowerPoint 文件的操作。

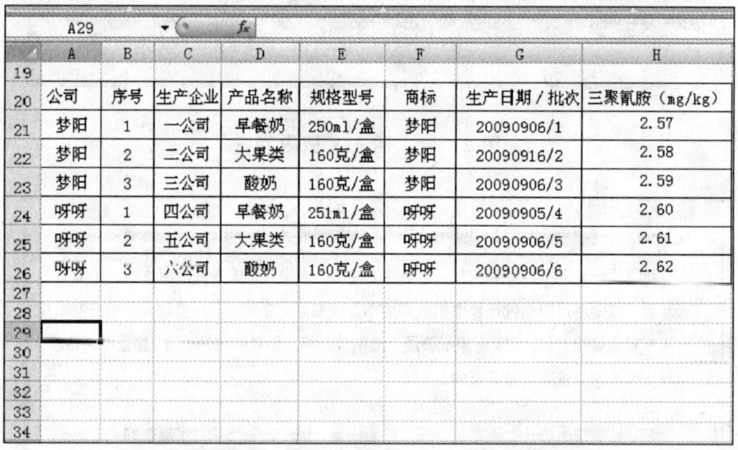

A29

	A	B	C	D	E	F	G	H
19								
20	公司	序号	生产企业	产品名称	规格型号	商标	生产日期 / 批次	三聚氰胺（mg/kg）
21	梦阳	1	一公司	早餐奶	250ml/盒	梦阳	20090906/1	2.57
22	梦阳	2	二公司	大果类	160克/盒	梦阳	20090916/2	2.58
23	梦阳	3	三公司	酸奶	160克/盒	梦阳	20090906/3	2.59
24	呀呀	1	四公司	早餐奶	251ml/盒	呀呀	20090905/4	2.60
25	呀呀	2	五公司	大果类	160克/盒	呀呀	20090906/5	2.61
26	呀呀	3	六公司	酸奶	160克/盒	呀呀	20090906/6	2.62
27								
28								
29								
30								
31								
32								
33								
34								

图 24-38　选择插入图片的位置

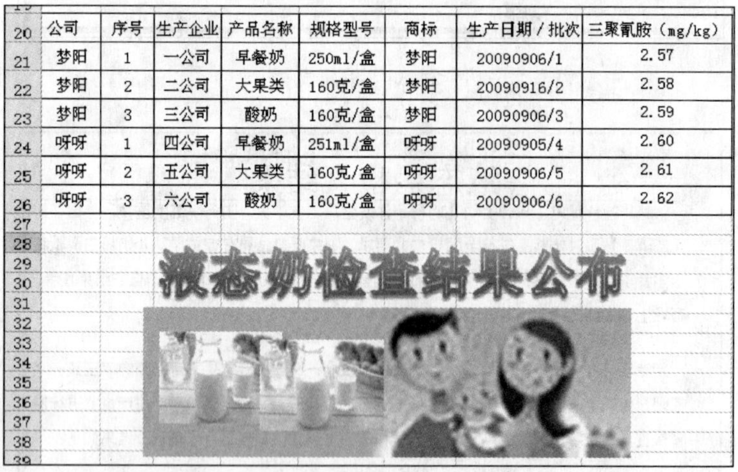

20	公司	序号	生产企业	产品名称	规格型号	商标	生产日期 / 批次	三聚氰胺（mg/kg）
21	梦阳	1	一公司	早餐奶	250ml/盒	梦阳	20090906/1	2.57
22	梦阳	2	二公司	大果类	160克/盒	梦阳	20090916/2	2.58
23	梦阳	3	三公司	酸奶	160克/盒	梦阳	20090906/3	2.59
24	呀呀	1	四公司	早餐奶	251ml/盒	呀呀	20090905/4	2.60
25	呀呀	2	五公司	大果类	160克/盒	呀呀	20090906/5	2.61
26	呀呀	3	六公司	酸奶	160克/盒	呀呀	20090906/6	2.62

图 24-39　插入图片的效果

【提示】

① 插入文档时,也可插入已经建立好的文档(参见"第24课\24-原文件\ 24-S5"),具体做法参考实战演练24-2。

② 插入 PowerPoint 文件,也可以插入文件的形式,具体做法参考实战演练24-2。

24.6 关键词

bǎo cún
① 保 存

biǎo gé
② 表 格

chā rù
③ 插 入

diàn zǐ biǎo gé
④ 电 子 表 格

duì xiàng
⑤ 对 象

fù zhì
⑥ 复 制

hé bìng hòu jū zhōng
⑦ 合 并 后 居 中

jiā cū
⑧ 加 粗

jū zhōng
⑨ 居 中

kāi shǐ
⑩ 开 始

liú lǎn
⑪ 浏 览

liú chàng
⑫ 流 畅

què dìng
⑬ 确 定

sān hào
⑭ 三 号

shè jì
⑮ 设 计

sòng tǐ
⑯ 宋 体

wén běn
⑰ 文 本

wén dàng
⑱ 文 档

xié tóng
⑲ 协 同

xīn jiàn
⑳ 新 建

yàng shì
㉑ 样 式

yè miàn bù jú
㉒ 页 面 布 局

yè miàn shè zhì
㉓ 页 面 设 置

yóu wén jiàn chuàng jiàn
㉔ 由 文 件 创 建

zhān tiē
㉕ 粘 贴

zhèng wén
㉖ 正 文

zhǐ zhāng dà xiǎo
㉗ 纸 张 大 小

zōng hé yìng yòng
㉘ 综 合 应 用

24.7 课后练习

(1) 在 Word 和 PowerPoint 中插入 Excel 文档

① 在 Excel 中创建课程表,保存名为 Course. xlsx 的文件。

② 在 Word 中利用【由文件创建】,把建立的 Course. xlsx 文件插入到 Word 文档中。

③ 在 PowerPoint 中利用【插入】中的"文本"组【对象】,选择【新建】,在 PowerPoint 中新建 Excel 文件,并把课程表内容依次输入到 Excel 文件中。

（2）在 Excel 和 PowerPoint 中插入 Word 文档

① 在 Word 中输入自我介绍的一段文字，保存名为 Introduction. docx 文件。

② 在 Excel 中利用【由文件创建】，把建立的 Introduction. docx 文件插入到 Excel 文档中。

③ 在 PowerPoint 中利用【插入】中的"文本"组【对象】，选择【新建】，在 PowerPoint 中新建 Word 文件，并把自我介绍内容依次输入到 Word 文件中。

（3）在 Excel 和 Word 中插入 PowerPoint 文档

① 在 PowerPoint 中，把自我介绍做成幻灯片，保存为名为 Introduction. pptx 文件。

② 在 Excel 中利用【由文件创建】，把建立的 Introduction. pptx 文件插入到 Excel 文档中。

③ 在 Word 中利用【插入】中的"文本"组【对象】，选择【新建】，在 Word 中新建 PowerPoint 文件，并把自我介绍内容依次输入到 PowerPoint 文件中。

（4）实战演练 24-1 的文档内容如下：

某房地产公司年度工作总结

2008 年是公司业务快速扩张，经济收入颇丰的一年。众所周知，在过去的一年里，国家进一步采取了遏制房地产业出现泡沫经济的宏观调控措施，普遍出现销售不旺的困难局面。但是，我公司全体员工，在这种严峻形势下，能够紧密团结在公司董事会周围，在董事会正确领导和党支部、工会有力配合下，发扬了敢于拼搏的精神，克服了重重困难，和本地区同行业，同类型企业相比，仍然取得了销售额全市最高的成绩。因此，我代表公司董事会，在此向全体员工、各级领导干部表示由衷的感谢！

关键词总表

A

àn niǔ
1. 按钮

B

bái sè
2. 白色

bǎi fēn bǐ
3. 百分比

bǎn shì
4. 版式

bāng zhù
5. 帮助

bǎo cún
6. 保存

bǎo cún yǎn shì wén gǎo
7. 保存演示文稿

bǎo liú
8. 保留

bèi zhù mǔ bǎn
9. 备注母版

bèi zhù yè
10. 备注页

bèi jǐng
11. 背景

bèi jǐng yàng shì
12. 背景样式

biān kuàng
13. 边框

biān jí
14. 编辑

biān jí qū
15. 编辑区

biān jí shù jù
16. 编辑数据

biān jí wén zì
17. 编辑文字

biāo chǐ
18. 标尺

biāo qiān
19. 标签

biāo tí
20. 标题

biāo tí lán
21. 标题栏

biǎo
22. 表

biǎo gé
23. 表格

biǎo gé gōng jù
24. 表格工具

biǎo gé yàng shì
25. 表格样式

biǎo yàng shì
26. 表样式

bing tú
27. 饼图

bù jú
28. 布局

C

cái wù hán shù
29. 财务函数

cǎi sè tián chōng
30. 彩色填充

cāo zuò jiè miàn
31. 操作界面

céng cì jié gòu
32. 层次结构

céng dié
33. 层叠

chā rù
34. 插入

chā rù bǎn shì
35. 插入版式

chā rù biǎo gé
36. 插入表格

chā rù fēn yè fú
37. 插入分页符

chā rù gōng zuò biǎo
38. 插入工作表

chā rù hán shù
39. 插入函数

chā rù huàn dēng piàn mǔ bǎn
40. 插入幻灯片母版

chā rù rì qī
41. 插入日期

chā rù xíng zhuàng
42. 插入形状

chā rù zhàn wèi fú
43. 插入占位符

chā tú
44. 插图

chá zhǎo
45. 查找

chá zhǎo xià yī chù
46. 查找下一处

chāi fēn dān yuán gé
47. 拆分单元格

cháng guī
48. 常规

cháng yòng
49. 常用

cháng yòng hán shù
50. 常用函数

chāo liàn jiē
51. 超链接

chè xiāo
52. 撤销

chē duì chē liàng shǐ yòng
53. 车队车辆使用

chuāng kǒu cāo zuò
54. 窗口操作

chuàng jiàn
55. 创建

chuí zhí bìng pái
56. 垂直并排

chuí zhí jū zhōng
57. 垂直居中

chuí zhí wén běn kuàng
58. 垂直文本框

cì yào guān jiàn zì
59. 次要关键字

cóng dāng qián huàn dēng piàn
60. 从当前幻灯片

cóng tóu kāi shǐ
61. 从头开始

cóng yòu xiàng zuǒ
62. 从右向左

cù zhuàng zhù xíng tú
63. 簇状柱形图

chóng mìng míng
64. 重命名

chóng pái chuāng kǒu
65. 重排窗口

chóng shè
66. 重设

chóng xīn yìng yòng
67. 重新应用

D

dǎ yìn biāo tí
68. 打印标题

dǎ yìn qū yù
69. 打印区域

dǎ yìn yù lǎn
70. 打印预览

dà xiǎo
71. 大小

dà yú
72. 大于

dà yú huò děng yú
73. 大于或等于

dān yuán gé
74. 单元格

dān yuán gé dà xiǎo
75. 单元格大小

dān yuán gé yàng shì
76. 单元格样式

dāng qián
77. 当前

dǎo dú
78. 导读

dēng jì biǎo
79. 登记表

dǐ duān duì qí
80. 底端对齐

dǐ wén
81. 底纹

diǎn yǎ
82. 典雅

diàn zǐ biǎo gé
83. 电子表格

dǐng duān duì qí
84. 顶端对齐

dōng fāng gōng sī
85. 东方公司

dòng huà
86. 动画

dòng huà xiào guǒ
87. 动画效果

duàn hòu
88. 段后

duàn luò shè zhì
89. 段落设置

duàn qián
90. 段前

duì qí
91. 对齐

duì qí fāng shì
92. 对齐方式

duì xiàng
93. 对象

E

èr wéi zhù xíng tú
94. 二维柱形图

F

fēn bù liè
95. 分布列

fēn bù háng
96. 分布行

fēn gé fú
97. 分隔符

fēn jí xiǎn shì
98. 分级显示

fēn lán yìng yòng
99. 分栏应用

fēn lèi huì zǒng
100. 分类汇总

fēn lèi huì zǒng jié guǒ
101. 分类汇总结果

fēn lèi zì duàn
102. 分类字段

fù zhì
103. 复制

G

gāo dù
104. 高度

gāo jí
105. 高级

gé shì
106. 格式

gé shì shuā
107. 格式刷

gèng gǎi tú biǎo lèi xíng
108. 更改图表类型

gèng gǎi tú piàn lèi xíng
109. 更改图片类型

gèng gǎi yán sè
110. 更改颜色

gèng gǎi yàng shì
111. 更改样式

gōng zī biǎo
112. 工资表

gōng zuò biǎo
113. 工作表

gōng zuò biǎo biāo qiān
114. 工作表标签

gōng zuò biǎo biāo qiān yán sè
115. 工作表标签颜色

gōng zuò bù
116. 工作簿

gōng shì
117. 公式

gōng sī wén jiàn
118. 公司文件

gōng sī zǔ zhī jié gòu tú
119. 公司组织结构图

gōng néng cài dān
120. 功能菜单

gōng néng qū
121. 功 能 区

gōng néng xuǎn xiàng kǎ
122. 功 能 选 项 卡

guān bì
123. 关 闭

guān jiàn cí biǎo
124. 关 键 词 表

guān xì
125. 关 系

gǔn dòng tiáo
126. 滚 动 条

guò chéng
127. 过 程

H

háng
128. 行

háng gāo
129. 行 高

háng hào
130. 行 号

háng jù
131. 行 距

hán shù kù
132. 函 数 库

hàn zì shū rù
133. 汉 字 输 入

hé bìng
134. 合 并

hé bìng dān yuán gé
135. 合 并 单 元 格

hé bìng hòu jū zhōng
136. 合 并 后 居 中

héng pái wén běn kuàng
137. 横 排 文 本 框

huá wén zhōng sòng
138. 华 文 中 宋

huàn dēng piàn chuāng gé
139. 幻 灯 片 窗 格

huàn dēng piàn fàng yìng
140. 幻 灯 片 放 映

huàn dēng piàn liú lǎn
141. 幻 灯 片 浏 览

huàn dēng piàn mǔ bǎn
142. 幻 灯 片 母 版

huī fù
143. 恢 复

huī fù jiàn rù
144. 恢 复 键 入

huì zǒng fāng shì
145. 汇 总 方 式

huì tú biān kuàng
146. 绘 图 边 框

huì tú gōng jù
147. 绘 图 工 具

huì zhì biǎo gé
148. 绘 制 表 格

huì zhì xié xiàn biǎo tóu
149. 绘 制 斜 线 表 头

hún hé yǐn yòng
150. 混 合 引 用

huó dòng dān yuán gé
151. 活 动 单 元 格

huó dòng gōng zuò biǎo
152. 活 动 工 作 表

huò bì
153. 货 币

J

jī běn cāo zuò
154. 基 本 操 作

jī běn xíng zhuàng
155. 基 本 形 状

jī běn xún huán
156. 基 本 循 环

jì suàn jī jí shùmǎchǎnpǐn
157. 计 算 机 及 数 码 产 品

jiā cū
158. 加 粗

jiā zài xiàng
159. 加 载 项

jiǎn qiē
160. 剪 切

jiǎn tiē bǎn
161. 剪 贴 板

jiǎn tiē huà
162. 剪 贴 画

jiǎn jiè
163. 简 介

jiàn lì fù běn
164. 建 立 副 本

165. 键入文字
jiàn rù wén zì

166. 箭头
jiàn tóu

167. 讲义母版
jiǎng yì mǔ bǎn

168. 降序
jiàng xù

169. 结束
jié shù

170. 介于
jiè yú

171. 居中
jū zhōng

172. 矩形
jǔ xíng

173. 矩阵
jǔ zhèn

174. 绝对引用
jué duì yǐn yòng

K

175. 开始
kāi shǐ

176. 开始放映幻灯片
kāi shǐ fàng yìng huàn dēng piàn

177. 科学记数
kē xué jì shù

178. 课后练习
kè hòu liàn xí

179. 空白
kōng bái

180. 空白文档
kōng bái wén dàng

181. 空白演示文稿
kōng bái yǎn shì wén gǎo

182. 空格键
kōng gé jiàn

183. 快速表格
kuài sù biǎo gé

184. 快速访问工具栏
kuài sù fǎng wèn gōng jù lán

185. 快速样式
kuài sù yàng shì

186. 宽度
kuān dù

L

187. 蓝色
lán sè

188. 类型
lèi xíng

189. 棱锥图
léng zhuī tú

190. 链接
liàn jiē

191. 列
liè

192. 列标
liè biāo

193. 列表
liè biǎo

194. 另存为
lìng cún wéi

195. 另存为模板
lìng cún wéi mó bǎn

196. 浏览
liú lǎn

197. 流畅
liú chàng

198. 流程
liú chéng

199. 流程图
liú chéng tú

200. 流行
liú xíng

201. 逻辑函数
luó jí hán shù

M

202. 媒体剪辑
méi tǐ jiǎn jí

P

203. 排列
pái liè

204. 排序
pái xù

205. 排序和筛选
pái xù hé shāi xuǎn

wén běn kuàng
293. 文本框

wén běn shāi xuǎn
294. 文本筛选

wén běn yòu duì qí
295. 文本右对齐

wén běn zhuǎn huàn chéng
296. 文本转换成
biǎo gé
表格

wén běn zuǒ duì qí
297. 文本左对齐

wén dàng
298. 文档

wén dàng de zuì jiā pǐ pèi
299. 文档的最佳匹配

wén shū
300. 文书

wén zì
301. 文字

wén zì fāng xiàng
302. 文字方向

wén zì huán rào
303. 文字环绕

wǔ hào
304. 五号

X

xì liè
305. 系列

xì liè míng chēng
306. 系列名称

xì wēi xiào guǒ
307. 细微效果

xiǎn shì bǐ lì
308. 显示比例

xiǎn shì míng xì shù jù
309. 显示明细数据

xiàn tiáo
310. 线条

xiāng duì yǐn yòng
311. 相对引用

xiāng sì jiè miàn
312. 相似界面

xiàng xià jiàn tóu
313. 向下箭头

xiāo shòu jīn é
314. 销售金额

xiāo shòu yuán
315. 销售员

xié tóng
316. 协同

xīn jiàn
317. 新建

xīn jiàn chuāng kǒu
318. 新建窗口

xīn jiàn huàn dēng piàn
319. 新建幻灯片

xīn jiàn huì tú huà bù
320. 新建绘图画布

xīn jiàn kōng bái
321. 新建空白

xīn zēng gōng néng
322. 新增功能

xíng zhuàng
323. 形状

xíng zhuàng gāo dù
324. 形状高度

xíng zhuàng kuān dù
325. 形状宽度

xíng zhuàng lún kuò
326. 形状轮廓

xíng zhuàng yàng shì
327. 形状样式

xiū gǎi
328. 修改

xiū gǎi tú biǎo lèi xíng
329. 修改图表类型

xuǎn dìng huì zǒng xiàng
330. 选定汇总项

xuǎn dìng quán bù gōng zuò biǎo
331. 选定全部工作表

xuǎn zé
332. 选择

xuǎn zé gōng zuò biǎo
333. 选择工作表

xuǎn zé shù jù
334. 选择数据

xún huán
335. 循环

Y

yǎn shì wén gǎo shì tú
336. 演示文稿视图

参 考 文 献

[1] 华信卓越. Office 2007 轻松掌握. 北京：电子工业出版社，2010.

[2] 梵绅科技. 新手学 Excel 2007. 北京：中国人民大学出版社 2009.

[3] 陈星润，王镜淋. 中文版 Office 2007 从入门到精通. 北京：清华大学出版社，2008.

[4] 本书编委会. 中文版 Word/Excel/PowerPoint 2007 三合一. 北京：清华大学出版社，2008.

[5] 王仲轩. 边用边学——Excel 2007 电子表格. 北京：清华大学出版社，2008.

[6] 龙飞. 中文版 Office 公司办公完全教程. 上海：上海科学普及出版社，2008.